KB021898

사람

돈

성공

사람 돈 성공

초판 인쇄 2024년 4월 15일
초판 발행 2024년 4월 25일

지은이 로버트 콘클린, 나폴레온 힐, 데일 카네기
편역 이강래
펴낸이 홍철부
펴낸곳 문지사
등록 제 25100-2002-000038호
주소 서울특별시 은평구 갈현로 312
전화 02) 386-8451/2
팩스 02) 386-8453

ISBN 978-89-8308-601-3 (03840)
값 18,000원

인생독본
세 권의 책을 한 권으로

제1권
사람
매력적인 인간

제2권
돈
돈은 성공의 상징

제3권
성공
나는 인생의 승리자

문지사

차례

제3권
성공
나는 인생의 승리자

우리는 정원과 같은 존재다.
많은 사람이 마음의 정원에 인생의 꽃을 피우려고 하는 생각이나
노력, 그 경험을 나누어 가질 수 있다는 것은 삶의 기쁨이다. 또
한편으로는 사랑과 자비심을 가지고 자기 자신을 가꾸며 변화의
과정을 거쳐 성장했을 때 삶의 완성된 아름다움을 느낄 수 있다.

인생은 삶을 가꾸는 정원사

제1권

사람
매력적인 인간

로버트 콘클린 씀

매력적인 인간

인도의 시인 타고르는 한 폭의 비단에 다음과 같은 글을 썼다.

'작은 폭포 물이 흘러서 언덕을 지나 바다에 이르듯이 나는 시를 써서 신에게 닿는다.'

마치 낮은 언덕이 저 멀리에 있는 바다에까지 이어지듯이 쓴 이 책이 많은 사람의 마음과 영혼에 닿아 새로운 삶을 살아가는 데 도움을 준다면, 저자로서는 가슴 설레는 사건이다.

'인간은 누구 한 사람이라도 외딴섬과 같은 존재가 아니다'라고 하는 말은 지혜로운 생각을 명확히 표현하고 있다. 인간은 혼자 사는 존재가 아니라, 인류라는 거대한 흐름 속에서 문명이란 터전을 가꾸고 있는 개척자다.

'오늘날, 당신이 어떻게 살고 있는가의 형세에 의해서 먼 나라의 낯선 사람들의 삶에까지 영향을 준다. 이런 사실이 당연한 것은 우리의 생각, 행동이 인생이라는 바다 위에서 잔물결을 일으키고 있기 때문이다.'

인생은 항상 당신에게 반응하고 있다. 때로는 적극적, 소극적, 수동적으로 밀려오고 밀려간다. 당신이 적극적으로 행동하고 생각하는 습관을 몸에 지니고 있다면, 그대가 일으키는 잔물결 그 반응은 적극적인 것이 된다.

그렇게 되면 당신의 인생은 더 풍요로워지고 성공으로 이끌어가는 경험으로 가득 찰 것이다.

이 책의 목적은 당신이 성공이란 정상에 오로는 길을 돕기 위해서 씌어졌다.

때로 우리는 정원과 같은 존재다. 새로운 것과 단순한 것을 함께 가지고 인생이란 길을 떠난다. 또 한편으로는 애정과 자비심을 가지고 자기 자신을 기르고 가꾸며 변화의 과정을 거쳐서 성장 되었을 때 삶의 아름다움과 성공을 손에 넣을 수가 있다.

많은 사람이 마음의 정원에 인생을 꽃피우려고 하는 생각이나 삶의 경험을 영원히 나누어 가질 수 있다는 것은 큰 기쁨이다.

한 알의 씨앗이 새로운 개념으로서 심어지고 가꾸어져서 인간의 품격에 활기를 불어넣어 준다. 그 가능성과 능력과 생활의 규모를 넓혀 가는 지혜야말로 인간만이 누릴 수 있는 축복이다.

나의 진정한 소원은 여러분이 이 책을 통해 삶의 씨앗을 발견해 주는 일이다.

어느 늦은 저녁 무렵의 호숫가에서
로버트 콘클린 씀

이 책을 읽으면 매력적인 인간이 된다

하루하루를 치열한 경쟁 속에서 살아가는 현대인은 많은 사람을 만나게 된다. 그럴 때마다 남 앞에 당당히 마주 서려면 다음과 같은 조건이 요구된다.

'타협적으로 일을 처리한다. 영향력을 가진다. 설득력을 발휘한다. 효과적인 대화를 갖는다. 남을 내 편으로 끌어들인다. 사람들에게 강한 인상을 준다.'

성공을 위한 기본은 인간성이다

윗글은 캘리포니아 대학에서 지도자적 위치에 있는 기업체 40여 개 회사를 선정하여 연구 조사한 결과다.

연간 100억 만 달러의 판매를 자랑하는 철강회사 사장 찰스 슈웹은 말하고 있다.

"꽃은 아름다운 향기가 생명이다. 그와 마찬가지로 우리에게는 인간성이 중요한 의미를 가진다."

미국 상공회의소가 발행하는 네이션스 비즈니스지에 의하면 기업의 사장이 되기 위해서는 다음 세 가지 조건이 필수라고 지적한다.

'유연성이 풍부할 것. 경험이나 교육을 지니고 있을 것. 사람을 자기편으로 끌어들이는 매력을 갖추고 있을 것.'

다른 사람들에게 좋은 인상을 주며 영향력이 있는 개성적인 사람의 주위에는 많은 사람이 모여든다.

상대를 내 편으로 끌어들이는 매력을 가진 인간성

어떤 인상으로 남에게 영향을 주는가에 따라서 당신의 인간성은 결정된다. 인간성이라는 말은 많은 의미를 지닌다. 그 여러 가지의 의미 중에서도 이 책은 아주 매력이 넘치는 인간성을 만들기 위한 지적인 안내서이다.

남을 내 편으로 끌어들이는 매력이 가져다주는 중요한 점은 뜻하는 모든 걸 얻을 수 있기 때문이다. 결코 사람을 끌어들이고 강한 인상을 심어주는 것만은 아니다.

매력 있는 인간이 되면, 많은 친구를 얻는다. 남으로부터 존경과 협력을 얻는다. 인정을 받기 때문에 지도자의 자질을 갖춘다. 주위 사람들에게 활력을 느끼게 해주어 성공에 도움을 받을 수 있다.

이 책이 주는 교훈

이 책은 매력적인 인간성을 만드는 법칙에 따라 진행되는 훈련 프로그램이다. 오랜 연구, 관찰, 경험의 산물이다. 인격 형성, 인간관계, 세일즈맨십에 필요한 능력과 자질을 훈련하고 지도해 온 결과의 표본이다.

'나는 고독하고 불행한 존재다.'라고 불평불만을 쉽게 말하는 사람들의 모습을 주위에서 혹은 강의실 안에서 너무나 많이 보아왔다. 모두 성공을 꿈꾸고, 세상에서 인정받기를 고대하면서 자기의 인생이 장밋빛으로 빛나기를 갈망하고 있다.

이러한 사람들의 유일한 장애물은 인간성이라는 사실을 깨닫게 되었다. 인간성이 꿈과 현실과의 사이에 가로 놓인 필연적인 장애물이었다. 그저 살아있다는 막연한 의식을 지닌 사람도 수없이 많았다. 그들 중에는 세일즈맨 · 화이트 컬러 · 주부 · 점원 · 공장 노동자는 물론, 청년 · 노인 · 남성 · 여성에 이르기까지 예외가 아니었다. 모두가 인간성이라는 장애물의 덫에 걸려 있었다.

또 다른 사람들은 공포와 열등감, 수치심에 갇혀 결국에는 자기 모멸감으로 하여 일상생활까지 포기하는 모습도 보아왔다.

나는 이와 같은 사람들이 새로운 인간성을 형성하고 자기 자신의 이미지를 변화시키는 인간성 회복 프로그램을 개발하여 내가 운영하는 인간 능력개발원 교육강좌를 통해 실행한 결과 문제를 해결하고 해방되는 변모를 지켜보았다.

남이 나 자신에게 반응하는 것은 새로운 변화를 의미한다. 당신도 새로운 모습으로 태어날 수 있다.

지금 당신이 손에 들고 있는 이 책과 매일 짧은 시간 틈을 내어 함께 하면 반드시 좋은 결과를 얻을 수 있다.

'틈을 낼 수 없다.'라고 말해서는 안 된다. 인생은 시간의 연속이다. 내 삶을 정상으로 이끌어가기 위해 더 유효하게 시간을 쪼개어 쓰기 바란다.

새 인생을 시작하자

자! 새 인생을 다시 시작하자.

다음 장은 당신의 새로운 인간성을 바꾸기 위해 실험대에 올려놓고 초읽기를 진행 중이다. 이 책의 사용법이 적혀 있다.

이것이 당신의 인생에서 가장 중요한 첫걸음이라는 명제를 마음속에 새기면서, 지금 바로 힘차게 시작해 주기 바란다.

행실보다 지혜가 뛰어난 사람은 무엇에 비유할 수 있을까?
가지는 많지만, 뿌리가 뻗지 않은 나무에 비유할 수 있다.
그러한 나무는 바람이 불면 뿌리째 뽑혀 쓰러진다.
행실이 지혜보다 나은 사람을 무엇에 비유할까?
가지는 적지만 뿌리가 많이 뻗어있는 나무에 비유된다.
그러한 나무는 아무리 강한 바람이 불어도 꿈쩍도 하지 않는다.

새로운 삶을 찾자

지금 당신은 홀로 호숫가에 서 있다.

호수는 넓고 깊은 정적에 잠들어 있다. 조약돌을 주어 호수를 향해 힘껏 던져본다. 텀벙하는 소리와 함께 물방울이 튀어 오르고 잔물결이 호수 면에 일면서 차츰 둥글게 원을 그리며 퍼져간다.

그리하여 퍼지는 크기만큼 물결은 작아지고 고요 속으로 빨려 들어간다. 마침내 호수는 본래의 정적에 휩싸인다.

이때 호수의 수면이 큰 물결에 흔들리고 있다면, 당신이 던진 조약돌은 잔물결조차 일으키지 못하고 그 큰 물결에 휩싸여 버렸을 것이다. 자신의 인간성을 바꾸려는 노력도 이와 같다.

당신은 자기 자신을 향상하고 개선에 필요한 책을 찾아 읽고, 아침에 배달된 신문을 읽으면서 뭔가 인생에서 성공할 수 있는 비결은 없을까 하고 생각하게 될 것이다.

때로는 인간관계를 원만하게 하는 방법을 주위 사람들에게 묻기도 하고 유명 인사의 강연을 듣기도 한다.

그리는 동안에 자기 자신도 좋은 인간성을 터득해 풍요로운 삶을 살아가기를 바랄 것이다. 이제까지 책을 통해 읽고 배운 지식을 바탕으로 직접 시험도 해 보았으리라.

그와 같은 방법은 호수에 던진 돌멩이의 파문과도 같다. 처음에는 작은 물방울이 사방으로 튀어 오르다가 잔물결을 일으킨다. 하지만 그다음에는 호수가 고요로 되돌아가듯이 당신의 인간성에 아무런 변화가 일어나지 않는다.

당신의 개성이 너무나 강한 나머지 어렸을 때부터 쌓아온 뿌리 깊은 성격이나 습관 등이 있다면, 한두 번의 노력으로는 아무것도 이룰 수가 없다. 호수의 큰 물결에 던져진 작은 조약돌처럼 모든 게 허사로 끝나 버린다.

인간성은 바꿀 수 있다

그렇다면 인간성을 바꾼다는 것은 생각조차 할 수 없는 일인가?

절대 그렇지 않다. 당신이 자신의 인간성을 바꾼다고 하는 목표를 향해 노력하는 모습은 한 인간의 삶에 있어 매우 중요한 과정이며 하나의 사건이다.

이때 무엇보다 중요한 것은 인간성을 바꾸는 방법을 잘 이해하여 적극적으로 자기의 것으로 변화시키는 일이다.

잠시 일손을 멈추고 내면의 세계를 사색해 보라. 이제까지 당신은 효과적으로 과감하게 자기의 인간성을 바꾼 사람을 얼마나 알고 있는가를……

어쩌면 단 한 사람도 주위에서 발견하지 못했는지도 모른다. 그렇다면 두 가지 이유가 있음을 명심하길 바란다.

첫째, 사람들 대부분은 의지로 자기 자신을 바꾸려고 하지 않는다.

모든 일에 정력적이고 높은 이상과 신념에 넘쳐 있는 인간성에 의해서 얻어지는 이익은 크며, 매력적이라는 사실이다. 그 넘치는 힘은 산을 무너뜨릴 것 같고 기가 하늘을 찌른다.

이런 사람은 보기만 해도 믿음직스럽고 생동감이 넘쳐 보인다. 그런데도 자기 자신을 바꾸려고 노력하는 사람은 쉽게 찾아볼 수 없다. 오직 현실에 만족하며 안주하고 있을 뿐이다.

오히려 자기를 개선하려는 새로운 생각과 마주치면 무의식적으로 낡은 자신을 감싸기 시작한다.

인간의 습관이란, 마치 새로운 무기를 손에 넣은 아프리카 원주민과 비유해 볼 수 있다. 이들 토인은 조상 대대로 사용해 온 무기에 강한 애착이 있어서 편리하고 성능이 좋은 무기를 손에 넣는다 해도 낡은 무기를 버리기 위해 또 다른 노력의 나날을 거듭하지 않으면 안 되는 고통을 겪어야만 한다. 그래서 죽을 때까지 그 낡은 무기를 버릴 수가 없었던 것이다.

이처럼 매력적인 새로운 생각이나 행동을 익히려고 해도 낡은 습관을 버리기란 매우 어려운 일이다.

한 인간의 생각이나 자기중심적인 행동 습관은 일상생활을 통해 반복되면서 뿌리를 내려 인격을 형성시키지만, 조금만 자극을 받아도 저항을 나타내는 불완전한 존재이다.

어떤 사람은, "인간은 무엇 때문에 사는지 전혀 모르고 있어. 이렇듯 멋없는 인생이라면 내일 죽는다 해도 생각하고 싶지 않은 존재가 아닐까?"라고 불평과 불만을 늘어놓는다.

이렇듯 불평을 말하는 그 자체가 이 사람의 인간성인 것이다. 더 보람 있는 일을 하고, 활기에 넘친 인생을 보내고 싶다고 말하면서도 미지근한 환경에서 뛰쳐나올 생각을 하지 못하는 것이다.

심리학자 제임스 바렌은 말한다.

"인간은 자기가 놓인 상황을 더 좋게 향상하려고 염원하지만, 자기 자신부터 바꾸려 들지 않는다. 그 때문에 그들은 평생 낡은 자신에 얽매인다."

그렇다. 인간에게는 습관에 의해 길든 후천적인 성격이 있는데, 그것이 본성처럼 되는 경우가 많다. 그러나 그러한 성격에 저항하는 습관도 만들 수 없다는 점을 유의해야 한다.

인간이 자기 자신을 바꾸려 하지 않는 두 번째 이유는, 어떻게 하면 좋은지 그 방법을 모르기 때문이다. 자기를 바꾸기 위해서는 어떤 일이라도 할 수 있다고 말하는 사람도 문제에 직면하면 의외로 속수무책 상태에 놓여 있는 경우가 많다.

그러나 자기를 바꾸는 방법은 우연히 깨닫게 된다. 자기를 바꿔야겠다는 강렬한 바람을 가지고 그 방법을 진지하게 모색하는 마음을 가졌다면, 아주 우연한 기회에 발견할 수 있다.

하지만, 우연으로밖에 발견되지 않는다든가, 그 방법이 비밀에 가려있다고 하는 근거는 없다. 그러므로 이 장에서는 다음과 같은 점에 대해 자세하게 설명해 보기로 한다.

• 자기 자신을 바꾸려면 무엇이 필요한가.

• 사람을 자기편으로 끌어들이는 매력적인 인간성은 어떻게 길러져야 하는가.

• 강인하고 활기찬 인간성을 기르고 향상하려면, 어떻게 하면 되는가.

인간성의 판단

주위 사람들은 당신을 어떻게 평가하고 있는 것일까? 그것은 음식 맛을 보는 것과 같아서 당신이라고 하는 전(全) 인간성이 주는 인상에 관해 나름대로 판단하여 반응을 나타낸다.

예를 들어 전골이란 음식을 내놓고 그 맛이 어떠냐고 물으면 쇠고기와 두부 맛은 매우 좋지만, 함께 들어 있는 파는 싫다고 대답하지 않는다. 전체적으로 맛이 있다거나 없다고 명료하게 대답한다.

물론 똑같은 맛이라도 여러 가지 단계가 있다. 그런대로 맛이 있다는 말부터 너무 맛이 좋아 날마다 먹고 싶다는 대답에 이르기까지 다양한 양상을 보인다. 아무튼 전체적인 인상으로 본 것을 표현한다.

당신의 인간성도 이와 같다. 인격은 원만하지만, 개성적이지 못하다던가, 개성은 있지만 인간적으로 모자라는 점이 있다고 꼬집어 말하는 것이 아니라 포괄적으로 판단한다.

당신을 대하는 사람은 여러 가지 부분적으로 판단하지 않고 당신의 전 인간성이 풍기는 인상을 평가하여 말하게 된다.

그 결과 남들은 당신을 이렇게 평가한다.

• 당신을 좋아하는가, 싫어하는가, 전혀 무관심한가.
• 당신 곁에 있고 싶은가, 있고 싶지 않은가.
• 당신을 위해 뭔가 해주고 싶은가. 그렇지 않은가.
• 당신의 존재를 거추장스럽게 느끼는가, 그렇지 않은가.

성자 석가(釋迦)도 인간의 신분, 빈부의 차와 관계 없이 다음 5가지로 나누고 있다.

• 그 사람이 없으면 안 된다.
• 그 사람이 있는 편이 낫다.

- 그 사람이 있으나 없으나 관계가 없다.
- 그 사람이 없는 편이 낫다.
- 그 사람이 죽었으면 좋겠다.

당신은 이 가운데 어느 상황에 해당하는가 생각해 볼 일이다.

인간성이란 터전 위에 올바른 자신을 세운다

마치 집을 지으려면 튼튼한 터전 위에 세워야 하는 것처럼, 당신의 전 인간성도 가장 내면 깊숙이 숨어 있는 사고나 사상, 마음가짐, 감정, 행동이라는 터전 위에 목표를 두고 있다.

그러므로 이 책의 첫머리에서 인간성의 터전에 대해 분명하게 밝히고자 하는 목적을 말한 바 있다. 당신의 인격이 매력적이고 능력을 발휘하여 남에게 영향을 주려면 그 터전을 튼튼하게 가꾸지 않으면 안 된다.

이 책에서는 당신이 인생에서 얻고자 하는 성공의 열매를 손에 넣으려면 그 터전 위에 무엇을 쌓지 않으면 안 되는가에 대해서 자세히 말할 작정이다.

한 채의 건물을 완성할 때 맨 나중에 쌓아 올리는 창문이나 지붕 같은 구조물처럼 건전한 사고력을 지녀야 한다. 이런 것은 모두 당신의 인간성 전체를 매력이 넘치게 하는 터전이 있어야만, 비로소 그 위에 효과적으로 세울 수 있다.

당신의 인간성을 형성하고 있는 터전은 3가지의 예가 있다. 즉 사고, 행동, 감정을 뜻한다. 전 인간성이 바뀐다는 것은 당연히 이 3가지를 변화시키지 않으면 안 된다. 그러므로 당신의 전 인간성이란 마치 울퉁불퉁한 길을 굴러가면서도 모양을 흐트러뜨리지 않는 공과 같다.

그런데 이 공을 3분의 1을 잘라내고 굴린다면 어떻게 되겠는가? 제대로 모습을 갖추지 못한 공은 이리 부딪치고 저리 부딪쳐 방향대로 구르지 못하고 금방 멈춰 버릴 것이다.

당신이 남 앞에서 공치사한다고 하자. 그럴 때 남들은 당신을 불성실한 사람이라고 평하거나 비아냥거릴 것이다. 이와 같은 태도를 남들이 진정으로 좋아하겠는가?

오히려 그 공치사에 역겨워 얼굴을 찌푸릴 것은 자명한 일이다. 그렇다면 남을 생각해 준다든가 공치사하면 안 된다는 말인가. 아니다. 그렇지 않다.

다만, 여기서 강조하고자 하는 말은 공이 둥글지 않다는 점이다. 3분의 1을 잘라 내 버렸기 때문이다. 그러니까 공치사하거나 남에 대해 좋게 말하는 경우 열을 올려봤자 아무 소득이 없다는 뜻이다.

공과 같이 둥근 인간성 일부분에 지나지 않는 표면적인 행동에만 집착하고 있으니까 안 되는 것이다. 본심으로 생각하고 느끼지 않는한 전 인간성이라는 공은 제대로 굴러가지 못한다.

생각의 중요성

'생물의 모양은 내부에서 만들어진다.'라는 말이 있다.

우리들의 눈을 즐겁게 하는 아름다운 모습은 나무의 크기나 잎의 모양도 내부의 구조에 의해 그 모양이 결정된다. 외적 요소, 즉 비, 바람, 빛 등이 생물의 겉모양을 바꾸지만, 내부에서 생기는 에너지가 생물을 키우고 가지를 뻗게 하는 원동력이 된다.

이같이 자신의 힘으로 내부로부터 형성되는 것이 성장인데, 인간은 이 위대하고 놀라운 현상을 무시하고 오해까지 한다.

당신의 외모와 인간성은 외부의 영향으로부터 만들어지는 것이 아니라 내부로부터 그러니까, 당신 자신에 의해 만들어진다는 사실이다.

즉 남들이 당신에게 하는 행위로 자기 자신에 대한 인식의 정도에 따라 만들어지는 것이다. 그런데도 많은 이들은 이 사실을 알아보려고 하지도 않고 주위 사람들의 반응에만 열을 올리고 있다.

한 가지 예로 입 안에 있는 물을 위쪽을 향해 밖으로 뿜어보자. 바로 당신의 얼굴로 쏟아질 것이다. 아무튼 자기가 행한 일을 먼저 생각해 볼 일이다.

남을 어떻게 생각하는가?

재미있는 이야기가 있다. 필자가 우연한 기회에 성인을 위한 교양 강좌 세미나에서 인간성에 관한 강연을 할 때였다. 첫 강의를 끝내자, 한 수강자가 다른 사람들이 모두 돌아가고 난 후 필자에게 면담을 청했다.

그 수강자는 품위 있는 옷매무새를 한 매력적인 중년 여성으로서 흰 머리카락이 드문드문 섞여 반짝거렸는데, 오히려 그런 모습이 자연스러운 아름다움을 보여주었다.

얼굴을 보자, 뭔가 걱정거리가 있는 어두운 표정에 입술을 꼭 다물고 다소 긴장된 예리한 눈빛은 주위를 경계하는 것 같았다.

"저는 하던 일을 타의에 의해 그만두었어요."

이어 그녀는 반항적인 어투로 말했다.

"이 강의에 참석하는 일이 제가 안고 있는 문제를 해결하는 실마리가 되면 좋겠는데…."

"그건 당신이 안고 있는 문제의 종류에 따라 다르겠지요."

하고 대답해 주자, 그녀는 슬픈 음성으로 말했다.

"이야기가 너무 길어서 말씀드리기가 다소···. 저는 지금까지 계속 남들로부터 따돌림을 당해 왔어요. 그래서 몇 번씩이나 직장을 그만 두어야 했어요."

그녀의 이야기는 누군가가 꼭 들어주어야 할 것 같은 생각이 들어서 필자는 계속 말하라고 권했다. 그러자 그녀는 눈물까지 글썽이며 남편과도 헤어져 이곳저곳 직장을 구해 일했으나 번번이 인간관계가 좋지 않아 그만둘 수밖에 없었다는 사정을 털어놓았다.

"이번에 제가 직장을 그만두게 된 동기에 대해 상사가 솔직하게 말해주었지만요."

그녀는 이야기를 계속했다.

"상사의 말에 의하면 제 결점은 남들과의 관계가 좋지 않다는 거예요. 늘 주위 사람을 화나게 만들고 사사건건 트집을 잡아 다투기 때문에 동료 여성들이 울며불며 상사를 찾아온다는 사실을 설명해 주더군요."

여기서 그녀는 잠시 머뭇거리다가 말을 계속했다.

"이제야 저는 어떤 빛을 본 듯해요. 비로소 제 문제가 어떤 것인가를 깨닫게 되었지요. 저는 어렸을 때부터 몹시 부끄럼을 탔어요. 학교에서도 혼자 있는 것이 편했을 정도였습니다.

하지만 결혼하자, 이런 저의 태도를 남편이 바꾸려는데 화가 치밀었어요. 늘 남편은 저에게 이웃과 가까이 지내라고 말했어요. 그런 남편을 저는 비난하고 그의 결점까지 찾아내어 화를 낼 정도였으니까요. 남편이 저를 좀 더 이해해 주길 바랐던 거예요. 그야말로 결혼 생활은 악순환이었어요.

결국 저는 스스로 남편 곁을 떠나고 말았지요. 그 결과 저에게는 어린아이만 남겨졌고요. 그때부터 저 자신이 한없이 가엽고 불쌍하게 생각되었어요. 그래서 어떤 일이 있더라도 직장을 구해 돈을 벌어야 겠다고 결심하게 되었지요. 그리고 누구나 다 저의 문제를 이해해 줄 것이라는 믿음과 함께 남들로부터 사람 좋다는 말을 듣고 존경받을 거라고 믿었던 거예요. 그러니까 꼭 순교자와 같은 자기 도착에 빠진 거지요.

그 결과 저는 아무리 사소한 일이라도 남이 간섭한다든가 참견하게 되면 매우 기분이 언짢고 초조해진 나머지 전투적인 성격으로 돌변하는 거예요. 이에 문제가 커지면 번번이 남의 탓으로 돌렸지요. 그런데 이제야 문제를 만든 장본인이 남이 아니라는 사실을 깨닫게 되었어요.

저 자신이 문제의 원인이라는 걸 자인하게 된 거지요. 남들은 모두 행복한 결혼 생활을 하고 있으며, 맡은 일에 기쁨을 느끼고 동료들과 사이가 좋았어요. 그러므로 문제는 제가 남을 보는 잘못된 견해에 있다는 사실을 깨닫기 시작한 겁니다."

이 말을 듣고 필자는 다음과 같이 말해주었다.

"당신은 아직 모르고 있겠지만, '자신이 남을 보는 견해 때문이다.' 라는 말이 당신의 인생을 얼마나 크게 변화시키는지 지켜보시오. 그 말만큼 당신에게 훌륭한 기쁨도 없을 겁니다."

문제는 남을 보는 견해에 달려 있다

이 짧은 문장은 모든 종교의 가르침과 전쟁의 원인, 산업계의 많은 분쟁, 가정 안에서의 반목 등등 인간이 살아가는 한, 누구에게나 발생하는 문제를 해결하는 계시와 진실을 포함하고 있다. 그리고 당신의 행복과 불행을 결정하는 열쇠도 이 구절에 포함되어 있다.

지금 당신이 안고 있는 여러 가지 문제를 상기하며,

"잠깐, 기다려. 불평하기 전에 남에 대한 나의 견해가 더 큰 문제야."

하고 스스로 타일러 보라.

당신의 불안감이나 초조함, 희망, 실망, 낙담, 기쁨, 지루함, 그리고 가장 기분이 울적해질 경우를 곰곰이 생각해 보면 모두 남과의 관계에서 일어나고 있음을 알 수 있을 것이다.

지금 말하고 있는 부인이 발견한 깨달음은 기분이나 감정의 흐름에 맡겨 남을 자기 뜻대로 조작하거나 바꿔야 한다는 편견을 버렸다는 점이다.

그녀는 주위 사람들의 감정과 분위기를 변화시킬 수 없었다. 하지만 남에 대한 자신의 반응은 바꿀 수 있었다.

남에 대한 반응을 바꾸는 방법

가장 중요한 일이므로 다시 한번 설명해 보고자 한다. 당신에게 불안감을 주고 초조하게 만들고 귀찮게 여기는 사람이 있다면, 먼저 그에 대한 당신의 마음가짐을 바꾸는 일이 현명한 방법이다.

결코 상대의 기분이나 주위 상황을 무리하게 바꾸려 해서는 안 된다. 남에 대한 견해에 문제가 있기에 찾아온 고통이므로 당신이 생각을 바꿈으로써 불안감이나 초조함, 실망, 낙담을 정복할 수 있다.

그러므로 남과 폭넓은 교제를 즐기고 좋은 관계를 유지하면서 행복한 삶을 살아가는 능력은 당신의 생각과 태도에 달려있다. 그것은 전적으로 당신이 남을 어떻게 보는가에 따라 다르며, 자신의 인생도 달라진다.

지금 당신의 모습은 어떤가. 다소 이해가 되는가. 희망이 보이기 시작하는가? 그렇다면 당신이 지닌 내면의 훌륭한 재능을 활용하면 새로운 인생으로 변화시키는 삶의 길이 가까이에 열려 있음을 발견하게 될 것이다.

필자가 말하려는 비결이란 바로 이것이다. 생각을 바꿈으로써 당신의 인간성을 변화시킬 수 있다는 확신이다.

혹시 당신은 자기의 외모나 인간성을 그림과 같은 형상이라고 생각하고 있지 않은지. 아니면 모양과 색칠이 이미 끝나 그림이 완성되어 있어 마지막으로 바꿀 방법은 오직 그림을 끼워 넣을 액자뿐이라는 사실을 알고 있는가.

바꾸어 말하면 육체적인 외모가 모두 갖추어져 있으므로 당신의 액자, 즉 복장을 바꾸지 않은 한 겉모습은 변하지 않는다는 생각에 빠져 있지 않은지 묻고 싶다.

지금 당신은 새로운 힘, 즉 스스로 남에게 인상 지우는 방법을 알게 된 것이다. 당신이 남에게 강한 인상을 심어 주는 일이란 외모를 바꾸는 것이다. 당신의 외모는 그림보다도 영화의 화면에 비유할 수 있다. 스크린은 영사기 안에서 일어나는 일을 그대로 반영한다.

당신의 사고와 태도는 바로 영화의 필름이며 마음은 영사기, 외모는 스크린에 비유할 수 있다.

스크린에도 몇 군데 흠이 있을지 모른다. 그러니까 당신의 용모는 자신이 생각하고 있는 것보다 덜 아름답고 멋지지 못할지도 모른다. 하지만 영사기가 강한 인상적 빛을 옮겨주기만 하면 그런 결점은 보이지 않을 것이다.

이같이 인간성의 뿌리는 생각, 즉 |사고| 속에 숨어 있는 것이다.

당신은 자신이 바라는 인간이 될 수 있다

이 심원한 진리는 『성서聖書』 속에서 바울이 로마인에 보내는 공개 편지에 '마음을 새롭게 함으로써 거듭날 수 있느니라'라는 말로 표현되어 있다. 이 진리는 바울의 분명한 뜻이 숨어 있었다.

이미 4천 년이나 지난 옛날에 인간성과 사상과의 관계를 이해하고 있었음을 알 수 있다. 그들이 남긴 오래된 문헌에 '사람은 자신이 바라는 인간이 될 수 있다.'라고 쓰여 있다. 이 진리는 영원한 것이다.

이같이 인간은 어느 시대, 어느 세대에서나 행동에 대한 중요한 계시를 스스로가 발견하고 있음을 엿볼 수 있다. 인간의 행동과 사상과의 관계도 마찬가지다.

유명한 심리학자 윌리엄 제임스는 이렇게 말한다.

"우리 세대의 가장 위대한 발견은 자신의 마음가짐을 바꿈으로써 인생을 변화시킬 수 있다."

씨앗이 없으면 꽃을 피울 수 없다. 맛있는 음식은 요리하는 사람의 뛰어난 솜씨에 의해 만들어진다. 아름다운 집을 짓고 싶어도 청사진, 즉 설계도가 없으면 세울 수가 없다.

그러므로 당신의 인간성은 생각을 바탕으로 하여 형성된다. 그것은 당신 자신이 창조해 낸 산물이다. 남을 어떻게 볼 것인가, 이것이 그 바탕이다. 거기서 사람을 끌어당기는 매력 있는 인간을 만든다.

인간 형성에는 훈련이 필요하다

인간성은 스스로 끊임없이 반복되는 훈련으로 형성된다. 매력 있는 자연스러운 인간성은 행동과 그 반복적 연습에 의해서만 닦아지는 것이다.

인격 형성에 대해서 타인과 원만한 관계를 유지하는 방법을 내용으로 쓴 책 몇 권을 읽었다고 하더라도 실제로 행동에 옮기지 않으면 모처럼 얻은 지식도 당신의 인격 형성에 아무런 도움을 주지 못한다.

독자들도 확실한 방법을 깨달았을 것이다. 즉 아침에 잠에서 깨고부터 하루 내내 당신은 자기 자신을 훈련한다. 그러니까 아무것도 하지 않을 때는 아무것도 하지 않는 훈련을 하고 있다는 뜻이다.

타인에 대해 무관심하다면, 그것은 무관심할 수 있는 습관을 익히는 연습을 하고 있다는 증거이다.

그러나 당신에게 행동 시스템이 있다면, 항상 이를 의식하여 새로운 자기를 만들려고 노력하게 된다.

이러한 자기 훈련은 좋은 습관으로 반복을 거듭해 나가면 훌륭한 인격이 형성된다.

이와 같은 습관의 반복을 의식하든, 의식하지 않든 간에 인간성은 훈련의 산물이라는 뜻이다. 즉 평소 자기 계발의 결과는 잘 익은 과실의 향기처럼 넘쳐나게 된다.

새로운 인격 향상을 위한 행동의 반복을 고통스럽게 여기는 것은 아직 참된 자기 몫이 만들어지지 못했다는 증거다.

미국의 유명한 육상선수 로버트 리처드가 장대뛰기에서 올림픽 금메달을 조국에 2개나 선사할 수 있었던 것은 1만 시간 이상에 걸친 피나는 연습 끝에 얻은 영광이다.

첼로 명연주자 파브로 카자르스가 전 세계에 감동의 소용돌이를 불러일으킨 것도 나이 70세가 넘었어도 하루에 4시간 이상 끊임없는 연습에서 얻은 결과이다.

이렇듯 인간의 위대함을 결정하는 능력이나 힘은 오직 연습에 대한 열의뿐이다.

처음 시작의 성과는 사막에 흘린 한 방울의 물과 같은 소중함이었을 것이다.

그러나 행동을 반복함으로써 당신의 능력과 내부에 숨겨진 힘은 큰 흐름이 되어 도도히 흐른다.

행동이 감정을 불러온다

야구장 한구석에 왜 공간을 마련해 놓았을까? 그것은 연습하기 위해서다. 경기 중에 투수는 왜 연습할 필요가 있을까? 이 역시 대답은 간단하다. 투수는 늘 연습을 해두지 않으면 교체될 때 곧 투구할 태세를 갖추지 못하기 때문이다.

이것은 기술이 필요한 어떤 일이든지 해당하는 말이다. 연습하지 않으면 행동을 일으킬 의욕이 생기지 않는다.

하버드 대학의 저명한 심리학자 윌리엄 제임스 교수는 이와 같은 사실을 좀 더 학구적인 말로 표현하고 있다.

'감정은 행동함으로써 환기된다.'

바꾸어 말하면 투수로 행동하지 않으면 투수로서의 의욕이 생기지 않는다. 행복해지려고 노력하지 않으면 행복해질 수 없다는 말로 바꿀 수 있다.

이같이 당신은 열의가 있는 것처럼 행동하지 않으면 열의가 생겨나지 않고, 성공한 것처럼 행동하지 않으면 성공하겠다는 의욕도 생기지 않는다. 그러므로 무슨 일을 할 때 해보지도 않고 미리부터 "이건 안될 거야!"라고 생각한다면 될 것도 이루지 못한다.

아침에 잠자리에서 일어나자마자, '아! 지금 당장 일을 하고 싶다.'라고 생각하는 사람은 없다. 일하는 동안에 '저것도 해야겠다, 이것도 하지 않으면…'하고 일할 의욕이 생겨나는 것이다. 역시 적당한 준비 운동이 필요하다.

새로운 자기를 만들고 싶다는 생각을 행동으로 옮겨야 한다. 그렇게 하면 새로운 자기를 만들고 싶다는 적극적인 감정이 솟아나게 된다. 처음 이 감정은 단순한 바램 같은 것이지만, 그것이 행동을 유발하여 반복함으로써 크게 부풀어진다. 이처럼 배로 부풀어진 감정을 강조하기 위해서 'F'를 중복시켜 FF로 표기한다.

행동이 감정을 낳는다는 말은 인생에서 성공했다는 빛깔을 뜻한다. 사실 인생에 대한 추구나 탐구는 본질적으로 감정에 의해 지배되고 있다.

욕망이나 기대 역시도 모두 감정에 의해 이루어진다. 우리 인간은 성공, 우정, 행복, 평화, 사랑, 인식을 자기의 내부에서 찾고 발견하는데, 이는 감정의 표현이다.

그러나 사람들은 대개 자기가 구하고자 하는 뜻이 무엇인가를 제대로 이해하지 못하기 때문에 습득할 수 없다. 그러니까 감정이 행동으로 솟아난다는 사실을 모르고 있다는 뜻이다.

앞장에서 이미 설명한 바 있는 여러 가지 감정을 다시 한번 살펴보기로 하자. 이에 대한 대답은 모두가 행동함에 의해 일어난다는 사실을 깨달았을 것이다.

'행동은 곧 감정의 표현이다.'

왜 당신의 존재가 소중한가

이제까지 생각과 행동의 관계, 감정에 미치는 요소를 설명해 보았다. 이 시스템은 새로운 당신을 만드는 데 도움이 되는 실질적인 요소들이다. 이 시스템을 적절히 이용하면 당신의 인생에 변화가 일어날 것이다. 그럴만한 내용과 깊이를 갖추고 있다고 단언할 수 있다.

항상 행복한 삶, 성공을 인생의 목표로 추구하며 행동해야 한다. 그러면 행동이 감정의 폭을 배로 늘리고, 그러기 위한 사고방식을 만들어 간다.

여기에 좀 더 참고해야 할 말을 곁들이고 싶다. 즉 자기를 바꾼다는 것은 전혀 다른 사람으로 만드는 것이 아니다. 당신이 가지고 있는 좋은 점과 훌륭한 내용을 강조해 행동으로 옮기면 된다.

당신은 딴사람이 되는 것이 아니라, 바로 당신이 소중한 주인공이다. 당신 자신이 완벽한 인간, 최상의 목표라는 점을 잊지 말아야 한다.

당신의 이런 점이 매우 좋다고 남들이 말하는 걸 경험한 적이 있을 것이다. 바로 이 점을 신장시켜 가지 않으면 안 된다. 매력적인 인간을 만들어 내는 요소는 나 자신 안에 있다.

자기 자신을 소중히 가꾸는 태도가 무엇보다도 중요하며 간과해서는 안 될 점이다. 남이 꺼리는 바람직하지 못한 경향은 과감하게 버리도록 한다.

그 결과는 당신의 인생을 훨씬 풍요롭게 해주고 매력적인 모습을 창출해 준다.

 자기완성은 내면적 일이기도 하고 외면적인 일이기도 하다.
우리는 사람들과의 교류가 없이는, 또 그들과 서로 주고받는
영향 없이는 진정한 자기완성을 이룰 수 없다.

당신을 중요한 인물로 만드는 공식

20세기 초 러시아 정부는 사관의 지위를 폐지하였다. 이는 군부의 일대 사건이었다. 그래서 사관들은 병영 숙소를 직접 청소하고 일반 사병들과 함께 식사함으로써 특권이나 칭호까지도 모두 잃어버렸다.

하룻밤 사이에 어마어마한 조직 붕괴가 이루어진 것이다. 군대 역사에 일찍이 없었던 큰 변혁이었다.

그 결과 사관들의 위신은 땅에 떨어지고 일반 병사와 같은 책임 없는 처지로 전락해 버렸다. 이런 돌발적인 사태를 일으켜 큰 혼란에 빠진 러시아는 급기야 모든 사관의 지위를 예전으로 회복시키기에 이르렀다.

이러한 잘못은 러시아라는 국가가 인간의 행위를 좌우하는 능력을 간과한 데에서 야기되었던 일이다. 이 사건을 통해 러시아는 다음과 같은 아픔을 배웠다.

'구성원이 인간으로 조직화 된 사회에서 목표한 바를 달성하려면 지위를 부여하지 않으면 안 된다.'

'개개인은 중요한 존재'라는 사실을 인식시키는 일이었다.

이것은 인생의 만능 약이다. 인간의 중요성을 탐구하는 것이야말로 당신이 활용해야 할 방식이다. 남을 행복하게 하기 위해서는 당신이 사용해야 할 방식이다. 이러한 지혜의 가르침은 옛부터 철학자나 성자들 사이에서 행하여져 온 삶의 방법이다.

셰익스피어는 인간의 높은 이상을 칭찬하였다.

"나는 내 인생의 최고 목표이며, 나 자신이 남보다 더 귀엽고 사랑스럽다."

사뮤엘 존슨도 예외는 아니다.

"일시적으로는 불편할지 모르나 별문제는 없다. 하지만, 나의 중요성을 빼앗긴다면, 나는 이 세상에 존재할 이유가 없다."

매력적인 인간이 되어 남에게 영향을 주고 싶으면, 또 살아 있는 동안 뭔가를 성취하고 싶다면, 다음과 같은 자기 성찰이 중요하다. 즉 설득력 있는 아름다운 인간이 되기 위한 계율을 지켜야 한다.

'남에게 나 자신이 중요한 존재라는 사실을 알리는 일이다.'

주의를 끌기 위한 평생의 노력

인간의 행동 배후에 숨어 있는 의식은 중요한 독립적인 존재가 되고 싶은 바람이다. 이것은 태어날 때부터 죽을 때까지 변하지 않는다. 갓난아이는 주의를 끌기 위해 울고 유아들은 주의를 끌기 위해 장난을 친다. 10대들은 스스로 인정받으려고 유행을 좇는다.

어른들은 아름다운 집, 고급 차, 유행하는 옷을 손에 넣으려고 애쓴다. 특권자로 사회에 군림하려고 끊임없이 달린다. 인정을 받고 명성을 얻는 것이 꿈이다. 인생의 삶이란 자아를 만족시키기 위한 투쟁일

따름이다.

성공하려면 남에게 자기가 중요한 존재라는 사실을 인식시켜 만족감을 주면 된다. 이것은 결코 어려운 일이 아니다.

남에게 자기를 중요한 존재라고 느끼게 하고 알리는 방법은 많다. 그러나 그중 90퍼센트는 3가지 법칙에 바탕을 두고 있다.

이것을 배워 연습하면 설득력은 하룻밤 사이에 몇 배로 늘어날 것이다.

규칙 1.
감사한 마음을 만들어 줌으로써 나 자신이 중요한 존재라고 느끼게 한다.

심리학자 윌리엄 제임스는 책을 집필하는 도중에 병에 걸려 입원한 일이 있었다. 그때 한 친구가 아델리아 꽃과 감사의 말을 쓴 카드를 보내왔다.

제임스 박사는 그 답례로 감사의 글을 썼다.

'이 선물은 내가 책에서 미처 쓰지 못한 말을 상기하게 해주었소.'

이때 제임스 박사는 인간의 깊은 내면에 도사리고 있는 감정, 즉 감사받고자 하는 갈망을 미처 쓰지 못했다고 말하고 싶었던 것이리라.

감사한 마음을 전하면 상대는 사랑을 받고 있음을 느낀다. 그리고 주위 사람들로부터 필요한 존재라고 생각하게 된다.

직업의 만족도를 조사해 보면 불만 원인 가운데 감사에 대한 부족이 큰 비중을 차지하고 있음을 엿볼 수 있다.

또 결혼에 대한 이모저모를 조사해 보면 불행한 결혼의 직접적인 원인은 감사하는 마음을 나타내지 못하는 데 있었다.

인간은 주위 사람들로부터 존경을 받지 못하면 행복해질 수 없는 존재다. 인생을 통해 원만한 삶을 살아가려면 이와 같은 내적인 이기주의를 가지고 있다는 마음을 잊지 않고 감사하다는 한마디의 말로 누구도 해결할 수 없는 일을 해결한다.

가족들로부터 전혀 고맙게 여기지 않는데도, 그들을 위해 고생하며 열심히 일하고 있는 어느 여성의 이야기를 소개해 본다.

어느 날 밤, 그녀는 남편에게 물었다.

"여보, 만약 내가 죽는다면 당신은 큰돈을 들여서라도 꽃을 사주겠지요?"

"그야 말할 것도 없지. 그런데 왜 갑자기 그런 걸 물어?"

"그때 가서는 비록 20만 원짜리 꽃다발일지라도 저에게는 아무 소용이 없을 것 같아서 말이에요. 하지만 제가 살아 있는 동안 한 송이 꽃이라도 보내주신다면 얼마나 고마울까요."

한 가정주부의 평범한 이 말은 우리 주위에 있는 많은 이들의 마음 속에 간직하고 있는 작은 소망이 아닌지 한 번쯤 음미해 볼 필요가 있다.

어쩌다 보내온 몇 송이의 소슬한 꽃다발은 사람들에게 살아 있다는 기쁨과 희망을 안겨주는 감격을 맛보게 한다.

왜 인간은 심장이 멎고 눈이 보이지 않고 귀가 듣지 못할 때까지 삶의 종말을 기다려야 할 필요가 있을까?

지금 당장 상대가 기뻐할 기회라면 어찌하여 한 송이 꽃이라도 보내지 않은가. 그 꽃다발을 만들어 보내는 방법은 많지만, 몇 가지를 알아보기로 한다.

칭찬의 꽃다발을 보내라: 심리학자 필립 브룩스는 다음과 같이 말하고 있다.

"조금이라도 잘한 일에 대해서는 그 노력을 칭찬해 주어야 한다. 그렇게 하면 생각할 수 없을 만큼의 큰 에너지를 얻을 수 있다. 그러므로 당신도 관대하게 칭찬을 아끼지 말아야 한다."

다음은 어느 대학에서 실험한 예다.

우선 학생들을 세 그룹으로 나누었다. 그런 다음 제1그룹은 칭찬과 격려를 해주었고, 제2그룹은 완전히 무시되었다. 남은 그룹에 대해서는 비판으로 일관했다.

그 결과 전혀 발전을 보이지 않은 그룹은 무시된 제2그룹이었고 비판으로 일관한 마지막 그룹은 다소 발전을 보였지만, 칭찬받은 제1그룹은 놀라울 만큼 향상되었음을 알 수 있었다.

필자는 수강생들에게 항상 남을 칭찬하도록 훈련하고 있다. 강의 때마다 수강생 중에 한 사람씩 연단으로 나오게 하여 다른 사람에게 칭찬의 말을 하도록 한다.

이러한 연습 과정은 모든 사람을 즐겁게 할 뿐만 아니라 인간만이 가질 수 있는 특성을 잘 나타내준다. 친구로부터 자신의 웃는 모습에 칭찬받은 한 수강자는 이런 말을 들려주었다.

"나는 그와 15년 동안을 사귀어 왔지만, 오늘 내 미소에 대해 칭찬해 준 것은 이번이 처음이었습니다."

왜 칭찬의 꽃을 보내지 않는가? 왜 우리 주변에서는 칭찬의 말이 쉽게 표현되지 않고 있는 것일까? 훌륭한 인물로 존경의 대상인데도 아직 그렇다는 말 한마디 해주지 못하는 인색한 사람이 얼마나 많을까? 왜 말해주지 않는가?

어째서 칭찬하는 훈련을 하지 않는 것일까? 남을 칭찬하는 방법을 찾으려 들지 않는가? 만약 이를 실행하고 싶다면, 다음 사항을 꼭 마음속에 간직하기를 바란다.

진지하게 말한다. 적당히 얼버무려 칭찬해 봤자 별 의미가 없다. 진지하다는 뜻은 남의 좋은 점을 알아내라는 말이다. 진지하게 찾으면 반드시 좋은 점을 발견할 수 있다.

구체적으로 말한다. 친절하다든가 좋은 사람이라고 공치사를 해 봤자 아무 소용이 없다. 친절하고 좋은 점을 구체적으로 지적하여 말해 주는 것이 중요하다.

그 사람의 용모보다는 교양이 넘치는 행동을 칭찬한다. 그것이 더 진지한 방법이며 훨씬 효과적이다. 주위 사람들에게도 거부감이 없다.

그러나 무엇보다도 중요한 점은 그런 사실을 직접 말하는 용기다. 남을 칭찬하는 연습을 지금 당장 하라. 쑥스럽게 여기지 말고 시작해 보라.

연민의 꽃다발을 보내라: 영국의 작가 유겐 필드는 작품을 쓸 때 아이디어가 떠오르지 않아 의기소침한 기분으로 식당에 갔다. 때마침 점심 무렵이어서 웨이터는 바쁜 걸음으로 식단표를 들고 뛰어왔다.

식단표를 훑어본 필드는 슬픈 듯이 말했다.

"아아! 내가 먹고 싶은 건 한 가지도 없군. 지금 나에게 필요한 건 오렌지 한 개와 따뜻한 한마디 말인데!"

상대가 나를 요구하고 중요한 존재임을 인식시키기 위해서는 사소한 연민의 정과 따뜻한 말이 필요하다.

미국의 사상가이자 철학자인 랠프 에머슨은 이렇게 말했다.

"반지나 보석은 선물의 대상이 아니다. 그것은 선물의 변명에 지나지 않는다. 중요한 선물은 당신의 마음이다."

당신은 따뜻한 말 한마디로 남에게 연민의 정을 보낼 수 있는 기막힌 존재이다.

기억의 꽃다발을 보내라: 절친한 사람은 늘 기억하고 있어야 한다. 필요하다면 작은 수첩이라도 마련해 둘 일이다. 친구나 동료, 이웃, 친척들의 인적 사항을 기록해 둔다. 꼭 기억해 둘 일은 그들의 생일은 물론 자녀의 수와 이름, 취미 등이다.

당신이 이런 점까지 기억해 주었다고 하는 것만으로도 상대는 자기가 중요한 존재라고 느끼게 된다.

좋은 소문이라면 꽃다발을 보내라: 인간은 누구나 남의 소문에 관심을 두고 있다. 그러나 좋은 소문이라면 별로 신경을 쓸 일이 아니다.

항상 남에 대해서는 좋은 평판으로 말하도록 하라. 구체적으로 그의 장점만을 대화의 내용으로 하면 된다. 소문은 돌고 돌아 반드시 본인의 귀에 들리게 된다.

좋은 평판의 말을 들었을 때 상대는 자기 자신이 중요한 존재라는 자부심을 느낀다.

관심의 꽃다발을 보내라: 남에게 늘 관심을 가져라. 또한 그 사람에게 배려하는 마음가짐이 중요하다. 사람들 대다수는 자신만을 생각하는데 90퍼센트 이상의 시간을 보내고 있다. 그런 시간의 불과 몇 분만이라도 남을 위해 활용한다면 어떨까?

뭔가 해줄 일은 없는지? 또 신경을 써 주어야 할 일은 없는지를 늘 염두에 두면서 남을 대하도록 하라. 그와 같은 친절이 넘치는 태도는 주위 사람들로부터 주목을 받음과 동시에 인간성은 몇 배나 매력적으로 보이게 한다.

늘 감사하는 마음을 나타냄으로써 다른 사람의 인생을 아름다운 꽃과 같은 환희로 가득 차게 할 수 있다. 삶의 정원은 당신의 매력적인 향기가 넘쳐나서 아무리 없애려고 해도 사라지지 않는다.

그렇다면 5가지의 꽃다발을 기억해 둘 일이다. 이 꽃다발을 받는 사람은 마음에 새로운 감정의 향기를 맡을 것이다.

- 칭찬의 꽃다발
- 연민의 꽃다발
- 기억의 꽃다발
- 좋은 소문의 꽃다발
- 관심의 꽃다발

규칙 2.
예의를 바르게 함으로써 상대에게 자기가 중요한 존재라는 걸 느끼게 할 것

유명한 사업가 존 워너 메이커는 말한다.

"바른 예절이란 돈과 같다. 너무 많이 써도 안 되고, 또 너무 아껴서도 안 된다."

그는 이 원칙을 끊임없이 지켰기 때문에 부와 명성을 얻었다고 강조하고 있다.

또한 에머슨은 그의 저서에 분명히 쓰고 있다.

'훌륭한 문장과 기사도는 바른 예절 속에 있다.'

언제인가 저술가이면서 강연을 잘하는 인물이 찾아왔을 때, 나의 친구가 안내를 맡았다. 친구는 그를 공항에서 맞이하기 위해 나와 시간을 함께 보냈다. 나는 친구에게 물어보았다.

"그 사람의 어떤 점이 가장 인상에 남았는가?"

그러자 친구는 서슴없이 대답했다.

"응. 그가 자동차 문을 열면서 함께 타도록 조용히 내 어깨에 손을 얹었을 때였어. 정말 그의 예의 바름이란 대단하더군!"

TV 뉴스 해설자인 폴 하비와 만났을 때의 일이다. 그때 하비와 나눈 대화는 기억하지 못하지만, 공항에서 보여준 우아함과 예의 바름은 언제까지나 잊을 수가 없다.

그와 함께 식당에 갔을 때 웨이트리스에게 식단표에 없는 음식을 주문한 하비 씨는 미안하다는 어조로 말했다.

"아가씨, 내가 주문한 음식이 혹시 시간이 오래 걸린다면 말해 줘요. 취소할 테니…"

물론 웨이트리스는 주문한 음식을 기꺼이 가져왔다.

이 식당 아가씨는 사람들의 심부름을 해야 하므로 이같이 손님으로부터 친절하고 정중하게 취급받는다는 사실에 새로운 경험을 얻었을 것이다.

왜 예의 바르게 행동해야 하는가?

필자는 어느 날, 친구 두 사람과 함께 점심을 먹고 있었다. 이 친구들은 방금 뉴욕에서 오는 길이었다.

여행 경험담으로 이야기꽃을 피우고 있을 때, 한 친구가 이런 말을 했다.

"난 뉴욕에서는 못 살 것 같아. 많은 사람이 서로 밀치고 북새통으로 난장판이지. 예의 바른 사람은 한 사람도 못 봤어!"

그런데 이 친구는 약속이 있어서 먼저 자리를 떴다. 그가 나가자, 다른 한 친구가 말했다.

"나의 뉴욕에 대한 인상은 전혀 달라. 조금 전에 반론하고 싶었지만, 내가 뉴욕에서 가장 인상적인 모습은 사람들이 모두 예의가 바르고 친절하다는 점이었어. 바쁜 중에도 뭔가 물어보면 친절하게 대해 주더군!"

나중에 이들의 상반된 이야기를 다시 생각해 보며 필자는 뉴욕의 형편과 두 사람이 판단한 인상과는 거의 관계가 없다는 사실을 알았다. 솔직히 말하자면 한 친구는 너무 자기중심적이어서 이야기 도중 다른 사람은 무조건 잠자코 있어야 한다는 주장을 내세운 것이다.

그는 늘 사람들은 자기에 대해 예의가 없고 존경심이 모자란다고 불만스러워했다. 그런 그가 뉴욕에서 그렇게 생각했으리라는 것은 확연한 일이다.

그러나 다른 한 친구는 온순한 몸가짐으로 참을성이 있고 남을 배려하는 성품을 지녔다. 그러므로 주위 사람들도 항상 그 보답을 하고 있었다. 그토록 예의 바른 그에게 남들이 실례한 태도를 보이는 것은 상상도 못 할 일이다.

인간성의 특성 가운데 예의 바른 것만큼 남과 사귀기 쉬운 감정도 없다. 그걸 남에게 제공하면 그 대가가 반드시 돌아온다.

무엇보다도 상대의 기분을 좋게 하는 매력이 된다. 또 상대에게 자기는 중요한 존재라는 자부심을 느끼게 한다.

사실 버릇 없는 사람으로 취급을 받는 것만큼 인간의 자존심을 손상하는 일도 없다. 남과 대면할 때 예의에 벗어난 태도를 보이면 상대는 불쾌감을 감추지 못하고 전투적인 기분과 적의를 불러일으킨다.

10초 동안의 첫인상은 주위 사람들이 당신의 말과 의견을 믿고 그대로 행동하는지는 첫 대면 10초 안에 결정된다. 이렇듯 첫인상에서 상대를 평가한다. 그만큼 첫인상은 사회생활에 매우 중요한 과정이다.

그러므로 첫 대면에서 실패하면 나쁜 인상을 지워버리는 것만큼 어려운 일도 없다.

사회학자 시뉴엘 골딘은 이렇게 설명하고 있다.

"첫인상이 주는 영향은 매우 중요한 의미를 주는 경우가 많다. 몇 년이 지나도 사람은 첫 대면에서 열의를 다했는지, 아니면 버릇없이 행동했는지, 또 고상하고 점잖은 모습을 보였는지 기억하게 된다."

그러므로 늘 예의 바른 자세의 당신이라면 남들과 따뜻하고 친근감 있는 관계를 맺을 수 있다. 예의 바른 태도는 좋은 첫인상을 보증한다.

예의 바름의 3가지 규칙: 우리들은 태어날 때부터 예의 바름에 의구심을 가지는 것처럼 보인다. 이는 남을 너무 배려하면, 오히려 상대로부터 이용당하지 않을까 하는 걱정 때문인지도 모른다. 항상 예의 바른 자세를 지니고 살아간다는 것은 어려운 일이다.

어쨌든 정중한 태도를 보여줌으로써 상대에게 자기는 중요한 존재임을 느끼게 하려면, 다음의 3가지 규칙을 지키는 것이 무엇보다도 중요하다.

항상 미소를 잊지 말 것: "부탁합니다", "고맙습니다"라고 말할 때는 미소를 잊지 않도록 신경을 써야 한다.

한 예로 상대에게 좌석을 양보하고 다른 자리로 물러나 앉을 때도 미소를 잊지 않도록 한다. 무언가 사소한 일을 상대에게 해줄 경우에도 미소를 지으라. 그렇게 하면 상대는 당신이 기꺼이 함께해 주고 있다는 것을 깨닫게 된다.

무슨 일이나 명확히 하라: 정중한 태도로 똑똑히 말한다. 입안에서 고맙다고 우물우물해 봤자, 아무런 뜻이 없다. 똑똑하게 발음하여 진심이라는 걸 보여줘야 한다.

말할 때는 상대의 눈을 본다. 예의 바르게 하는 몸가짐을 오히려 쑥스럽게 여겨 아래쪽으로 시선을 떨구거나 허공을 바라보는 것은 금물이다. 자신감과 긍지를 가지고 예의 바른 태도를 보이면 효과가 크다.

예의 바름을 위한 훈련: 예의 바르다는 것은 설득력 있는 인간이 갖는 제2의 특징이다. 고압적이고 불손한 사람과 매력적인 인간의 다른 점이자 차이점이다.

그러므로 예의 바름은 남에 대한 배려다. 그것은 남에게 자기라는 존재가 중요한 위치에 있음을 알리는 제2의 규칙이다.

규칙 3.
이름을 부름으로써 중요한 존재임을 느끼게 할 것

인간은 풍선과 같다. 자기 이름을 보거나 들을 때 공기가 주입되어 부풀어 오르듯 벅찬 감정을 맛본다.

그리스의 전사 아킬레스를 알고 있는가? 그의 치명적인 약점은 오직 한 가지 발뒤꿈치에 있었다. 그 뒤꿈치에 화살을 맞고 아킬레스는 죽음을 맞는다.

인간은 아킬레스라는 뒤꿈치를 가지고 있다. 그것은 인간임을 증명하는 신체 부위다. 인간은 자기의 이름을 쓰거나 듣기 위해 평생 일하며 활동하고 있다. 또한 자기 이름의 가치를 위해 피나는 노력을 하고 막대한 돈까지 들인다.

이렇듯 모든 사람의 약점인 아킬레스는 인간이란 동물의 대명사이다. 그러므로 현명하게 이름을 사용하면 당신의 인간성은 새로운 힘과 능력을 배가할 수 있다.

유명한 정치가 짐 파티는 5만 명이나 되는 지역 주민들의 이름과 얼굴을 기억한 결과, 어느 경우에나 상대의 이름을 부를 수 있는 능력을 지녔기 때문에 유권자들로부터 특별한 친근감을 느끼게 하여 역사상 가장 획기적인 정치기구를 만들 수 있었다고 한다.

인간은 자기의 이름을 붙인 기업을 만들어 지키기 위해서 평생토록 땀 흘려 일하는 것이 아닌가.

이름을 써서 감사하는 마음을 나타낸다

필자가 알고 있는 회사의 젊은 중역은 고속으로 사장에서 회장으로까지 승진하였다. 그는 회사의 발전을 위해 놀라운 공헌을 했다.

그러자 경쟁회사에서 최고의 지위를 제공하겠다고 제의해 왔다. 그 회사는 그가 근무하는 곳보다 훨씬 규모도 크고 여망이 있는 대기업이었다. 그래서 그는 회사를 그만두겠다고 경영진과 중역들에게 말했다. 그때 한 중역이 이런 제의를 했다.

"우리는 당신을 스카우트하려는 회사와 같은 대우는 할 수 없지만, 당신의 이름을 회사명으로 개명할 수는 있소."

물론 그는 회사를 그만두는 걸 보류했다. 자기 이름이 회사명으로 남게 될 것이므로 그보다 더 명예로운 일이 없다는 생각에서였다.

자기 이름에 빛을 비춘다. 남에게 뭔가를 부탁할 때는 그 사람의 이름을 부르는 것이 효과적이다.

어느 자문기관의 기획위원장이 이런 말을 했다. 그는 위원회 위원들을 위촉하려고 후보자로 선정된 사람들에게 전화를 걸어 의사를 타진했으나, 모두 바쁘다는 핑계로 거절했다.

그 당시의 이야기를 그는 다음과 같이 설명했다.

"그때 나는 꼭 어떻게 해야만 될 절박한 처지에서 프로그램에 그들의 이름을 넣어 인쇄하기로 했지요. 이렇게 해서 그들의 찬성을 받아

보려고 했던 거지요."

그리고 그는 덧붙여 말했다.

"그렇게 하기로 마음먹고 그들에게 전화를 걸었더니 이번에는 모두가 기꺼이 승낙해 주더군요."

이같이 이름을 슬기롭게 사용하도록 하라. 누구나 자기 이름에 관해서만큼은 특별하고도 아름다운 울림을 가지고 있다. 그것은 손바닥 위에 보석을 굴리는 작은 일과도 같다. 아무리 사용해도 싫증이 나지 않는 유일한 도구다.

또한 상대의 저항력을 약화하고 적의와 반대의견을 완화하여 힘이 되기도 한다. 이것이야말로 남에게 자기는 중요한 인간이라고 흐뭇하게 느끼게 하는 방법이다.

이름 외우기

남의 이름을 기억하는 것이 얼마나 중요한 일인가를 잘 알고 있을 것이다. 그런데도 "나는 기억력이 없어서 남의 이름을 외울 수가 없어."하고 쉽게 말한다.

이것은 잘못된 생각이다. 인간은 누구나 좋은 기억력을 가지고 있는데, 다만 그 사용법을 모르고 있을 뿐이다. 남의 이름을 외우기 위해 기억력을 어떻게 활용할 것인가에 대해서 알아보기로 한다.

우선 남의 이름을 외우는데 세계 제일의 기억력을 가지고 있다는 자신감을 가져야 한다. 혹시 외운 이름을 잃어버리면 어쩌나 하는 걱정, 이름을 잘못 부르는 실수를 하지 않을까 하는 불안감을 버려야 한다. 막연한 의구심이나 망설임, 두려움을 갖고 있는 한 결과가 그대로 나타나는 경우가 많다.

이름을 외우는 일을 즐거워한다. 한 사람의 이름을 외울 때마다 만 원씩을 준다고 하면 이름 외우기를 결코 어렵다고 생각하지 않을 것이다. 오히려 돈 만 원을 받기 위해 거리로 나가 모르는 사람의 이름까지 외우려고 할 것이다.

인간은 외우고 싶은 것만 외우게 마련이다. 물론 이름을 외운다고 해서 만 원을 줄 사람도 없겠지만, 이름을 외우고 있으면 그에 따른 특별한 대우나 높은 평가 칭찬과 같은 많은 되돌림을 받게 됨은 자명한 일이다. 그러니까 기꺼이 이름을 외우기를 시도해 볼 일이다.

이름은 정확하게 외워야 한다. 다음과 같은 물음은 상대의 귀에는 음악과 같은 울림을 전한다.

"죄송합니다만, 다시 한번 성함을 말씀해 주세요."

"존함은 무슨 자 무슨 자인지요?"

"당신의 성함을 물어도 되나요?"

이름에 관해 이야기하는 것은 매우 즐거운 일이다. 정확하게 외우기 위해 되묻는 것을 쑥스럽게 여겨서는 안 된다.

이름을 들었으면 그 자리에서 속으로 세 번 거듭 불러본다. 한 연구팀의 실험에 의하면 어떤 일이 있을 때, 그것을 기억하는가 잃어버리는가는 1시간 이내에 결정된다고 한다.

그러므로 남의 이름을 들었으면 그 자리에서 적어도 세 번은 속으로 불러봐야 기억에 남게 된다. 그리고 될 수 있는 대로 많은 그림과 연관시켜 기억을 되새기도록 노력한다.

즉 어디서 그 사람을 만났는지, 그 이름에서 무엇을 생각했는지, 그리고 이름을 하나의 그림으로 그려보는 것이 중요하다.

하지만 무엇보다도 중요한 것은 연습이다. 이름을 외우는 연습을 몇 번이고 되풀이해 보는 일이다.

남의 이름을 기억하기 위한 조건을 들어본다.

- 이름을 외울 수 없다는 생각을 버릴 것. 자기에게는 남의 이름을 외우는 능력이 있다고 믿는다.
- 남의 이름을 외우고 상대의 이름을 부를 때 즐거움을 느낄 것. 그 일이 얼마나 자신에게 도움이 되는지를 알아야 한다.
- 이름을 정확하게 외울 것. 필요하다면 그에 대해 서슴없이 되물어본다.
- 상대의 이름을 들었으면 2~3분 이내에 반복해서 외어본다.

상대에게 자기는 중요한 인간이라고 느끼게 하는 방법은 한 가지밖에 없다. 그것은 연습을 반복하는 일이다. 자기에게 관심이 있는 사람만 골라서 연습해 봤자 진정한 효과를 기대할 수 없다.

모든 사람이 자기는 중요한 존재라는 걸 깨달았을 때, 비로소 그 방법을 완전히 습득했다고 말할 수 있다.

한 잔의 커피를 날라다 주는 찻집 종업원, 엘리베이터 안내양, 상점점원, 이웃집 사람, 거리에서 스치는 행인, 쓰레기를 치워가는 미화원, 사무실 수위, 신문 배달부, 교사, 목사, 우체부, 미용사 등등은 그 나름대로 중요한 가치를 지닌 사람들이다. 자신이 중요한 존재임을 느껴야 할 사람들이다.

그렇다면, 당신은 규칙을 대략 파악한 셈이 된다. 이 규칙을 올바르게 활용하는 것도, 무관심한 태도를 보이는 것도, 당신의 의지에 달려있다.

앞으로 얼마 동안은 만나는 사람들에게 이 규칙을 연습해 보도록하자. 그러면 당신의 인생은 전혀 새로운 경험으로 가득 찰 것이다.

다시 한번 이 규칙을 정리해 보기로 한다. 규칙을 카드에 기록해 놓고 열심히 연습하면 효과적이다.

자기 인생에 자극을 주고 방향을 점검하는 일은 중요한 인간이 되고자 하는 욕구이다. 이 규칙은 그런 마음을 불러일으키기 위해 사용할 수 있는 방법이다.

- 감사함으로써 상대에게 자기는 중요한 인간이라고 느끼게 한다.
- 예의 바른 자세로 상대에게 자기는 중요한 인간이라고 마음으로 전달한다.
- 이름을 정확히 불러줌으로써 상대에게 자기는 중요한 존재라는 사실을 강조한다.

매일 조금씩 자살하는 사람은 이 세상에도 저세상에서도 존재할 수 없다.

조금씩 자살한다는 말이 이상하게 들릴 수도 있지만, 이 속담은 다음과 같은 뜻을 지니고 있다.

매일 조금씩 자살한다는 말의 뜻은 무슨 일에 고민하거나 너무 자중하여 활기를 잃고, 그 일 때문에 서서히 정신적인 건강이나 육체적인 건강을 망치고, 마침내는 무너져 버리는 내리막 인생을 뜻한다. 매일 조금씩 자살하는 사람은 이 세상을 즐기지 않으므로 이 세상에서 살고 있다고 할 수 없다.

또한 자살한 사람은 이미 삶이 말살되었기 때문에 저세상에도 속할 수 없다.

한 걸음 앞선 마음가짐

발명가 미카엘 파라디는 전동 모터를 발명하자, 당시 영국 수상 윌리엄 글래드스톤의 흥미를 끌어 지지받고자 했다.

그래서 파라디는 자석 주위에 가는 전선을 감은 보잘것없는 모형을 가지고 수상을 만나기 위해 집무실로 갔다. 그의 방문을 받은 수상은 이에 대해 전혀 흥미를 보이지 않았다.

"이 물건은 어디가 좋은가?"

수상이 관심 없다는 투로 물었다.

"언젠가는 수상께서 이것에 세금을 부과할 수 있을 겁니다."

이 말이 위대한 과학자의 대답이었다. 이렇게 해서 파라디는 상대의 행동을 불러일으키는 규칙을 써서 소원을 이뤘다.

상대의 입장에서 말할 것

사람은 자기의 의지에 따라 행동하므로 인생을 살아가면서 잊어서는 안 될 매우 중요한 규칙을 따라야 한다.

인간은 자기의 의지에 따라 행동하며, 결코 남이 가지고 있는 이론에 따라 행동하지 않는다.

파라디는 이러한 인간의 본성을 잘 알고 있었다. 그의 발명은 땀과 노력과 재능의 산물이다. 주위 사람들로부터 질문을 받으면 서슴없이 자신의 꿈으로 이루어진 발명품의 사용법이나 잠재력인 힘을 피력해 주었다.

하지만 어디까지나 그 자신의 견해일 뿐 정성껏 설명해 봤자 별 소득이 없다는 점도 잘 알고 있었다.

언제인가는 발명품에 세금을 부과할 수 있다는 말은 집권자 수상의 마음을 움직일 수 있는 확신에 찬 표현이다. 왜 이 발명에 관심을 가졌는지를 깨닫게 한 계기를 마련해 준 셈이다.

이것이 지도자나 설득자의 비결이 아닌가 한다. 이들은 행동을 일으키는 이유를 이해하고 있었다. 항상 상대편의 입장에 서서 이익을 생각하고 말하며 행동한다는 것을 염두에 두었다.

다른 설득의 계율을 지키지 않아도 제대로 되는 경우가 있는지 모르겠으나 이 규칙만은 소홀히 해서는 안 된다. 즉 설득의 폭약이라고도 말할 수 있기 때문이다.

이 규칙은 슬기롭게 상대를 설득할 수 있는 비결이다. 이 규칙을 무시하면 당신은 자신의 인간성으로부터 설득이라는 능력을 잃게 된다.

인간은 송아지와 같은 습성을 가지고 있다

랠프 에머슨은 철학, 역사, 문학을 망라한 현대적 인물이었으나 송아지를 외양간에 가두는 기술에 대해서는 전혀 문외한이었다.

어느 날 그는 송아지를 외양간에 넣지 않으면 안 되었다. 아들 에드워드가 송아지의 목을 감싸서 끌고 에머슨이 뒤에서 밀기로 했다. 그런데 두 사람이 힘을 주면 줄수록 송아지는 더욱 막무가내로 꼼짝도 하지 않았다.

에머슨의 얼굴에 점점 핏기가 달아오르면서 붉어지고 땀에 젖은 손과 옷에 불결한 냄새가 배어들었다. 금방이라도 분통이 터질 듯한 표정이었다.

그때 심부름하는 아일랜드 출신 소녀가 지나가다가 그 광경을 보고 빙그레 웃으면서 송아지 입 속에 손가락을 넣었다. 그러자 송아지는 소녀의 모성애 같은 행동에 순순히 외양간 안으로 따라 들어갔다. 그러니까 소녀의 작은 손가락이 엄마 소의 젖꼭지 역할을 한 것이다.

이를 지켜본 아들 에드워드는 쓴웃음을 지었으나 아버지 에머슨은 눈앞에 벌어진 광경에 큰 충격을 받았다. 그는 잡지에 이 사실을 기고하며 이렇게 제목을 붙였다.

'나는 유능한 사람을 사랑한다.'

때로 인간은 송아지와 같은 모습을 보여준다. 소리쳐도 억지로 밀어내도 꼼짝을 하지 않는다. 그러나 납득할 수 있는 이유를 제공하면 금방 순순히 따른다.

이는 정치적인 집회에 모여든 농부들의 모습과 흡사하다. 집회의 목적은 어떻게 하면 농사일을 보다 더 능률적으로 향상할 수 있는가에 의견이 집중되어 있었다. 지루하게 이 토론을 듣고 있던 한 농부가 자리에서 일어났다.

"난 무식해서 농부들에 대한 가치나 정치에 대해서는 알지 못해요. 그러나 우리들이 소를 우리 안으로 몰아넣을 때는 어떤 사료를 이용하는 것이 가장 효율적인가에 대해서는 이야기를 나눌 수 있지요"

인간에게 뭔가를 시키고자 할 때 사료, 즉 상대의 이익이 되는 관점을 내세워 이야기하지 않으면 안 된다.

다음 계율의 이용법

조금만 연습해도 이 계율을 당신의 성격에 보충시킬 수 있다.

이 강력한 설득의 요소를 익히기 위해서 알아두어야 할 4가지 조건이 있음을 유의하길 바란다.

사실에 대한 의견 : 당신이 상대에게 어떤 행동을 취하도록 부탁할 때, 사실이나 의견을 표현하도록 요구한다. 이런 경우라면 당신의 의견은 도움이 되지 않고 사실만이 큰 의미가 있다.

그러므로 사람들 대다수는 당신의 의견에 쉽게 움직이지 않는다. 반대로 그들을 움직이게 하는 설득의 힘은 사실에 있다.

이를테면 자동차 세일즈맨이,

"이 차는 매우 경제적인 모델입니다."

라고 말해 보았자, 이는 단순한 의견에 지나지 않아 설득력이 없다. 그저 팔기 위한 선전 문구로 여길 뿐이다.

"최근에 이 차종 1백 대로 도로 주행을 시험한 결과 1리터 휘발유로 평균 14킬로미터를 달렸습니다."

라고 말한다면, 이것은 사실이다. 고객은 이쪽의 설명을 받아들여 차의 구매 여부를 생각하게 될 것이다.

또 당신이 학부형으로서 학교 발전을 위해 학부모회를 조직하려고 이렇게 말했다고 하자.

"이 모임은 매우 훌륭한 조직입니다. 다른 학부모회보다 월등하게

구성되었습니다. 그러므로 학부모 여러분께서는 모두 참여해 주시길
바랍니다."

이는 당신의 의견을 말한 것에 불과하다. 따라서 영향력을 기대할
수 없다. 그러나 다음과 같이 말한다면 하나의 사실을 증명하여 더 큰
의미를 줄 것이다.

"이 학부모회의 회원은 총 228명입니다. 1년에 4회 총회를 개최하
고자 합니다. 이 회합에서는 교육의 문제점, 교사와 학부모와의 관계,
새로운 학습법, 아동심리 등을 주제로 하고자 합니다."

그러므로 당신이 설득할 자리에 있을 때는 자신의 의견을 주장함보
다 사실을 체계적으로 정리하여 말하는 것이 중요하다.

사실이 주는 이익 : 그러나 사실만 강조해서는 불충분하다. 사실이
설득력을 얻으려면 이익이 주는 효과를 극대화할 필요가 있다. 사실
을 말할 때는 상대에게 어떤 이익을 주는가를 명확히 설명해야 한다.

언제인가 필자는 이 원칙을 알고 있는 한 세일즈맨으로부터 설득되
어 기계를 산 일이 있었다.

처음에 나는 그저 작은 모형의 모터에 흥미를 느껴 전시실을 세 군
데나 둘러보았다. 그때 판매원들은 다음과 같은 설명과 의견을 말해
주었다.

"이것은 5마력짜리 모터인데 3피트 회전밸브, 발화 파워 헤드가 부
착된 신형으로서 피스톤의 배기량은 8.8인치입니다. 그리고 후로트
실, 혼합실, 스로틀밸브, 혼합기 조절 장치, 흡입 베어홀드 접속부로
되어 있습니다."

그들이 말하는 내용처럼 틀림없이 훌륭한 모터였을 것이다. 그러나
나는 그들의 설명을 쉽게 이해할 수 없었으므로 별다른 의미를 느끼

지 못했다. 즉 이익과 연결이 되지 않았다.

그런데 네 번째 판매원의 설명은 내용이 달랐다. 그는 앞에서와 같은 말을 하고 나서 이해를 돕기 위해 덧붙여 말했다.

"다들 아시다시피 모터를 작동시킬 때 잦은 고장 중의 하나는 핀이 부러지는 일입니다. 좀 더 알기 쉽게 말씀드리면 물밑에 있는 해초라든가 쓰레기 같은 불순물로 모터의 핀이 부러지는 사고입니다. 그런데 이 신형 모터의 경우는 그 점을 보완했다는 게 장점입니다. 해초나 다른 불순물이 감기면 자동으로 멈추게 되어 있습니다. 이를테면 고기를 계속 낚으면서 30분 동안 모터를 수리하지 않아도 된다는 뜻입니다. 현재 이 모터는 세계에서 가장 많이 팔리는 제품입니다. 무엇보다도 AS가 쉽다는 강점도 있습니다. 또한 모든 수리공은 이 모터의 구조나 성능에 대해 잘 알고 있으며 부품 공급도 원활합니다."

그 얼마나 큰 차이가 있는 설득인가. 이 말을 듣고 나는 모터를 사들고 전시실을 나왔다.

이 세일즈맨은 사실을 설명하면서 소비자가 얻는 이익을 조목조목 열거하고 모터의 장점을 들어 사야 할 이유를 강조한다.

유능한 판매원이나 세일즈맨은 흔히 이런 말을 사용한다.

"구매자는 상품을 사는 것이 아니다. 손님이 사는 목적은 그 상품이 주는 이익이다."

그러니까 향수를 사는 것이 아니라, 더 좋은 향기를 산다는 뜻을 말한다.

자동차를 사는 것이 아니라, 운전하는 즐거움을 사는 것이다.

꽃씨를 사는 것이 아니라, 아름다운 꽃밭을 사는 것이다.

넥타이를 사는 것이 아니라, 개성이 있는 멋을 사는 것이다.

밍크코트를 사는 것이 아니라, 또 다른 특권과 아름다움을 함께 사는 것이다.

그러므로 사실을 말하고 남의 행동에 영향을 주고 싶을 때는 반드시 그 사람이 얻는 이익을 말해주는 것이 중요하다. 이제부터 당신 자신에게 이렇게 말해보라.

"사실과 이익, 사실과 이익, 사실과 이익……"

사실을 말할 때는 항상 상대의 이익과 연관시켜야 한다는 간단한 규칙을 잊지 말아야 한다.

당신의 BB(Bulleseye Benefit) 총을 쏠 것 : BB 총이란 이익의 과녁을 맞히는 상징적인 총을 말한다.

누구나 다른 사람의 이익과는 비교도 안 되는 자신만의 중요한 이익을 한 가지씩은 가지고 있다. 이것이 곧 경제적 이익을 말한다.

경제적 이익은 우리에게 행동을 일으키게 하는 중요한 요소이므로 반드시 획득해야 한다.

이를테면 어떤 사람이 5억을 들여 호화주택을 구매했는데, 찾아오는 사람들에게 자랑스럽게 내보이는 것이 있었다. 벽에 걸린 고풍스러운 그림을 떼어내면 그 뒤에 감춰진 비밀금고였다. 모름지기 그가 이 호화주택을 사들인 이유는 자신만의 경제적 이익, 즉 벽에 숨겨진 비밀 금고였다. 그래서 그는 큰돈을 투자한 것이다.

새 차를 구매한 사람에게 그 차의 어느 부분이 마음에 들어 샀느냐고 물어보면 의외로 대답은 외관의 아름다움이나 운전하기에 편하다는 점이 아니었다. 그 차를 사게 된 이유는 운전석에 앉아 자동으로 문을 잠그면 열리지 않기 때문이라고 했다는 것이다.

그러니까 운전 중에 뒤에 탄 아이들이 장난삼아 문을 열어 사고가 나는 걱정을 할 필요가 없다는 점이다.

이와 같은 예는 모두 사소한 이야기 같지만, 본인에게는 중요한 자기만의 경제적 이익이다. 그러므로 남에게 이익이 되는 상품을 설명할 때는 사소한 점이라도 간과해서는 안 된다. 상대의 눈이 호기심으로 빛나며 구매욕을 불러일으키면 이익을 얻을 수 있다.

"그 점은 미처 생각하지 못했는데 듣고 보니 과연 그렇군요!"

이런 말을 할 정도로 이점을 지적했을 때야말로 경제적 이익을 명중시킨 셈이다.

당신은 이와 같은 BB 총을 쏠 준비가 되어 있어야 한다. 이것이 당신이 가진 것 중에서 가장 강력한 설득의 도구이다.

변호사 다로의 비결 : 저명한 변호사 클라랜스 다로는 말한다.

"감정은 인간을 의욕으로 몰고 가는 최상의 방법이다. 그렇지만 지성이나 상식은 아니다."

판사와 배심원을 설득하는 최대의 비결은 이 말의 뜻에 있었다. 그는 이어서 설득한다.

"당신이 바라는 대로 판사와 배심원이 판결 내리도록 한다."

그는 먼저 상대의 감정에 호소한 다음 법률적인 입장에서 이유를 제공한 것이다. 다로는 인간이 행동을 유발하는 요인은 논리에 따른 결과가 감정에 유입된다는 사실을 잘 알고 있었다.

사람들은 자기 자신을 이렇게 하고 싶다는 충동으로 행동한다. 그러므로 당신이 말하는 이익이 상대의 감정에 호소한 것이라면, 한층 더 강력한 내용을 담고 있어야 한다. 상대의 애정이나 호기심, 프라이드, 모험심, 행복, 소유권, 매력과 같은 감정에 호소할 수 있다면 상대를 움직일 수 있는 강력한 말이 된다.

하나의 예를 들어보기로 하자.

처음으로 유럽에 감자가 수입되었을 때 프랑스 농민들은 이에 적극 반대했고, 다른 도시 사람들까지도 감자 먹기를 거부하기에 이르렀다.

이때 유능한 영농자가 있었는데, 그는 감자의 효능에 대해 이해하고 있었으며 농업 면에서의 중요성도 인정하여 많은 땅에 감자를 심었다. 마침내 수확 때가 되자, 그는 감자밭에 다음과 같은 푯말을 세웠다.

'이 흙 사과는 귀족들을 위해 경작한 농작물이다. 이것을 허가 없이 손을 대는 자는 엄벌한다!'

한편 낮에는 감시원을 세웠다. 하지만 밤에는 감시원의 모습은 보이지 않았다. 그러자 감자를 훔쳐 가는 사람들의 발길이 잦자, 금세 감자밭은 엉망이 되어버렸다.

그 결과 감자는 매우 인기 있는 식품이 되어 프랑스 국민에게 널리 보급되었다는 이야기이다.

단지 감자는 특별한 맛이 있다고 하는 것만으로 일반 사람들이 먹도록 하기에는 그 이유가 너무 약하다.

이 경우 사람들은 논리에 따라 행동한 것이 아니라 감자를 먹고자 하는 욕구에 따라 행동한 것이다. 그 당시 감자는 구하기가 쉽지 않은 농작물로 귀족들만이 먹는 것이라고 믿었기 때문에 더 깊은 관심을 보인 것이다.

제2차세계대전 때는 모든 물자가 궁핍하여 손쉽게 구하기가 어려웠다. 그러한 사정으로 사람들은 오랜 시간 동안 줄을 서서 몇 개비 담배를 사기도 했다. 그중에는 군중 심리에 끌려 담배를 피우지 않는 사람까지도 섞여 있었다. 이 역시 감정에 따라 행동한 하나의 예다.

프랑스 국왕 루이 11세가 열애하는 여자의 죽음을 예언한 점성가에 관한 이야기가 있다.

예언대로 왕의 여자는 죽고 말았다. 그러자 루이 11세는 점성가의 예언이 애인을 죽인 것이라는 망상에 빠져 그 벌로 점성가를 죽이려고 그를 불러 이렇게 말했다.

"그대는 자신이 영리하고 학식 있는 자라고 여기고 있는 모양인데, 그렇다면 그대 자신의 운명을 예언해 보라!"

왕의 음모를 알게 된 점성가는 공손히 대답했다.

"예, 폐하! 소인은 폐하가 승화하시기 3일 전에 죽게 되어 있나이다."

그러자 왕은 이 말을 믿고 점성가의 목숨을 소중히 하기로 마음먹었다는 이야기다.

이 경우 점성가는 자기가 살아남지 않으면 안 되는 이유를 왕에게 전가함으로써 목숨을 건질 수 있었다. 무엇보다도 더 오래 살고자 염원하는 왕의 감정에 호소한 것이다.

프랑스의 정치가 볼테르가 1727년에 영국을 방문했을 때, 영국민들의 프랑스에 대한 감정은 최고조로 나빠져 있었다. 런던 거리에서조차도 생명의 위험을 느낄 정도였다.

어느 날 런던 거리를 산책할 때 분노한 시민들이 외쳤다.

"저놈을 죽여라. 저 프랑스 놈을…."

볼테르는 성난 시민들의 소리를 듣고 그 자리에서 서서 이렇게 외쳤다.

"영국인들이여! 내가 프랑스 사람이라는 이유만으로 나를 죽이려드는가! 나는 영국인이 아니다. 이것만으로도 이미 벌을 받고 있다는 사실을 모르는가?"

이 말을 들은 군중들은 환성을 지르며 그를 숙소까지 무사히 보내주었다.

이 경우도 논리로 행동했다고는 말할 수 없다. 그들은 애국심이라는 감정에서 행동한 것이다.

또한 볼테르 역시도 자기 자신을 구출하기 위해 자기의 이론을 내세우지 않고 상대방의 이론을 교묘하게 이용한 셈이다.

어느 아버지의 유언

아들아!

책을 너의 친구로 삼아라.

책 상자나 책장을 너의 기쁨의 밭과 뜰로 삼아라.

책의 낙원에서 따스함을 자기 것으로 만들어라.

지혜의 과일을, 장미를 자기 것으로 만들어라.

지혜의 향료를 맛보아라.

만일 너의 영혼이 흡족하거나 지쳤을 때는

뜰에서 뜰로, 밭에서 밭으로

그리고 사방의 풍경을 즐기는 것이 좋다.

그렇게 하면 새로운 희망이 솟고

너희 영혼은 환희에 넘치리라.

사람을 움직인다

밴 프랭클린은 미국 역사상 설득력 있는 지도자로 널리 알려진 인물이다.

그의 탁월한 설득 능력을 알기 위해서는 다음에서 말하는 그의 자서전 내용이 좋은 참고가 될 것이다.

'다른 사람의 찬성과 협조를 얻으려고 필자는 몇 번의 만남과 망설임을 겪지 않으면 안 되었다.

그러나 나는 다음과 같은 소중함을 배웠다.

그것은 나 자신을 남보다 우위에 세울 기회를 제안하고 실행에 옮길 때의 일이다. 그 기획을 실행에 옮기려면 남의 도움을 받아야 한다는 사실이다.

그러나 그 기획의 제안자가 바로 나라는 사실을 공개하는 일은 바람직하지 않다. 그래서 언제나 나 자신을 뒤에 감추고 기획은 많은 친구와 협조하여 세운 것이라고 말해 주었다.

이와 같은 방법으로 내가 추진하고자 하는 일은 원활하게 진행되었으며, 그 후부터 한 걸음 앞선 기획을 제안할 때는 같은 방법을 썼다. 나의 성공 경험에 비추어 이와 같은 방법을 권하고 싶다.'

당신도 프랭클린이 될 수 있다.

프랭클린의 비결은 자기 자신을 뒤에 감추는 데 있었다. 자기가 그 기획의 제안자라는 사실을 공개하는 것은 바람직하지 않다고 하여 그는 항상 한 걸음 뒤로 물러섰다.

바꾸어 말하면 남을 끌어들인 셈이다. 자기를 뒤에 감추고 남을 전면에 내세웠다.

'유익한 기획을 제안하여 그것을 수행하려면 남의 도움이 필요하다. 그 제안으로 하여 자기가 남보다 우위에 선다면, 결코 남들은 협조해주지 않는다는 사실을 알고 있었다.'

프랭클린은 설득력이 있는 인간이 되기 위해 앞에서 말한 계율을 지키고 있었다.

'남을 행동에 개입시켜 끌어들이지 않으면 안 된다.'

자기들도 그 일부라고 느끼게 할 필요가 있기 때문이다. 행동에 영향을 주고 협력을 얻기 위한 절대 필요한 항목이다.

남을 행동으로 끌어들이기 위한 계율을 지키는 데 도움이 되는 다섯 가지 방법이 있다.

이 다섯 가지 방법은 비교적 쉽게 지킬 수 있는 내용으로 강한 설득력을 가져다준다.

방법 1.
'당신' 또는 '우리'라는 말을 쓴다.

'나'라는 말 대신 '당신' 또는 '우리'라고 말한다.

한 예로 음악가의 이야기를 소개해 보겠다. 교회에서 오르간 연주회를 열었을 때였다.

막간에 이 음악가는 잠시 휴식을 취하려고 오르간 뒤쪽으로 갔다. 그런데 그곳에 한 노인이 담배를 피우며 앉아 있었다. 노인은 오르간에 바람을 넣는 일을 하는 잡부였다.

노인은 빙그레 웃으며 말했다.

"우리들의 연주회는 매우 성공적인 것 같군요!"

이 말은 천재 음악가의 마음에 들지 않았다. 그는 언짢은 표정으로 대답했다.

"우리라니 이상하지 않습니까? 영감님, 연주가는 납니다. 연주를 하는 사람은 나란 말입니다."

시간이 되어 그는 다시 오르간 앞에 앉았다. 관객들이 자리를 찾아 앉고 작은 소음이 뒤를 이었다. 그가 두 손을 높이 들어 다음 곡을 연주하기 위해 포즈를 취하자, 장내는 물을 끼얹은 듯 조용해졌다. 그는 기운차게 건반을 두들겼다.

그런데 웬일인가? 소리가 나지 않았다.

다시 두들겨 보았으나 역시 벙어리다.

그는 벌떡 일어서서 오르간 뒤쪽을 보았다. 노인은 여전히 담배를 피우며 앉아 있었다. 음악가는 비로소 자기의 잘못을 깨닫고는 빙그레 웃으면서 말했다.

"영감님의 말씀이 옳았어요. 우리들의 연주회!"

이렇게 해서 연주회는 성황리에 끝났다.

'우리'라는 말은 이렇게 큰 차이를 가져다준다.

그 천재 음악가가 '나'라고 말하며, 모든 걸 자기 혼자만의 공로로 여겼을 때, 그 뒤에서 보이지 않는 노인의 노고는 완전히 무시된 것이다.

그런데 '우리'라고 말했을 때, 비로소 노인도 이 연주회의 일원으로 가치를 인정받은 것이다. 노인은 자기도 관객들을 즐겁게 하고 있다고 믿고 있었다. 그러니까 음악가의 연주 일부는 자기의 몫이라고 여긴 것이다.

그러므로 상대는 공유하고 있다는 마음에서 모든 걸 아낌없이 주고 싶어진다.

남을 내 편으로 끌어들이기 위해 '우리'라는 말을 애용하라.

세계적으로 유명한 가수 마리안 앤더슨은 말했다.

"사람이 일평생 하는 일 가운데 무엇 한 가지 혼자의 힘으로 할 수 있는 것이 없다고 느껴졌을 때, 내가 그걸 해결했다, 내가 해냈다고 나 자신을 앞세우는 말을 해서는 안 된다."

당신의 인생에서 자기 혼자의 만으로 할 수 있는 일이란 한 가지도 없다는 사실을 명심하기를 바란다. 남이 한 일은 보잘것없는 것처럼 보일지 모른다. 그러나 남이 없으면 당신은 훌륭한 오르간 연주자가 될 수 없다.

그러므로 마리안 앤더슨의 말에 한 번쯤 귀를 기울여 보라. '내가'라는 말을 쓰지 않고 남의 협력을 바란다면, 모든 일에 '당신' '우리'라는 말을 애용하도록 하자.

방법 2.
상대의 생각이라고 느끼게 할 것

카알 루서는 대기업의 세일즈 교육 담당자였다. 그는 온 세계를 돌아다니며 기업 경영자나 간부들을 대상으로 자문 역할을 해주었는데,

그 수가 5만 명 이상에 이르고 있다.

그래서 카알은 기업 경영자 3백여 명이 참가하여 운영되고 있는 모임의 회장 자격으로 조직을 이끌고 있을 정도다. 카알이 왜 그토록 많은 사람에게 일을 시키고 있는가를 알려면, 그의 활동을 살펴보는 것이 지름길이다.

그가 조직의 회장이 되었을 때의 일이다. 카알의 지휘 아래 그때까지 생각지도 못하던 뛰어난 아이디어로 혁신적인 프로그램이 기획되었다.

그런데 사실은 카알 자신이 어떤 아이디어를 가지고 있었던 것은 아니다. 그는 아이디어를 제공해 주는 사람을 만날 때까지 그룹 맴버에게 차례로 질문을 던졌다. 그래서 자기 생각과 같은 뜻을 가진 사람을 만나면 서슴없이 실천에 옮겼다.

"그것참 좋은 생각이오, 한번 해 봅시다."

제안의 실행을 그 제안자에게 맡겼다. 일을 추진하는데 제안자를 개입시킴으로써 사업의 극대화를 노린 것이다.

"협력을 얻으려면 상대를 일에 개입시키는 것이 필요하다."

이렇게 해서 자기 자신의 생각을 실행에 옮긴 것이다.

50대 100의 규칙을 이용한다. 남의 아이디어를 실행하기 위해서는 50퍼센트의 노력과 협력만이 필요할 뿐이다. 그러나 자기의 아이디어에 대해서는 100퍼센트의 노력과 협력을 아끼지 않는다.

다른 사람에게 사업 아이디어를 그 사람의 생각이라고 믿게 하는 방법은 그다지 어려운 일이 아니다. 아이디어 일부분만 보여도 상대는 그것이 자기 생각인 것처럼 금방 말하기 시작한다.

이 경우, 이렇게 질문해 보면 어떨까.

"어떻게 하면 좋은지, 당신의 의견을 듣고 싶은데?"

"지금 생각하고 있는 걸 실현하려면 어떤 것을 사용하면 되는지, 좋은 방법이 없을까?"

"어떤 사람은 이렇게 하면 좋을 것이라고 말하는데, 당신 생각은 어떻소?"

이런 경우 상대는 아주 작은 아이디어를 내면 된다. 그러면 당신은 금방 그 내용을 알아차리고 말할 것이다.

"그건 정말 좋은 생각이오. 당신이 말한 대로 해 봅시다."

이것으로 100퍼센트 노력과 협력을 얻을 수 있다. 이때 카알 루서가 말한 대로 상대를 개입시키게 된다.

방법 3.
당신을 위해 상대가 해주어야 할 일

50대 초반의 미망인 그레이스 톰프슨 부인은 훌륭한 저택에서 혼자 살고 있었다.

그녀는 다음과 같은 이야기를 들려주었다.

"어느 날 이웃집에 혼자 사는 여자가 이사를 왔어요. 그래서 나는 새 친구를 사귈 좋은 기회라고 생각하여 정성껏 음식을 만들어 가지고 갔었지요. 또 집 안이 정리될 때까지 강아지도 돌봤어요.

작은 일이지만 여러 가지로 배려하며 그녀를 기쁘게 하려고 노력했답니다. 다음에는 틈틈이 새 음식을 해 보냈으며, 대신 장도 보아주었지요. 그리고 이웃 사람들에게 소개하느라고 티파티도 열었습니다.

그런데 웬일일까요. 이삼일이 지나자, 그녀는 나에게 매우 차가운 태도를 보이기 시작하더군요. 이런 관계로 6주일이 지나자, 나 역시 그녀가 싫어졌어요.

그 무렵에 난 몸이 아파 앓아눕게 되어 할 수 없이 그녀에게 전화를 걸어 장을 좀 봐줄 수 없느냐고 물었지요. 그랬더니 그녀는 쾌히 장만 봐주는 것이 아니라 심심할 것이라며 잡지까지 가져다주었어요. 또 앓아누워 있는 나의 식사 준비도 해주고 틈만 있으면 여러 가지로 돌봐주었어요.

그 후부터 우리는 가장 사이좋은 친구가 되었답니다. 나는 그때까지 왜 진정한 친구가 되지 못했던가를 깨달았어요. 그녀는 남을 돌보는 직업을 가지고 있었던 거예요. 그런데 나는 그녀에게 뭔가를 해주는 기회를 전혀 주지 않았던 거지요."

그렇다. 상대가 나에게 뭔가를 해줄 수 있다는 것은, 곧 이쪽에서도 상대에게 뭔가를 할 수 있는 처지임을 뜻한다.

만약 당신이 상대를 행동에 개입시키고 싶다면 뭔가를 해줄 수 있도록 배려하는 마음이 중요하다. 뭔가를 당신에게 해주면 거의 목적을 이루었다고 볼 수 있다.

필자의 친구 톰 그랜트는 대기업에 근무하며 판매 실적이 연간 4만 달러를 넘고 있었다.

톰의 말에 따르면, 고객으로부터 점심 식사를 서비스받는 일은 절대로 없다고 한다. 진심으로 상대를 끌어들이려면 허물없는 사이로까지 발전한 단골이라도 밥값은 스스로 내도록 한다.

그러니까 점심 한 끼로 비즈니스를 살 수 있다면 잃는 것도 있다는 사실을 터득한 말이다.

고객은 비즈니스 쪽에서 약점을 보이고 싶지 않은 미묘한 존재이다. 오히려 어떤 때는 뭔가를 주고 싶어서 안달하는 일도 있다. 예의로 서비스해 주어도 고객은 더 부담을 느낀다.

상대를 행동에 개입시키려면 무엇보다도 당신에게 뭔가 해줄 수 있도록 분위기를 만들어야 한다는 사실을 잊어서는 안 된다.

방법 4.

상대를 쇼에 참여하게 한다

필자가 어느 날 오후 늦게 귀가하자, 초등학교 1학년생인 딸아이가 자랑스럽게 말했다.

"아빠. 내가 오늘 반에서 편지 모으기에 뽑혔어!"

"아, 그래 참 잘 됐구나. 그런데 그 편지 모으기가 뭘 하는 건데 ……?"

"그건 말이야. 반 아이들 모두가 편지를 쓰기로 했거든. 부모님에게도 좋고, 친구에게…… 아니면 선생님이나 다른 반 선생님에게 써도 돼요. 그걸 모아서 교장 선생님에게 가져다드리는 거예요."

딸아이는 이 일에서 중요한 역할을 맡았기 때문에 학교에 대한 흥미가 훨씬 많아진 모양이다.

우리 역시 지난날 학교에서 선생님으로부터 어떤 역할을 맡도록 지시받고 한없이 기뻐했던 추억을 가지고 있을 것이다. 그리고 그 일에 대한 벅찬 기억은 지금도 변함이 없다.

옛날의 재래시장에서 물건 주인과 손님이 상품을 흥정하느라 옥신각신하는 광경을 본 일이 있을 것이다. 그런데 요즘은 크게 다르다. 아니 혁명적이라고 할 수 있다.

상품을 판매하는 데 획기적인 변화라고 하면 고객의 손에 상품만 건네주면 된다는 점이다. 고객도 판매 활동의 일익을 담당하고 있다는 것을 느끼게 한다.

래버 컴퍼니라는 타이어회사 중역인 폭 쉘러는 판매법을 교육하기 위해 해마다 타이어 대리점을 찾아 수천 마일이나 되는 판촉 여행을 담당하고 있다.

그는 상품 선전의 일환으로 언제나 바닥에 타이어를 세워두는 전략으로 이야기를 진행하면서 적당한 기회에 타이어를 살짝 밀어 상대편 쪽으로 굴려주면 고객은 타이어를 받은 채 그 자리에 서 있게 된다. 그렇게 함으로써 고객을 구성원의 한 사람으로 판촉 교육에 참여시킨다는 전략이다.

폴은 항상 '상품은 고객의 손에 건네주라.'라고 충고한다.

뭔가를 상대편 손에 건네준다. 뭔가 할 일을 만들어 준다. 뭔가의 역할을 제공해 준다.

그렇다면, 다음과 같은 요건을 절대로 잊어서는 안 된다. 남의 협력을 얻으려면 필요한 사람을 관객 속에서 끌어내서 직접 쇼에 참여토록 한다.

방법 5.
상대에게 명예를 주어라

하버드 험플리가 미국의 부통령으로 선출되자, 그가 소속되어 있는 상원에 공석이 생겼다. 이때 후계자를 임명하는 것은 미네소타주 지사인 카알 폴버그의 권한이었다.

그런데 험플리가 주관하는 인물이 임명될 것이라는 소문이 신문에 보도되었다. 그러므로 자기의 권한이 침해될 것이라는 소문에 고민한 폴버그는, "나는 워싱턴으로부터의 명령은 결코 받들 수 없다."라는 말을 남기고 휴가를 떠나버렸다.

폴버그가 휴가에서 돌아왔을 때 부통령 험플리는 출신 구의 7천 명이나 되는 사람들 앞에서 기자 회견을 하고 있었다.

"나는 주지사 카알에게 무엇을 어떻게 하라고 명령할 위치에 있지 않다. 카알은 지금 그 직무를 훌륭하게 수행하고 있다. 혹시 카알 쪽에서 나에게 해야 할 일을 명령할지도 모르지만, 분명한 것은 내가 그에게 명령할 수 없다는 사실이다."

얼마나 뛰어난 수완가인가! 험플리는 폴버그가 자기의 윗자리에 앉아 직무를 수행하고 있다는 것을 분명히 밝히고 그에게 모든 명예를 돌렸다.

남을 개입시키고 싶다면 쇼를 연출하여 영광이나 명예를 상대에게 돌려주어야 한다. 그들이 참가하지 않으면 쇼를 계속 진행할 수 없다는 사실을 인식시킬 필요가 있다.

사무실을 운영하는 명예를 비서에게 돌려주라. 또 빌딩의 관리가 제대로 운영되는 것은 수위 덕분이라고 말해야 한다. 이러한 사람들에게 매우 중요한 역할을 담당하고 있다는 사실을 알리는 것이 정말 중요하다. 진정 보람을 느낄 만한 책임을 주어야 한다.

또 아이들에게 자기 방을 잘 정돈한다는 습관을 칭찬해 주어야 한다. 직장의 상사에게는 그의 덕분에 생활이 보장된다는 마음가짐으로 항상 감사해야 한다. 고객에게는 당신에게 일을 베풀어 준다는 명예를 주어야 한다.

항상 상대가 한 일에 명예를 되돌려 주는 것이 중요하다.

 돌이 물병 위에 떨어지면 물병이 깨진다. 물병이 돌 위에 떨어져도 물병이 깨진다. 어쨌거나 깨지는 것은 물병이다.

바람 속으로 파고든다

"제자리에 준비 탕!"

출발 신호가 울렸다. 나는 힘껏 바닥을 박차고 8백 미터 결승점을 향하여 돌진한다. 최후의 라인까지 무슨 일이 있더라도 달리지 않으면 안 된다.

1968년 봄의 일이다. 당시 나는 고교 3년생으로 이 지역 경기에서 이기면 주 경기에 출장하는 자격을 얻을 수 있었다.

그러나 나의 출발은 늦었다. 중 단거리 경주에서의 출발은 우승을 좌우하는 시발점이다.

그런데 몸을 일으키는 순간 강한 바람이 시야를 어지럽힌 것이다. 나는 제1 라인에서 6위로 달리고 있었는데 직선 주로를 달릴 때도 강풍 때문에 제대로 달릴 수가 없었다.

다음 코너의 바깥쪽을 돌 때, 코치가 손을 흔들며 큰 소리로 외치면서 나를 향해 달려오고 있었다.

처음에는 코치가 나를 응원하는 걸로 알았다. 그러나 그는 연신 왼

손을 입 위에 대고 오른손으로 신호를 보내왔다. 나에게 지금부터 자기가 하는 말을 들으라는 신호였다. 코치는 운동장을 가로질러 코너 끝에 가까이 서 있었다.

그 옆을 지나칠 때 똑똑하게 그의 고함 소리가 들려왔다.

"야, 바람 속으로 파고들어! 바람 속으로 파고들란 말이야!"

이제까지 경험하지 못한 돌풍 속으로 달리고 있으면 오른쪽 코스가 더 넓게 보인다. 그리고 머리를 쳐들고 가슴을 편 자세로 팔을 턱밑까지 올려 바람을 향해 힘차게 달린다.

나는 코치가 지시하는 뜻을 알아차렸다. 그의 지시대로 머리를 최대한 낮게 숙여 바람 속으로 파고들면서 원을 그리듯이 한쪽 팔을 힘차게 휘둘렀다. 그러자 바람의 저항이 적어지는 것이 아닌가.

나는 6위에서 5위, 4위를 앞질러 마지막 코너에서는 1위와의 차이를 1미터 정도까지 단축할 수 있었다. 마침내 나는 이 경주에서 우승하여 주 대회에 출전할 자격을 얻었다. 하지만 중요한 것은 달리기 경기에서 가치 있는 교훈을 배웠다는 자부심이다.

코치는 그 후 2~3년 뒤에 세상을 떠났지만, 그는 항상 나와 함께 살고 있다. 인생의 거센 바람을 만나면 생각나는 분이다.

인생을 살아가면서 어떤 장애나 저항이 크게 보일 때는 코치가 트랙 옆에 서서 입 나팔을 만들어 "바람 속으로 파고들어!"라고 외치는 모습이 눈앞에 역력해지는 것이다.

'큰 것을 얻기 위해 작은 것을 버리라!'

남을 당신 뜻대로 움직이기 위해서는 굳이 100퍼센트 찬성을 얻지 않아도 된다.

이 교훈을 잘 이해하고 활용하면 큰 성과를 얻을 수 있다. 세일즈맨이 상품을 판매하고자 할 때, 손님의 반대 의사나 거부감을 모두 극복해야 한다는 이유는 없다.

회사 사장은 사원들에게 너무 많은 것을 요구하거나 강요해서는 안 된다. 사원들이 회사 방침이나 그 밖의 사소한 것까지 모두 찬성할 필요는 없다.

국회의원은 자기들이 제안한 법안이 통과될 때 수정되고 바뀐다는 사실을 알고 있다. 그리고 최후의 통과 단계까지 이르러 바람을 파고드는, 즉 교섭하는 방법을 배우게 된다.

또 부모들은 큰 것에서 궤도를 벗어나지 않으면 아이에게 선택의 자유를 주어야 한다. 그렇게 함으로써 아이의 의지나 독립심이 길러진다.

그러니까 거대한 느티나무가 땅바닥에 쓰러지는 것은 강한 바람에 저항하기 때문이다.

갈대를 보라. 갈대는 바람과 함께 흔들리기 때문에 쓰러지지 않고 그 자리에 서 있는 것이다.

이 기술을 사용한 화가이며 조각가 미켈란젤로는 그의 걸작인 '다비드상'을 완성했을 때, 이를 주문한 사람이 작품을 보러 왔다.

그는 이것저것 비판적으로 감상하고 나서 특히, 코에 대해 평을 했다. 다른 모습은 다 좋은데 유독 코가 얼굴의 다른 부분과 조화를 이루지 못한다며, 코를 바꾸도록 요구했다.

그러자 미켈란젤로는 사다리에 올라가 미리 준비한 대리석 부스러기를 아래로 뿌리면서 망치로 코 부분을 두들겼다. 사실은 깎는 시늉만 낸 것이다.

그가 다시 사다리에서 내려오자, 주문한 사람은 다비드상을 올려다보며, "과연 명품이요. 생명이 깃들어 있는 것 같소!"라고 감탄했다.

이때 미켈란젤로는 감정적으로 반론할 수도 있었을 것이다. 그러나 그렇게 하면 고생하여 만든 작품 전체가 거부되었을지도 모른다. 하지만 바람 속으로 파고듦으로써 작가는 고객으로부터 거액의 제작비를 손에 넣을 수 있었다.

화를 내며 바람에 거슬리느니보다 현명한 조각가는 기꺼이 작은 점을 양보했다. 그 결과 조각품은 받아들여진 것이다.

어느 날 필자는 어떤 조찬 모임에서 국회 상원의원이며, 정당 원내간사였던 하버드 험플리 옆자리에 앉아 제안된 법안에 관해 이야기를 나누고 있었다. 그중에 어떤 중요한 법안에 대해서 험플리는 이렇게 말했다.

"우리는 올해 안에 이 법안을 통과시킬 작정이오. 물론 많은 저항과 장애가 따를 것은 각오하고 있지요. 그리고 몇 군데는 수정도 필요할 겁니다. 하지만 중요한 것은 꼭 통과시켜야 한다는 점입니다."

이것은 훌륭한 설득자의 태도라고 여겨진다. 그는 변화에 거슬리지 않고 저항을 줄일 방법만 생각하고 있었다. 큰 걸 얻기 위해 작은 것을 양보하지 않으면 안 된다는 점을 잘 안 것이다.

필자는 그 해 험플리 의원이 예언을 실현하는 모습을 매우 흥미롭게 지켜보았다. 법안은 그의 예언대로 바람 속을 파고드는 작전으로 무사히 통과되었다.

상대의 체면을 세워주면 그 사람은 설득당하고 무언가를 할 때는 반드시 그 결과에 참여하려 든다. 그리고 몇 가지에 대해서는 적절히 반대하기도 한다. 어디까지나 자기의 정당성을 고집하고 싶은 욕구 때문이다.

일단 설득은 받았지만, 자기의 체면을 세우고 싶어 한다. 자기의 의견이나 행동이 영향을 받아 변했다고 남들이 생각하지 않기를 바라는 이유에서이다.

상대의 체면을 세워주는 유일한 방법은 작은 점에서 양보하는 일이다. 설득은 서로 의견을 거래하고 있다는 상대성이다.

"만약 당신이 큰 점에서 찬성한다면, 나는 다른 작은 것을 당신에게 양보한다."

라고 말하는 것과 같다. 이 거래가 성립되었을 때, 설득받는 사람은 자기가 더 이득을 얻었다고 생각한다.

세일즈 전문가도 이 방법을 쓰고 있다.

세일즈를 막 시작한 사람은 고객의 반대를 극복하는 여러 가지 방법을 배우게 된다. 그 결과 고객이 지적하는 반대를 극복하지 않으면 안 된다는 판단을 갖는다. 그러나 이것은 큰 잘못이다.

현명한 전문가는 전혀 다른 방법을 쓴다. 필자가 잘 아는 어떤 세일즈 전문가는 이런 말을 하였다.

"고객이 반대하면 난 언제나 '당신이 그렇게 말씀하는 것은 당연합니다'라던가, '그건 참 좋은 의견이군요'라는 말로 그의 의견에 찬성한다. 만약 반대의견이 중대한 내용이라면 고객은 그 방법을 꺼낼 것이다. 그러나 별로 중요한 것이 아니라면 항상 손님이 하자는 대로 하고 있다. 이렇게 되면 사들이는 단계에서 고객은 모든 걸 자기 뜻대로 결정했다고 느끼게 마련이지요."

설득력 있는 인간이 되기 위한 계율을 지키면서 이 세일즈맨은 매우 성공적인 인생길을 걷고 있다.

책임감을 기른다

'이걸 어쩌면 좋은가, 박군! 정말 내가 잘못했네.

나는 회사의 영업부장으로 수년간 판매 구역을 임의로 지정해 왔어. 그건 잘못이었네.

사실 나에게는 그런 자격이 없었던 거야. 실제로 나는 담당 구역에서 일하고 있는 자네들과는 달라서 그 지역의 판매 여건에 대한 지식은 별로 갖지 못했거든.

그러니까 박군, 자네야말로 담당 구역에 대한 사정과 문제점을 가장 많이 알고 있는 사람이란 말일세. 어느 정도로 일할 수 있는지, 또 목표를 어디에 두면 좋은지, 지역 내에 어떤 기회가 있는지, 자네라면 충분히 알고 있으리라고 생각하네.

그러니 박군, 이제부터 담당 구역은 자네가 직접 정했으면 해. 신중히 생각하게. 우리 회사의 발전은 현장에서 뛰는 자네들의 성적에 달려있다네. 담당 구역에 대한 기획서를 10일 안에 제출하길 바라네. 그럼 잘 부탁하네.

○○판매 주식회사 영업부장 ○○○
박○○ 귀하'

필자는 편지 내용을 다 읽고 나서 영업부장에게 말했다.
"그런데 부장, 그 결과는 어떠했소?"
"예상 밖이었어요."
영업부장이 대답했다. 그는 덧붙여 말했다.
"각자에게 담당 구역을 스스로 정하게 하자, 회사에서 목표를 일방적으로 할당하는 것보다 10퍼센트나 15퍼센트를 더 높이 책정하더군요. 올해 들어 겨우 5개월밖에 되지 않았는데도 이대로 가면 목표 달성은 무난할 것 같습니다."
이같이 한 통의 편지로 설득의 규칙 한 가지만 사용해도 사업은 크게 인상되어 수억대의 이익을 볼 수 있다.
'자기 입장을 공정하게 판단할 수 있도록 상대에게 맡겨라.'
상대를 심판관으로 삼는다.
이 계율을 지키면 상대를 심판관으로 삼아 눈앞에 벌어지는 일을 공평하게 처리할 수 있다는 데 의의가 있다. 이와 반대로 자기 자신이 심판관이 되어 책임을 느끼면 방관자와는 전혀 다른 행동을 취하게 된다. 심판관은 누구나 공평함을 바라며 사실을 추구한다.
너무 젊다는 이야기는 쓸데없는 말이다.
반 파우즈는 필자가 경영하는 성인 교실 수강자의 한 사람인데, 그는 이 계율을 실제로 사용해 본 경험담을 들려주었다. 그는 10세 된 자기 아들 토미에게 직접 실험해 보았다.
그날 토미는 부모가 허락한 범위를 넘어 언덕까지 자전거 놀이를 했다. 시간이 지나도 돌아오지 않아 아버지는 아들을 찾으러 나갔으나 보이지 않았다. 결국 토미는 저녁 식사 시간을 45분이나 늦게 돌아왔다.

평소 같으면 아버지는 아들 토미를 호되게 야단쳤을 것이다. 아니면 방에 가두어 버렸을지도 모른다. 그러나 그날만은 성인 교실에서 배운 규칙을 써 보려고 마음먹었다. 그래서 토미에게 이제까지 어디서 무얼 했느냐고 비교적 상냥하게 물어보았다.

"토미야! 자전거 놀이에 정한 규칙을 넌 오늘 위반했어. 가서는 안 될 먼 데까지 간 거야. 그리고 저녁 식사 시간을 45분이나 늦었어. 네가 잘못했다는 건 알고 있겠지?"

"예 아빠!"

아버지는 다시 말을 계속했다.

"토미야! 평소 같으면 이 아빠가 너를 꾸짖고 벌을 주어야겠지만, 이젠 뭔가를 스스로 배울 나이가 되었단다. 언젠가는 너도 아빠가 될 거다. 네 자식들이 크면 아이들에게 여러 가지를 말해주어야 해. 그러니까 무엇이 옳고, 잘못인가를 가르쳐 주어야 하고, 그 가르침을 어떻게 지키며 친구들과 사이좋게 지낼 것인지에 대해서도 말이야. 때로는 벌을 받지 않으면 안 된다는 것까지도 말이지. 그래서 오늘은 너 자신이 네가 한 일에 대해 잘 생각해 보아야 한다. 네가 부모가 된 셈 치고 말이다. 너의 아들이 뭔가 잘못했으면 당연히 벌을 받아야 할 것으로 생각지 않니?"

"예─, 아빠!"

토미는 눈물을 글썽이며 대답했다.

"그렇다면, 잠깐 여기 앉아서 생각해 봐. 어떤 벌을 받아야 할지 네가 정하는 거야. 정했으면 나에게 와서 말해보라고……."

얼마 후에 토미는 아버지를 찾아왔다. 반의 말에 따르면 아들의 판단력과 성숙도를 아버지가 자랑스럽게 느낄 정도의 대답을 가지고 왔다는 것이다.

"아빠, 제가 가서는 안 될 곳까지 갔으므로 당분간 자전거 놀이를 하지 않기로 약속하겠어요."

토미는 진지하게 말했다.

"음, 그래! 그럼 얼마 동안이나 타지 않을래?"

"잠깐만이요."

"그럼 1주일은 어떨까?"

"예, 그렇게 하겠어요."

"알았다, 토미. 그럼, 앞으로 1주일간 자전거 놀이를 하지 않기로 하는 거다."

그리고 반은 아들과 말을 끝냈다.

"이것은 내 자식놈이 배운 교훈 중에서 가장 유익한 것이었다고 생각합니다. 잠자리에 들기 전에 나는 자식놈에게 말했지요. '이 아빠는 토미를 매우 자랑스럽게 생각해. 어른이 되면 너는 틀림없이 훌륭한 아버지가 될 거야.'라고 말해주었지요. 이 계율은 그야말로 마술과도 같아요."

인간은 우리들이 생각하고 있는 이상으로 위대한 존재이다. 공정성과 정의감을 가지고 있음은 물론, 감정적인 요소도 많다. 또 한편 충동적이기도 하고 논쟁적이며 자기중심적이기도 하다.

그러나 개개인은 책임에 대한 강한 양심이 있어서 균형을 이루는 것이다. 양심은 항상 옳기를 바라고 공정한 결론을 얻으려는 원동력으로써 작용하고 있다.

이제부터 이 위대한 설득의 도구를 실제로 쓸 수 있도록 하나하나 단계를 쫓아 설명해 보기로 한다. 그러나 실천에 들어가기 전에 어떤 설득의 경우에나 꼭 직면하게 되는 장애에 대해 보다 세심하게 알아 두어야 한다.

가장 큰 장애는 상대에게 뭔가를 해 달라고 부탁할 때 가장 큰 장애가 되는 것은 상대의 이기주의다.

무엇보다도 이를 극복하지 않으면 안 된다. 정도의 차이는 있을지라도 두 사람은 이기주의자다. 별로 좋은 일은 아니지만 사실이다.

어떤 심리학자는 이기적이지 않은 행동이란 있을 수 없다고 강변하는 말을 들은 적이 있다. 우리 인간은 만족감, 즉 자기는 인정하지 않지만 자비로운 인간이라는 마음을 갖기 위해서 돈까지도 서슴없이 내준다.

이러한 태도라면 논의할 가치가 있다. 적어도 사람은 누구나 자기중심적이며 자기의 이익을 먼저 생각한다는 점은 부정할 수 없기 때문이다.

당신이 설득하여 상대에게 뭔가를 요구하고 싶다면, 우선 이기주의라는 장애를 올바르게 다스리고 나서 대처하지 않으면 안 된다. 이 점을 특별히 명심하기를 바란다.

이를 파악하였다면 상대에게 요구하는 방법을 이해하기 시작했다고 볼 수 있다. 사람은 늘 이기적으로 갈구하기만 하니 이득이 없는 행동은 하지 않는다는 사실을 예측해야 한다.

이를테면 돈을 갖고 싶으니 쓸데없는 물건을 사지 않는다. 레저나 휴식을 즐기고 싶어서 힘든 일은 하지 않는다.

자신의 자주성과 방법의 결과를 알기 때문에 협력하기를 거부한다. 자기 생각이나 의견을 강하게 인상 짓기 위해 반론을 편다.

아이들은 자기의 독립성과 특권을 잃고 싶지 않기 때문에 부모의 감독이나 규율에 반대한다.

이같이 눈에 보이는 것, 보이지 않는 것을 고집한다고 해서 이기주의를 탓해서는 안 된다.

인간은 먹는 것. 입는 것, 사랑, 보수, 감사, 특권, 그 밖의 크고 작은 것까지 필요로 하며 바라고 있다.

만약 인간이 자기 내면에 깃들어 있는 이기주의가 이런 보잘것없는 것들까지 갈망하고 노력하지 않는다면 작은 구멍에서 자란 당근이나 우엉 뿌리에 지나지 않을 것이다. 다만 존재 의미만 있을 뿐이다.

그러므로 이기적인 모습만을 탓해서는 안 된다. 이것이 설득을 위한 계율을 활용하는 첫 번째 규칙이다. 이 전제조건을 일단 받아들이기만 하면 상대를 설득할 때 실제로 활용할 수 있다. 이 장애를 오히려 설득의 도구로 삼는다.

인간은 값비싼 것을 바란다. 셰익스피어는 이렇게 말하고 있다.

"처음부터 좋고, 나쁜 것이 있는 게 아니라, 그 사람의 생각이 좋은 것 나쁜 것으로 구별한다."

그러므로 이기주의를 좋은 것으로 생각하도록 하라. 왜냐하면 대개 이기주의는 좋은 쪽에 있다.

인간은 자기 자신을 위해서는 좋은 것을 바라고 훌륭한 평판을 바라기 때문에 고귀한 인격자가 되고자 향상심을 높이고 덕이 있는 인간이 되고 싶어 한다.

이렇듯 인간은 자기의 삶을 통해 멋있고 훌륭한 인격자가 되기 위해 이기주의자가 되는 것이다.

1단계.
적절한 동기에 호소한다.
"올바른 결정을 내릴 것인가, 책임은 너의 손에 달려있다."

"자네가 의지할 곳임을 잘 알고 있네."

"자네는 매우 공정한 사람이라는 평판이야."

이런 말은 상대가 갖고 있는 고귀한 특성에 호소하는 말이다.

필자는 이 설득의 문제에 대해 어느 중소기업 경영자 모임에서 이야기한 적이 있다. 그때 한 경영자가 웃음 띤 얼굴로,

"말씀드리고 싶은 것이 있는데요."

그러면서 다음과 같은 사연을 들려주었다.

자기 회사의 부장 한 사람이 사원들끼리의 다툼을 사장인 그에게 말했다.

한 사람은 나이가 많은 사원으로 급료도 높게 받고 있었으며, 다른 사람은 입사한 지 얼마 안 되는 신입사원이었는데, 이 문제를 자기에게 보고하면 어떻게 대처할 것인가를 미리 결정하고 있었다고 한다.

새로 들어온 신입사원이 회사의 기강이나 분위기를 흐려서는 용서할 수 없다고 생각했다는 것이다.

그런데 그날 오후, 문제의 해결을 사장인 그에게 요청해 왔다. 그때 신입사원이 먼저 찾아와 어느 쪽이 옳은가를 말해 달라고 하며 결정에 기꺼이 따르겠다고 말했다.

그러자, 이 말 때문에 사장인 그의 태도는 일변했다고 한다. 그는 웃음 띤 얼굴로 좌중을 돌아보며 말했다.

"나는 신중하게 양쪽의 말을 듣고 신입사원의 손을 들었지요. 나이든 사원이 분에 넘친 행동을 했기 때문입니다."

이같이 설득의 방법에 따라 큰 차이가 생긴다. 자기가 해야만 될 책임이 있고 좋은 평판이 있다면 그쪽을 선택하게 된다. 불필요한 편견을 갖거나 치우친 판단은 금물이다.

이것이 앞에서 말한 영업부장이 세일즈맨에게 쓴 편지와 같은 설득

이 아니겠는가.

그렇다면, 그 편지가 효과를 나타낸 열쇠는 무엇일까?

그는 세일즈맨들에게 자기 스스로 담당 구역을 정하는 책임을 부여했다. 즉 세일즈맨들을 영업부장으로 삼은 것이다. 먼저 자기 자신이 공정해야겠다는 양심을 믿은 것이다.

또 앞에서 말한 부자간의 이야기도 마찬가지다. 아이는 아버지의 역할을 맡지 않으면 안 된다는 책임을 깨달았다.

어떻게 이기주의를 극복할 것인가? 제1단계는 남에게 설득되어 뭔가를 해야 한다는 저항과 이기적인 반항을 약화하기 위한 도구이다. 그렇게 함으로써 상대를 움직일 수 있는 동기에 호소할 수가 있다.

2단계.
사실을 그대로 밝힐 것

상대가 심판관이 되었으므로 여기서 재판을 해보기로 하자. 모든 사실을 다시 한번 검토하고 심의해 보기 위해 당신은 공정해야 한다.

왜냐하면 모든 사실을 검토하지 않으면 나쁜 점도, 좋은 점도, 또 찬성도 반대도, 당신의 목적에 반하는 사실도 밝혀야 하기 때문이다.

이렇게 하지 않으면 정당한 재판을 할 수 없다. 무엇보다도 이 설득법은 정직한 마음으로 진지하게 행해지지 않으면 안 된다.

만약 상대가 당신보다 사실을 더 자세하게 알고 있다면, 그 내용을 제대로 고려했는지를 스스로 물어봐야 한다.

영업부장이 세일즈맨들에게 보낸 편지에서 보여준 내용이 적당하고 좋은 예다.

모든 사실이 밝혀졌으면 다음 단계의 준비가 기다린다.

3단계.
옳다는 동의를 받는다.

사실에 대한 상대의 의견을 들어보자. 과연 옳다고 상대가 동의하는가?

'나쁜 짓을 했다는 사실을 알고 있겠지.' 하고 아들에 물은 아버지의 입장을 잊지 않도록 한다. 하지만 주의할 점이 있다. 결코 논쟁해서는 안 된다는 대목이다. 상대가 모든 사실에 동의하지 않더라도 걱정할 필요는 없다.

사실을 재검토한 다음 제시한 바와 같다는 동의를 받아라. 이 단계에서는 흔히 사소한 점에 대해 이런저런 문제를 말한다. 왜냐하면 자기 생각이 바뀌지 않을까 하는 불안 때문이다. 그러나 상대의 말에 인내를 갖고 듣고 있으면 된다. 다음 제4단계를 설명하겠다.

4단계.
상대에게 시간을 준다.

재래식 난로를 이용해 떡이나 밤을 구어 본 일이 있는가? 난롯불에 석쇠를 놓고 그 위에 밤이나 떡을 올려놓으면 얼마 동안은 아무런 변화가 보이지 않는다. 그러다가 갑자기 떡이 부풀어 오르거나 밤껍질이 튀며 구워진다.

인간의 양심도 이와 같다. 일단 불에 쬐면 마음과 행동의 모든 영역을 커버할 때까지 부풀어 오른다. 그러나 그때까지는 시간이 걸린다. 그래서 4단계는 상대에게 다시 한번 생각도록 하는 과정이다.

양심에는 뜸을 들일 시간이 필요하다. 한약처럼 달이는 시간이 길면 길수록 용액은 더 짙어진다.

그렇다. 여기서 당신이 해야 할 일이 있다. 말하지 말라. 조용히 기다려라. 상대에게 생각할 시간적 여유를 주어라. 침묵을 두려워해서는 안 된다. 먼저 말문을 여는 자가 승복한 것이라고 당신 스스로 타이르라.

판매 담당 구역을 정하는데 부하 직원에게 10일간의 시간을 준 영업부장을 기억하라. 또 아들에게 벌을 묻는 아버지를 생각하라. 신입사원의 설득에 판단을 내린 사장의 말을 잊지 말라.

지금 당신은 가장 강력한 설득 방법을 배웠다. 이것을 활용할 실천만이 당신의 몫이다.

남과 원만하게 타협할 방법에 대해 필자 자신의 개인적인 경험을 말해 보고자 한다. 이 방법을 써서 성공한 일이 있기 때문이다. 그 결과 이 방법에는 많은 이점이 있다는 사실을 깨닫게 되었다.

그 예를 몇 가지 들어보기로 한다.

• 상대는 결코 설득되었다는 인상을 받지 않는다.

• 상대가 올바른 결론을 얻을 수 있었던 것은 자신이 결정했기 때문이라고 믿는다.

• 당신은 상대의 원숙함과 성장을 도운 것이다. 상대의 행동이나 의견의 길잡이로서 양심을 받아주었기 때문에 성장한 것이다.

전설에 의하면, 그 옛날 황금시대라고 불리던 시절이 있었다.
사람들은 온화하고 소박하게, 또 행복하게 살며
대지가 주는 열매만으로 만족할 줄 알고, 새들은 평화롭게
하늘을 날았고, 겁 많은 토끼도 두려움 없이 들판을 뛰어다녔다.
누구도 공포와 배신, 악의를 몰랐다.
지상의 모든 걸 평화가 지배하고 있었다.
그 평화는 지금 어디에 있는가?

상대의 마음을 사로잡는 여섯 가지 규칙

"여러분, 누구나 마음속으로는 비겁자입니다. 하지만, 난 위험에 직면했을 때, 자신감을 안겨 주는 지혜를 발견했습니다."

대학 축구팀에서 꽃을 피우던 왕년의 축구 선수 말이다.

미네소타 대학의 베이브 르보아는 미국 축구 챔피언팀에서 활약한 사람이다.

그와 점심을 먹으면서 아프리카 원주민에게 살해된 선교사들의 이야기를 하는 중이었다. 만약 그러한 위험한 일에 직면했다면, 어떻게 대처했겠느냐는 내용이 대화의 주제였다. 앞에 인용한 글은 그가 한 말이다.

경기장에서 시합하는 동안 육체적인 위험과 승부에 따른 정신적 스트레스로 항상 마음의 침착성을 강요당하는 사람이라면, 누구나 마음속으로는 비겁자라고 지적한 말이다.

그는 또 말을 이었다.

"나는 시카고 올스타전 때 이런 생각을 했어요. 모두 축구 선수는 용기가 남다르다고 믿고 있는 것 같은데, 꼭 그렇지는 않아요. 그들도 남들과 같이 시합 전에는 불안해합니다. 시합 전날 밤에는 너무 불안한 나머지 꿈까지 꾸게 되지요. 그리고 운동장에 들어설 때는 그만 수만 명이라는 관중 앞에 주눅까지 들고 말아요. 그래서 어떻게 하면 강한 기력을 가질 수 있을까 생각했던 거예요.

예정대로 시합은 시작되고 그때, 나는 완전히 다른 사람이 됩니다. 걱정도 두려움도 없습니다. 시합은 생각보다도 훨씬 쉽게 풀렸지요. 그 후부터 이 교훈은 내 삶에 많은 것을 가르쳐 주었습니다.

그 교훈이란, 우리들이 필요할 때는 하느님이 용기를 주신다는 생각입니다. 이건 사실입니다. 지금 이 자리에서 평화롭게 이야기를 나누는 당신과 내가 생명에 위험을 느끼고 있다면, 얼마나 불안하겠습니까. 하지만 그와 같은 상황에 직면했다고 하면, 나 자신도 모르게 용기가 솟아나거든요.

왜냐하면 견디지 않으면 안 될 시련을 이겨내기 위해서 하느님은 반드시 용기를 주실 것이라는 믿음 때문입니다. 이토록 나에게 자신감을 안겨다 준 것은 바로 삶의 지혜입니다.

뭔가 마음이 불안해지거나 사사로운 작은 일에 직면했을 때는 용기와 침착성이 생겨난다고 믿고 있어요. 그러니까 무슨 일이 있어도 적극적으로 행동하려는 의욕을 갖는 것입니다."

얼마나 재미있고 활기에 넘치는 이야기인가. 그렇다면 그와 비교하여 내 자신이 왜 재미없는지도 알았을 것이다. 베이브 르보아는 자기도 모르게 상대의 마음을 붙잡는 규칙을 따른 것이다. 그는 가면이나 잘못된 자기 과시의 겉치레를 모두 벗어 던지고 있었다.

한편 우리 주변에 가면으로 자기의 얼굴을 가리고 있는 사람은 의외로 많다.

그러나 그는 삶을 자극하는 모든 겉치레를 벗어 던지고 자기가 두려워하고 있는 모습을 솔직하게 인정하고 있다. 언제나 불굴의 용기를 가지고 있다고 하는 거짓된 감정에 얽매이지 않고 문제에 직면하면, 그 해답을 얻고자 자기의 내면에 있는 의심과 두려움을 모조리 털어놓는다.

그래서 그의 이야기는 활기에 차 있고 재미와 감동을 전해준다. 누가 들어도 마음이 움직이는 내용이다.

남과 이야기하고 있을 때, 상대의 마음을 사로잡으려면 다음과 같은 규칙을 실행에 옮기도록 한다.

규칙 1.
자기 자신을 드러내라

어느 날 저녁, 말하기 교실에서의 일이다. 수강생들은 각각 자기가 선택한 제목에 대해 각자 3분간씩 발표하기로 했다.

제목은 '벼룩 훈련'부터 '파키스탄의 석유 자원'에 이르기까지 각양각색이었다.

그러나 그날 밤 상을 받은 사람은 자기 자신을 아낌없이 들어내 놓은 여성으로 참가자들의 마음을 사로잡았다. 그녀는 중년의 흑인 여성이었는데, 다음과 같은 말을 들려주었다.

"나는 백인과 결혼한 가정주부입니다. 우리들의 결혼 생활에 따르는 가장 큰 문제를 이야기하고자 합니다."

그녀는 여기서 잠깐 말을 끊고 자리에 앉아 있는 사람들이 그녀에게 시선을 집중시키기를 기다렸다. 사람들은 극적으로 자기 자신을 들어내 놓은 솔직함에 그녀를 지켜보았다.

"흑인과 백인이라는 상반된 남녀가 결혼한 경우에는 많은 문제가 따르지요. 우리 두 사람이 함께 있을 때 주위 사람들의 호기심 어린 눈길, 이웃으로부터의 조용한 거부감, 부모나 친척에 대한 걱정 등등 이루 헤아릴 수가 없습니다. 그러나 참으로 가슴 조이는 일은 8세 된 아이가 학교에서 울며 돌아올 때였어요.

'엄마, 왜 나에게는 친구가 없어요? 난 친구를 갖고 싶은데……. 모두 나를 놀리기만 해요. 누구 하나 친구가 되려고 하지 않아요.' 라며 흐느낄 때였어요.

아이의 피부색은 아주 희답니다. 하지만 우리 아이는 흑인이나 백인 어느 쪽에서도 받아들여 지지 않았어요. 흑인이나 백인 가릴 것 없이 우리 아이를 놀리는 거예요.

남편과 저는 우리들의 문제를 서로 이해하고 잘 알고 있지만, 8세인 아이에게 어떻게 설명해야 할지! 양쪽으로부터 이렇게 놀림을 받는 건 뭔가 나쁜 짓을 했기 때문이 아니라, 아이의 태어남에 원인이 있다는 사실을 어떻게 알려야 할까요.

이에 대한 대답은 없다고 봐요. 아이에게 이해시킬 방법이 없다는 겁니다. 문제를 안고 성장해서 스스로 깨닫게 할 수밖에 별도리가 없어요. 그러나 엄마로서 아이가 보는 눈앞에서 동정을 내보일 수도 없어요. 아이에게 상처를 주고 싶지 않기 때문입니다.

그래서 저는 결코 눈물은 보이지 않기로 했어요. 하지만 내가 가장 슬펐던 순간은 문이 열리면서 거기 눈물로 범벅이 된 아이 얼굴을 보는 순간입니다. 또 놀림을 받았구나! 그런 시련을 이해하기에는 아직 나이가 어리다고 생각할 수밖에 없답니다. 이는 엄마의 슬픈 위안일 뿐입니다. 이런 슬픔은 아마 아이가 어른이 될 때까지 계속되겠지요."

이어서 그녀는 구체적인 문제점에 대해 학교 당국과 어떻게 타협했는지에 관해서도 소신 있게 설명했다.

그녀는 끝까지 불평을 털어놓지 않고 설명했다. 자기 자신을 진솔하게 드러낸 것이다. 그녀가 자리에 앉자, 사람들은 일제히 박수를 보냈다. 그녀는 자기 자신을 솔직하게 털어놓음으로써 사람들의 마음을 사로잡은 인간이 된 것이다.

유의란 자기 자신을 드러내는 표현이다.

앞에서 예로 든 이야기는 자기 자신을 드러낸 중에서 온전한 방법이다. 그러나 보다 유쾌하고 명확한 방법도 있다.

이를테면 다음과 같은 경우다.

"현재도 많은 문제를 안고 있는데, 왜 오늘 밤은 이토록 즐거운지 저 자신도 이상하게 느껴져요. 오늘 오후 가계부를 살펴보았더니 지난달 자동차 월부금, 아이들의 옷, 집세에 이르기까지 아직 내지 않고 있다는 걸 알았어요. 예금통장에는 겨우 75달러 83센트밖에 남지 않았는데 말이에요."

라고 로버트 론슨이 말했다.

그러자 그의 아내는

"그 남았다는 75달러 83센트라는 돈도 이상해요. 두 달 전부터 제가 통장을 보관하고 있는데 은행에서 자동 납부되는 돈과 제 계산이 맞지 않는 거예요. 지난달에는 잔액에서 26달러 10센트가 달랐고, 전전달에는 37달러가 차이 났어요. 학교 때 산수 점수는 반에서 상위권이어서 늘 자랑이었는데, 왜 그렇게 되었을까요."

라고 말을 이었다.

그러자 로버트가 말을 받았다.

"하지만 문제는 딴 데 있었던 거요. 결재 날이 번번이 코 앞에 있었으니까요. 그래서 봉급날이 되면 곧장 은행으로 뛰어가 몽땅 통장에 넣었지요. 그런 문제가 생긴 건 9개월 동안 꼭 두 번 있었지요."

그러자 장내는 한바탕 웃음이 터지고 유쾌하기만 했다. 모두 앞을 다투어 가정의 예산 문제, 월부금 갚기, 살림살이 이야기에 꽃을 피웠다. 무엇보다도 그런 화제를 제공하며 자기 자신을 들어내 놓고 화제의 중심이 된 두 사람의 공이었다.

가정의 재정 문제로 하여 속을 썩이지 않는 사람은 거의 없을 것이다. 우리 주변 가까이에 있는 사람들 가운데 호주머니 속에 들어 있는 돈을 서슴없이 공개할 수 있는 사람은 얼마나 될까.

언제인가 유쾌한 내용의 편지를 잘 쓰는 사람에 관한 이야기를 들은 적이 있다. 모두 입을 모아 이토록 재미있는 편지는 아직 읽어본 적이 없다고들 한다. 어디가 그토록 재미있었는지는 대략 짐작이 갈 것이다. 자기의 재정 상태를 한눈에 볼 수 있게 가계수표 뒷면에 편지를 쓴 것이다.

하버드 롤 박사는 강연을 직업으로 삼고 있다. 그러니까 말하는 것이 직업이다. 그는 사람들 앞에서 말할 때 가장 큰 장애가 된 것은 자기 자신이었다고 서슴없이 말한다. 남 앞에서 자기 자신을 모두 드러내 놓는 일이 가장 어려웠다고 고백했다.

자기 자신을 벌거벗듯 모두 내보인다는 것은 결코 쉬운 일이 아니다. 그는 하느님의 존재와 인간 창조의 당위성에 관해 이야기하며 아이 기르기의 책임과 의무를 묻고 사회 문제에 관해 의견을 말한다.

그의 강연은 인간을 중심에 놓고 삶과 죽음에 이르기까지 폭 넓은 내용을 주제로 삼고 있다. 그렇게 함으로써 청중을 매료시킨다.

그의 강연은 고답적인 설교 냄새가 풍기지 않고, 인간의 결점을 도덕적 견지에서 비판하는 자기 성찰은 비장하기까지 하다.

무명의 코미디언 잭파를 스타로 탄생시킨 것도 이와 비슷하다. 단지 대본을 외우는 희극배우라는 이미지에서 탈피하여 참다운 자기 모습을 보였을 때, 비로소 인기 탤런트가 되었다.

그는 2천만 명이라는 시청자들 앞에서 울고 웃으며 인생 문제를 말하고 독특한 어조로 거침없이 남을 비난하고 비평하는 것조차도 서슴지 않았다. 그 역시 그대로의 자기 자산을 드러내 보임으로서 흥미를 모은 것이다.

작곡가 마빙 베르린은 조지 가쉰을 처음으로 만났을 때, 금방 그의 천재적 재능을 알아보았다. 당시 가쉰은 주급 35달러를 받으며 작곡가 사무실 잡부로 일하고 있었다. 그의 모습을 지켜본 베르린은 급료를 세 배 더 줄 테니 자기 일을 돕지 않겠느냐고 말했다.

그러면서 그는,

"하지만 자네는 내 말을 듣지 않은 게 좋을 걸세. 왜냐하면 지금 자네가 내 일을 돕게 되면 이류 베르린 정도에서 만족해야 하겠지. 그러나 끝까지 자네 자신을 지킨다면 언젠가는 꼭 일류 가쉰이 될 걸세."

가쉰은 항상 자기 자신만을 고집했다. 그리하여 미국의 전설적인 작곡가가 된 것이다. 한 가지 일에 성공하려면 자기 자신을 지켜야 한다. 그대로의 자기 자신을 보이는데 망설여서는 안 된다.

'어떻게 하면 말 잘하는 사람이 될까?'라는 논문을 쓴 크리스토퍼는 다음과 같은 문장으로 끝을 맺고 있다.

'사실 그대로의 당신이 되어라.'

미래의 연설가를 지향하는 사람들이 저지르기 쉬운 잘못은 성공한 연설가들을 흉내 내려는 경향이다. 자기만의 개성이나 특별함을 발견하여 장점으로 살리려고 하지 않는다.

하느님은 당신에게서만 찾아볼 수 있는 개성을 점지해 주셨다. 또한 하느님은 당신에게 생각하는 것, 말하는 것에 이르기까지 독창성과 개성이 발휘되기를 바라고 계신다.

그러므로 당신은 말하기, 표현 방법, 생활 양식 등이 다른 사람과는 조금씩 비교될 것이다.

'자기를 주장하라. 결코 남을 흉내 내지 말라.'
라는 에머슨의 충고를 잊어서는 안 된다.

상상력이 뛰어나고 자질이 풍부한 인격의 소유자로 말을 잘하는 사람이 되고 싶다면 실제 그대로의 당신이 되어야 한다.

규칙 2.
관심 있는 것에 대해 말할 것

상대의 마음을 사로잡으려면 많은 것에 흥미를 두어야 한다. 흥미롭지 않은 내용을 아무리 재미있게 얘기해도 사람들은 관심을 보이지 않는다.

어느 날인가, 친구 사무실에서 그를 기다리고 있을 때의 일이다. 그때 비서 책상 위에 두툼한 베스트셀러 한 권이 놓여 있는 걸 보았다. 그래서 비서에게 그 책을 읽고 있느냐고 물어보았다. 그녀는 지금 읽는 중이라고 대답했다.

나는 다소 무료한 터라 다시 재미있느냐고 물어보았다. 그러자 그녀는 관심 없다는 듯한 표정으로 대답했다.

"솔직히 말해서 조금도 재미없어요."

그러면서 다시 말을 이었다.

"이 책은 꼭 읽을 만한 가치가 없다고 생각해요. 지루해서요. 하지만 조금만 더 읽으면 돼요."

'좋아하지도 않는 책을 무엇 때문에 읽느냐'고 필자가 묻자, 그녀는 계면쩍다는 듯 미소 지으며 말했다.

"하지만, 저도 이 책의 내용에 관해 이야기하고 싶어요. 남들 앞에서 이 책을 읽었다고 말하고 싶거든요. 또 그들과 지적인 대화를 나누고 싶어서지요."

이런 식으로 책을 읽는다면 그 결과가 어떻게 될 것인가는 상상이 된다. 처음부터 흥미 없는 책을 억지로 읽은 다음 재미있게 이야기한다는 것은 고통이다.

재미없다고 생각하면서 겨우 읽은 책에 관해 이야기하느니보다 나날의 체험이나 일상생활에서 얻은 경험을 화제로 삼는 편이 상대의 마음을 사로잡을 수 있지 않겠는가.

각종 잡지사나 연감출판사는 책에 실을 재미있는 기삿거리를 찾고 있다. 대중의 주목을 끌만 한 기사를 싣고 싶은 것이다. 그래서 편집실에는 뛰어난 문필가들로 구성되어 있다.

이를테면 아프리카에 관한 기획 기사를 쓰려면 편집 사원을 도서관으로 보내 필요한 자료를 수집하여 굳이 아프리카 현지로 가지 않아도 기사를 쓸 수 있다.

그런데도 왜 쓰지 못할까?

이에 대해 출판사 관계자는 이런 답변을 할 것이다.

"우리가 바라고 있는 건 실제로 현지에 가본 사람이다."

그들이 찾고 있는 집필자는 아프리카 대륙에 깊은 관심을 갖고 현지로 달려가 직접 확인한 사람을 말한다. 그런 사람만이 독자의 마음을 사로잡아 자기감정과 견해를 생생하게 기사화할 수 있다는 믿음 때문일 것이다. 다른 사람들이 당신에게 바라는 것도 이러한 경험과 흥미에 있다.

상대의 마음을 사로잡는 인간이 되기 위해서는 자기가 흥미를 보이는 것에 관해 이야기하도록 하라.

규칙 3.
실례나 일화를 사용할 것

누구나 이야기를 듣는 것을 좋아한다. 이를테면 다음과 같은 얘기가 있다.

〈문장 1〉

제니 버몬트는 작은 마을에 살고 있는 젊은 여성인데 많은 수입을 올리고 있다. 그녀는 22세인데도 소득은 연간 3천만 원 이상이다. 제니는 인구 3천이 조금 넘는 마을의 작은 고등학교를 졸업하자, 얼마 동안 집 가까이 있는 치과병원에서 안내 겸 청소원으로 첫 근무를 시작했다.

그러나 그녀의 꿈은 커서 얼마 뒤엔 도시로 나가 비즈니스 학원에서 비서 과정을 공부했다. 거기서 컴퓨터를 배워 지방 법원 속기사로 취직했다. 그녀의 실력은 1분간에 500단어를 치는 1급 워드프로세서였다.

이렇게 해서 2년도 못 되어 연간 3천만 원 이상의 수입을 올리게 되었다.

위의 글을 다음과 같은 내용으로 고쳐 본다.

〈문장 2〉

법원 속기는 재미있는 분야이며, 좋은 수입을 보장받는다. 그러나 속기사로 근무하기 위해서는 전문 학원에서 훈련을 받고 능력 시험에 합격해 자격증을 취득해야 한다. 요즈음은 젊은이들도 이 분야에서 많은 활약을 하고 있다.

그러면 위의 문장 1과 문장 2를 비교하여 어느 쪽이 더 재미있는가를 살펴보자. 틀림없이 문장 1이 더 흥미를 느끼게 해준다. 왜 그럴까? 그 이유는 3가지로 살펴볼 수 있다.

우선 문장 1은 평범한 이야기로 구성되어 있다. 이야기는 들으면 재미가 있다. 실화, 일화, 그리고 그 밖의 여러 가지 이야기는 매우 즐겁고 대화에 생동감을 더해 준다.

문장 1은 제니라는 젊은 여성에 관한 이야기였다. 한 젊은 아가씨의 성공담이다. 의욕이 솟아나는 내용을 가진 이야기는 흥미를 갖게 한다.

이에 대해 문장 2는 법원 속기에 대한 설명으로 그쳤다. 이와 같은 내용은 남들의 흥미를 끌 수 없다. 인간을 주인공으로 한 이야기보다는 흥미를 끌지 못한다. 사물에 대한 설명보다 인간에 관한 이야기가 훨씬 더 마음을 사로잡는다.

한편 문장 1은 주인공이 있다. 누구나 이야기 속의 주인공에 관심을 품는다. 이야기를 들으면 자기가 주인공이 된 듯하여 끌려 들어간다. 문장 1은 제니가 주인공이다.

또한 문장 1의 내용은 매우 구체적이다. 이름, 장소, 숫자 등이 거론되어 있다. 하지만 문장 2는 그저 막연하게 법원 속기에 대한 것만 서술하고 있다. 내용이 구체적이지 못하기 때문에 흥미를 끌지 못한다.

그리스도와 사도들 사이에 이루어진 대화는 2천 년 동안이나 이어져 오고 있다. 인류가 멸망하지 않는 한 계속될 것이다. 무엇보다도 중요한 것은 그 대화가 기록으로 정리되었다는 사실이다. 대화의 내용이 구체적으로 상세하게 기록되어 있다. 이는 그리스도가 비유의 화법을 자유로이 구사했기 때문이리라.

그리스도의 모습은 이야기를 듣는 사람들이 자기의 눈과 귀로 직접 확인할 수 있도록 비유를 예로 들어 이야기를 구사했다고 한다. 그리스도는 예언을 성취하기 위해 이 세상에 나타나신 것이다.

'나는 비유를 써서 입을 열어 창세기부터 숨겨져 온 사실을 말하노니⋯⋯.' |마태복음 13 : 34|

한편 이솝 이야기에는 요점을 설명하기 위해 우화가 이용되고 있다. 그래서 오늘날까지도 널리 애독된다. 수 세기 전에 쓰인 당시보다도 현대에 이르러서 더 많이 읽히는 추세다.

그러므로 당신도 상대의 마음을 사로잡으려면 실화나 우화 등을 적절히 써서 이야기로 만들어 보라.

이 경우 다음 같은 것에 유념해야 한다.

• 인간에 관한 이야기가 사물에 대한 설명보다도 더 흥미를 준다는 사실을 염두에 둔다.

• 주인공을 등장시키는 내용이 더 재미있다.

• 일반론보다 구체적인 사실이 더 흥미를 끈다.

규칙 4.
첫 말로 상대의 마음을 붙잡는다

말할 때 가장 중요한 것은 처음의 10초간이다. 왜냐하면 그 10초 동안에 승부가 결정되기 때문이다. 마음이 안정되지 못한 사람이나 흥미를 보이지 않는 사람의 마음속을 파고들 수 있는 가치가 바로 이 순간이라는 뜻이다.

프랑스 철학자이자 저술가인 라로쉬 후꼬는 이렇게 말한다.

'상대가 우스운 이야기를 할 때 함께 유쾌해지는 사람이 없다는 건 놀라운 일이다. 그 까닭은 모두 상대의 말보다 자기가 하려는 말에 정신을 쏟고 있기 때문이다.'

처음 10초 동안에 상대의 마음을 끌어들이라. 상대의 마음을 사로잡아라. 흥미를 갖고 당신의 이야기를 듣게 하라.

재미있는 첫 말은 당신을 소개하는 핵심이다. 연설을 시작할 때 사회자에 의해 여러 가지 과장된 말로 소개된다. 당신도 말하기 전에는 예외가 아니다.

이제부터 말하려는 내용에 대해서 너무 겸손하거나 자기 비하를 한다면 도움이 안 된다. 슬기롭게 첫 출발을 내디디면 성공할 수 있다.

다음에 소개하는 말은 필자가 좋다고 선별한 내용이다.

"내가 지금부터 말하고 싶은 내용은 당신에게 매우 중요합니다."

이 경우 꼭 해야 할 말은 "이것은 당신에게 별로 도움이 될 일이 아닐지도 모르지만……"이나, "당신의 비즈니스와도 깊은 관계가 있으므로 틀림없이 흥미를 둘 것입니다."이고, 절대로 해서는 안 될 말은 "당신의 비즈니스에는 이미 낡은 단어가 되었을지도 모르지만…"이 된다.

그리고 꼭 해야 할 말은 "재미있는 이야기가 있어요."이고, 해서는 안 될 말은, "별로 재미없는 이야기를 해서 죄송하지만…"이 된다.

또한 꼭 해야 할 말은, "재미있는 이야기이므로 잘 들어보세요."이고, 결코 해서는 안 될 말은, "너무 재미없는 이야기라서 흥미가 없을지 모르지만……"이 된다.

이어서 꼭 해야 할 말은, "이 근래에 제가 들은 것 중에서 가장 재미있는 이야기입니다만…"이 되고, 해서는 안 될 말은, "정말 재미없게 느껴질지 모르지만, 저는 너무 재미있게 들었습니다."가 된다.

이처럼 재미있는 말로 서두를 꺼내고 난 다음에 5~6초 동안 간격을 둔다. 잠시 상대의 마음에 당신의 이야기를 받아들일 수 있도록 여백을 만들어 준다. 그러고 나서 이야기를 시작한다.

위에서 소개한 서두는 좋은 점을 강조하고 나쁜 점을 무시하기 위한 하나의 방법일 뿐이다. 이와 같은 말을 써서 분위기를 만들고 상대의 마음을 사로잡아 대화의 벽에 부딪히지 않는 지혜를 배운다.

규칙 5.
유머를 두려워하지 말라

유머는 특별한 기술이나 재능이 필요하지 않다. 유머나 우스갯소리로 하는 말은 매우 어려운 표현이라는 사람이 많은데, 조금도 걱정할 일이 아니다.

심리학자 윌리암 타카레는 이렇게 표현한다.

'훌륭한 유머는 최고급 양복 중의 하나다.'

웃음은 신에게서 받은 고귀한 선물이라고까지 극찬할 정도이다. 그런데도 우리들은 생활 속에서 유머의 즐거움을 충분히 활용하고 있지 못하다. 유머 감각을 살려 재미있는 이야기를 연출해 보라. 모두 함께 웃는 기쁨의 의미를 깨달을 수 있을 것이다.

문필가 론 웨즈는 극찬한다.

'사람이 웃으면 하느님도 흐뭇해하신다.'

홀라스라는 작가는 그의 저서에 쓰고 있다.

'행복한 삶은 사랑과 웃음 속에 있다.'

시인 에머슨은 충고한다.

'웃음으로 삶의 공백을 메워라.'

또한 헨리 워드피처는 경고의 메시지를 보낸다.

'명랑하지 못한 사람은 마치 나사 빠진 마차와 같다. 길가에 구르는 자갈에 부딪힐 때마다 불쾌하게 덜컹거린다.'

마음껏 웃으면 기운이 솟아나고 혈액 순환을 돕고 긴장이 풀린다. 이야기를 풍요롭게 하는 최대의 힘이 된다.

알프렛은 말 잘하기로 이름난 방송 사회자다. 방송 때는 물론 평상시에도 항상 유머를 곁들였기 때문이다. 그래서 그의 명성은 더 높았다. 그는 이렇게 말했다.

"남을 웃길 수만 있다면, 그 사람의 생각이나 믿음, 생활 습관까지 변모시킬 것이다."

당신의 말에 꽃을 피워라. 그러면 당신의 삶은 향기와 아름다움으로 빛날 것이다. 당신의 이야기에 사람들이 박장대소를 하지 않아도 좋다. 그저 즐겁게 들을 수 있고 미소 정도면 훌륭하다.

그것만으로도 당신은 듣는 사람들을 즐겁게 하고 그들의 하루에 뭔가를 유익함을 생산해 준다.

다음과 같은 비결을 익혀 대화에 참고하기를 바란다.

- 특별한 경우가 아니라면 사투리를 쓰지 말 것.
- 요점만 정리해 간략하게 말하는 습관을 갖는다.
- 듣는 사람에게 지금 자신이 하는 말을 그 전에 들은 일이 있는지 묻지 말 것. 재미있는 이야기라면 두 번 들어도 좋고 다시 들을 때가 더 재미있을 때도 있다.

재미있는 이야기는 아름다운 노래와 같다. 만약 노래는 한 번만 들어야 하는 거라면 베토벤의 명곡을 거듭 들을 필요가 없다.

- 자기 자신을 웃음거리로 삼는다면 이야기를 더욱 유쾌하고 유머러스하게 할 수 있다. 당신 자신을 웃음의 표적으로 활용하라.

미국에서 재미있는 연설가로 알려진 빌 콥은 말할 때 다음과 같이 첫 말을 시작한다.

"어느 날 오후, 나의 딸이 학교에서 돌아와서 제 엄마에게 뭔가 물었지요. 그러자 아이의 엄마는 '그건 아빠에게 여쭈어보렴.'하고 대답했지요. 그러자 딸아이는 '하지만 그렇게까지 해서 알고 싶진 않아요.'라고 대답하더라는 거예요."

이같이 어떤 사람을 이야기의 소재로 삼아 듣고 있는 사람을 웃기려면, 그 과녁을 당신 자신에게로 돌려야 한다.

• 말하기 전에 미리 연습한다. 새로운 이야기를 할 때는 두 번 세 번 자기 자신을 향해서 말해본다. 그런 연습 과정을 거치면 훨씬 말에 자신감 있고 재미있게 할 수 있다.

좋은 이야기 재료 수집법을 소개한다.

어느 날 필자는 저녁 식사 모임에 참석하였다. 그때 여러 명에 둘러싸여 이야기를 나누고 있었다. 그의 말을 듣고 모두 큰 소리로 웃었지만, 오직 한 사람은 시무룩한 표정으로 바닥만 내려다보고 있었다. 그까닭은 그가 진심으로 믿는 신앙을 비판하고 있었기 때문이다.

이런 광경을 목격한 필자는 항상 다음과 같은 요령을 여러 사람에게 소개한다.

이는 이야기의 재료를 모으는 데 많은 도움이 되었다.

• 부인이 미안해하며 얼굴을 붉히는 일
• 성스러운 것을 더럽히는 일
• 누군가의 마음을 상하게 하는 일
• 인간의 약점을 웃음거리로 삼는 일
• 신성한 것을 모독하고 비웃는 일
• 어린아이를 울게 하는 일
• 모두 함께 웃을 수 없는 일

규칙 6.
항상 준비해 둘 일

당신은 파티 석상에서 꽃 같은 존재가 될지도 모른다. 또 해학적인 이야기로 점심때, 아니면 여가 시간에 주위 사람들을 매료시킬 수 있을지도 모른다. 저녁 식사에 초대한 친구 부부를 웃게 하여 유쾌한 시간을 가질지도 모른다.

당신이 다음날에야 비로소 깨달은 것은, 왜 이러한 모습과 능력을 일찍 발견하여 활용하지 못한 것일까, 아쉬움을 가질 것이다. 그러나 이미 때는 늦었다.

여러 번 후회한 적이 있을 것이다. 그때 재미있는 유머를 썼다면 말은 잘하는 사람이 되었을 텐데 하고 후회한다.

이런 일을 반복하지 않으려면 미리 할 말을 준비해 두어야 한다. 갑자기 말해야 할 곤란함에 처하는 경우가 자주 있는 것은 아니지만, 언제나 자신을 내세울 준비된 자세는 필요하다.

이 장에서는 상대를 즐겁게 하는 화제에 대해 많은 설명을 피력했다. 그리고 대화에 적극적으로 참여하여 상대의 마음을 사로잡는 매력 있는 사람이 되려면, 어떤 재료가 좋은지도 알았다.

에피소드 실화, 일화, 경험 등 당신만의 독특한 빛깔이 있을 것이므로 그 내용을 수첩에 적어 본다. 그런 다음 말하기 전에 수첩을 보고 어느 것을 어떻게 쓸 것인가를 염두에 둔다.

말하기 전에 다시 한번 기억을 새롭게 정리하면 할 말이 생각나지 않아서 곤란함을 당하는 일이 없다.

미리 준비하면 상대의 마음을 사로잡을 수 있는 확고한 신념이 생긴다. 말하기 전에 다음 6가지 규칙을 지키도록 노력한다.

• 자기 자신을 들어낸다.

- 관심을 두고 있는 것에 대해 말한다.
- 실례나 실화를 예화로 한다.
- 서두의 말로 상대의 마음을 사로잡는다.
- 유머를 두려워하지 않는다.
- 말할 내용의 재료를 준비해 둔다.

탄생할 때는
두 손을 꼭 움켜쥐고 있다.
이제부터 이 세상은 내 것
절대 놓치지 않겠다는 것처럼.

이 세상을 떠날 때는
두 손을 힘없이 펼치고 있다.
이제 이 세상의 모든 게
내 것이 아니라는 것처럼.

밝은 인간관계를 만들자

이제 모든 준비는 끝났다. 듣기와 말하기도 배웠다. 이 두 가지를 익히면 말을 잘하는 사람이 될 수 있다. 이 장에서는 다음과 같은 내용에 관해서 설명해 보기로 하자.

짧은 대화법

긴 대화법

대화를 컨트롤하는 법

말하기와 듣기를 조화있게 배우는 요령을 터득하는 일이다.

이에 관한 설명을 하기 전에 말하는 시간과 듣는 시간을 어떻게 배분하면 좋은가에 대해 살펴보자. 말을 잘하는 사람도 종종 무시해 버리는 문제인데, 당신도 그 내용이 무엇인지 알고 싶을 것이다.

상대가 당신이 말하는 것을 한 마디도 빼놓지 않고 분명히 듣고 있다면 좋은 기회다. 그러나 당신의 말을 더 이상 계속해서 듣기를 싫어할 때는 다음 규칙을 활용하여 말을 제한해야 한다.

주어진 전체 시간을 사람 수로 나눈다. 그것이 당신이 말해도 되는 시간이다.

만약 듣는 사람이 5명이라면 5분의 1이란 시간이 당신이 말할 수 있는 시간이다. 두 사람이라면 2분의 1이다. 하지만 그만한 시간이 당신에게 꼭 보장된다고는 생각지 말아야 한다.

자기가 말할 시간을 얻기 위해 남의 말을 중단시켜서는 안 된다. 어떤 이유가 있더라도 이 점만은 꼭 지켜야 한다. 그것이 훌륭한 이야기꾼인지 아닌지를 가늠한다. 왜냐하면 말을 잘하는 사람은 남의 말을 중단시키지 않고, 오히려 자기의 말을 자제시킨다.

그러니까 항상 누군가가 말하고 싶어 하는지 주의 깊게 지켜보아야 한다. 만약 그런 기미가 보이면 즉각, 당신은 말을 중단하고 상대에게 기회를 주어야 한다. 더 이상 말해 보았자 아무런 뜻이 없다. 상대가 들어주지 않을 터이니까.

그러므로 앞에서 말한 규칙을 마음에 새겨서 말하기 3가지 방법을 설명해 보기로 하겠다.

짧은 대화법

다음과 같은 상황이라면 어떻게 말해야 좋을까?

• 당신이 세일즈맨으로 첫 고객을 방문했을 때

• 식사 초대를 받았을 때 당신 양쪽 자리에 모르는 사람이 앉아 있을 때

• 매일 아침 버스 정류소에서 만나는 사람을 대할 때

• 퇴근 후 신입사원과 자리를 함께했을 때

• 저녁 식사 모임에 처음으로 소개받았을 때

• 취직 면접시험 때

- 동아리 모임에 처음으로 참가할 때
- 회사 파티에서 상사의 부인과 첫 대면 때

이상은 짧은 대화의 전형적인 무대이며 간단한 대화를 나누는 곳이다. 어느 경우에나 좋은 인상을 남기고 싶은 것이 인간의 마음이다. 한편 이러한 자리를 싫어하고 경원한 나머지 피하려고 드는 사람도 있다.

하지만 이런 자리나 모임은 대화를 가장 원활하게 하는 기회이다. 앞으로 끈끈한 우정이 맺어질지도 모른다. 여기서 짧은 대화를 통해서 흥미를 끄는 사람들을 만날 수 있는 시간이다.

우선 짧은 대화와 긴 대화의 차별을 알아야 한다. 짧은 대화는 간단한 인상이나 의견, 생긴 일, 경험, 상황 등의 이야기로 이루어진다.

긴 대화는 좀 더 내면적인 감정이나 인생에 대한 도전, 중대한 사건 등, 2~3분의 시간으로는 모두 설명될 수 없는 일들이 말해진다.

그러므로 개인적인 짧은 대화가 되지 않도록 각별한 주의가 요구된다. 상대의 개인적인 감정이나 영역에 개입하여 뭔가를 알아내려고 하는 느낌을 주지 않도록 배려해야 한다.

남을 즐겁게 하려면 말하고 싶은 사항을 골라서 해야 한다. 다음에 열거한 것은 사람들이 말하고 싶어 하는 사항이다. 좋아하는 순서에 따라 설명해 보기로 한다.

자기 자신의 일: 사람들은 자기 자신에게 생긴 일이나 본 것, 들은 것을 말하고 싶어 한다. 남성의 경우는 현재 진행되고 있는 일이나 희망, 바람직한 사건에 대해 말하고 싶어 하고 여성의 경우는 가정에서의 잡다한 일들, 쇼핑, 아이에 관해 말하고 싶어 한다.

자기 의견: 사람들은 자기의 의견을 말하기 좋아하며 잘 모르는 것까지 이야깃거리로 한다. 전화 설문조사를 한 일이 있다. 실제로는 존재하지 않는 법안에 대하여 사람들의 의견을 물어본 것이다.

그러자 많은 사람이 존재하지도 않는 내용인데도 장황하게 의견을 늘어놓았다. 잘 모르겠다고 대답한 사람은 극히 소수였다. 그러니까 자기가 잘 모르는 일에 대해서도 여러 가지 의견을 말하고 싶어 한다는 사실을 입증한 셈이다.

남에 대한 일: 제3의 화제는 남에 대한 견해다. 사람들은 남의 말하기를 좋아한다. 정직하게 현실을 살펴보면 사람들은 남의 잘못에 관심을 둔다. 그것은 남의 인생에 매혹을 느끼기 때문이다. 인간에 대한 놀라운 사실을 듣고 보는 관계가 있는 사건을 좋아한다.

인간에 관한 이야기가 기분 좋은 낙관적인 것이며, 흠이 아니라면 한결 즐거움을 얻을 수 있다. 이 도전에 응할 것인지 말지는 당신에게 달려 있다.

사물에 대한 것: 이 영역에 포함할 수 있는 내용은 날씨라든가, 정치, TV 프로그램이나 시사 문제 등이다. 그에 대한 상대의 의견을 들어보면 제2의 영역이 되기도 한다.

"오늘은 퍽 춥군요."라고 말하는 대신, "오늘 같은 날에는 차에 부동액을 쓰는 것이 좋겠지요?"하고 물어보라.

당신에 대한 것: 이에 대해서는 맨 나중에 다룰 문제다. 이를 해결하기 위해서는 화제를 너무 지루하게 말하지 않으면 된다. 수술이나 질병, 가정 내의 작은 일들, 남에 대한 근거 없는 비판이나 비평과 같

은 듣기 거북한 말을 하지 않는다면, 화제를 재미있게 이끌어 갈 수 있다.

그러나 이것보다도 처음의 4가지 화제가 대화를 더 재미있게 이끌어간다는 점을 잊지 말아야 한다. 그러므로 당신은 상대로부터 대화를 이끌지 않으면 안 된다. 다음과 같은 도구를 써라.

질문을 한다: 한 마디로 대답할 수 있는 질문은 삼가야 한다. 하는 일이 재미있느냐는 막연한 말보다는 지금 하는 일의 어떤 점이 재미있느냐고 구체적으로 물어야 한다.

당신이 살고 있는 곳은 편합니까? 라고, 물어서는 안 된다. 당신이 살고 있는 곳은 어떤 점이 편리하냐고 물어야 한다.

대화를 이끌어가기 위해서는 반지, 보석, 조직의 배지, 의상, 방 안에 있는 집기에 이르기까지 사소한 것에 대해서도 질문하라. 질문만큼 대화를 원활하게 하는 요령도 없다. 상대의 의견, 하는 일, 가족, 취미, 흥미, 경험, 가정, 휴가, 좋아하는 것, 싫어하는 것 등에 관해서 물어본다.

쇄빙선 | 얼음 깨는 배 | 을 이용한다: 이는 짧은 대화를 오래 끌어가기 위한 멋있는 방법이다. 우선 사실이나 일어난 일에 대해 말하고 그 자리에서 상대의 의견을 들어본다. 앞으로 1주일 동안 신문에서 몇 가지 이야깃거리를 선택하여 이 방법을 연습 활용해 본다.

"국회에서 예산을 증액했다는데, 당신의 생각은 어떻소?"

"도시에서 근무하는 경찰관은 그 도시 안에서 살아야 한다는 기사가 신문에 났던데, 그러한 규칙이 필요한지 당신은 어찌 생각하오?"

그런 규정이 공평한가를 되묻고, 이것이 경찰 행정에 어떤 영향을 미치는지에 대해서 상대의 생각은 어떠한가를 물어본다.

쇄빙선으로 사용할 수 있는 기사는 도처에 있다. 사소한 에피소드, 사건, 경험에 대해서도 같은 방법을 쓴다. 우선 설명하고 나서 의견을 들어본다.

또는 "이런 일을 경험한 적이 있습니까?"라고 물어보면 된다.

의심에 대한 것: "자네, 여행 이야기 좀 해주게."라는 말은 의문을 담은 질문의 예다.

경험이나 사건 등을 말할 실마리가 된다.

이를테면, "대학에 다니는 따님의 얘기를 듣는 걸 즐거움으로 느끼고 있어요."라던가,

"그 브로치 어떻게 된 거예요?"라고 말을 걸어본다.

이것이 짧은 대화의 기본적인 사항이다.

상대로부터 의견을 끌어낼 수 있도록 그날의 사소한 사건을 준비하도록 한다.

한편으로는 상대가 자기 자신에 대한 일을 털어놓는 계기가 되어준다. 그에 알맞은 질문도 준비해야 한다.

또 당신의 경험을 간단하지만 재미있게 그사이에 끼우면 된다. 상대도 같은 시간을 갖도록 그의 말을 끌어내도록 유도한다.

이렇게 하면 누구와도 친근하고 좋은 사귐으로 출발하여 관계를 유지할 수 있다. 짧은 대화를 소홀히 해서는 안 된다. 잡담하는 것도 좋다. 직장에서도 잘 모르는 사람과 적극적으로 말을 걸어야 한다. 만약 당신이 세일즈맨이라면 새 고객을 찾아 적극적으로 방문한다.

자, 이제 모든 준비는 다 되었으니 출발해 보라! 이 방법을 실행에 옮기는 일이다. 그러면 즐기면서 대화를 할 수 있다. 그리고 능력에

흥미를 더하여 자신감이 붙게 될 것이다.

긴 대화법

긴 대화는 짧은 대화에서 시작된다. 긴 대화를 하기 위해서는 2~3분이라는 연습 시간이 필요하다. 이때야말로 당신의 대화 기술이 시험받게 된다.

왜냐하면 대화를 제2막으로 옮기지 않으면 안 되니까.

이것은 더 깊은 맛을 연출해 내는 무대와 같다. 사소한 이야기보다 훨씬 도움이 되고 만족스러운 경험이 되므로 대화의 절대 조건이다.

이와 같은 짧은 대화를 긴 대화로 가져가기 위한 공식은 복잡한 단계가 필요하지 않다.

'상대에게 생각하도록 한다.'라는 것은 매우 간단한 방법이다.

사람들 대다수는 지루함을 달래면서 반복되는 일상생활에 시간 대부분을 소비하고 있다. 그 어느 쪽도 결코 바람직한 태도는 아니지만, 일률적으로 생활하고 있는 것은 확실하다. 그러면서 한편으로는 더 즐거운 일이 생기지 않을까 기다리고 있다.

3천 명을 대상으로 조사한 결과 93퍼센트가 장래의 즐거운 생활을 기대하고 있다는 응답이었다.

크리스마스를 맞는 축제, 봉급 인상, 퇴직, 새집 마련, 자녀의 입학과 졸업 등이다.

하루의 생활을 시작하면서 점심시간이나 저녁의 TV 프로그램 등을 즐거움으로 삼고 기다린다. 인간의 마음은 단조로운 시간을 어떻게 보내야 할 것인가에 초조해한다.

인간이라면, 누구나 다 자기 자신에 대한 사소한 일로 늘 고민하고 있다. 각종 청구서, 질병, 분쟁, 해야만 될 일, 자기 자신에 대한 끊임없는 걱정과 불안감에 빠져 있다. 이러한 무거운 짐으로부터 탈출하기 위해 적당한 오락을 찾는다.

그 무대에 당신이 등장한다. 그리고 대화를 통해 그런 사람들의 단조로운 생각을 바꾸어 버리는 것이다. 이러한 일들이 이어질 때, 그들은 즐거운 시간을 기대하면서 당신의 등장을 기다린다. 틀림없이 헤어질 때는 "또 만나서 이야기를 나누도록 해요."하며 아쉬운 표정을 짓는다.

이러한 입장이 되려면 생각에 깊이를 주는 화제나 질문을 끌어내지 않으면 안 된다. 상대를 이끄는 화제라면 뭔가 다른 특별하고 독특한 점이 있게 마련이다.

이를테면, 어떤 과학자는 젊은 과학도들과 함께 어울릴 때면 "자네들 중에 누가 형무소에 가본 경험이 있나?"라며 그 자리의 지루함을 달랬다는 이야기다.

긴 대화에서는 내면적인 인간성 문제를 내용으로 삼는다.

예컨대 철학, 논쟁, 사회 문제 등에 이르기까지 광범위한 화제로 옮기도록 한다.

필자는 어느 저녁 식사 모임에 참석한 일이 있었다. 예정 시간은 오후 5시부터 6시 반까지였는데, 8시 반이 되었는데도 사람들이 자리를 뜨지 않았다. 끊임없이 얘기가 이어진 것이다. 누군가가,

"성공의 정의는 무엇일까요? 누구나 모두 성공하려고 피나는 노력을 하는데, 그 성공이란 도대체 무엇일까요?"
라는 질문에 이를 계기로 얘기가 무르익었다.

현대인의 성공 기준, 지위의 상징, 물질적인 소유욕, 그 밖에 인간의 행동 전반에 걸쳐 토론이 벌어졌다. 이것은 수준 있는 사고가 필요한 화제였기에 모두 즐겁게 얘기를 나누었다.

그렇다면 사고를 다그치는 대화를 원활히 하는 화제의 예를 들어보기로 하자.

- 일에 있어서 자기의 능력을 발휘할 수 없는 사람이 많은 이유는 무엇일까?
- 만일 당신이 한 나라의 대통령이라면 무엇을 하겠는가?
- 행복이란 무엇인가?
- 인간은 왜 변화를 거부하는가?
- 회사에서 월급을 3배로 올려준다면, 당신의 업무 태도는 달라지겠는가?
- 달동네 사람들은 그곳이 좋아서 살고 있는 것일까?
- 우리들은 얼마큼의 자신을 위해 여가를 활용하고 있을까?
- 바라는 것 세 가지를 이루게 해준다면 무엇을 원하는가?
- 우리들은 어떻게 양심을 지키고 있을까?
- 남들 앞에서 말할 때 왜 가슴이 떨리는 것일까?
- 자신의 내부에 깃들어 있는 의심과 두려움을 몰아낸 다음의 모습을 생각해 본 적이 있는가?
- 뭔가 석연치 않을 때는 어떤 경우인가?
- 아이들이 학교에서 배운 지식에 의문을 가졌을 때, 어떻게 대처할 것인가?
- 인간에게 가장 바람직하지 못한 3가지 특성은 무엇인가?
- 과연 순응주의는 현명한가?

이제 당신은 어떠한 종류의 질문이 재미있는 화제를 불러일으키는가를 파악했으므로 질문을 마련하는 습관을 길러야 한다. 즉 사고를 다그치는 질문을 준비해야 한다. 그 내용은 핵무기가 인간에 끼치는 영향에 관해서, 아니면 이를 닦는 방법도 좋다.

실제로 치아가 화제의 대상에 오른 예가 있다. 치과의사들의 모임에서 자연스럽게 이야기가 나온 것이다. 그때 한 의사가 건강한 잇몸과 치아를 가지고 있는 종족은 오히려 비문명국의 원시인들이라고 말했다. 그러니까 이를 닦지 않는 사람들의 치아가 더 건강하다는 말이다. 그는 이어 의문까지 제기했다.

"그들도 치아를 잘 닦고 관리하고 있다가 엉망이 되었다는 말인가? 그런 일이 있을 수 있는가?"

상대가 스스로 생각하게 하라: 이제까지 말해 온 내용은 긴 대화를 위한 훌륭한 기술이다.

앞장에서도 말한 바 있거니와 훌륭한 이야기꾼은 듣기도 잘하는 사람이며 알아듣기 쉽게 똑똑히 말하는 사람이다. 또한 자기의 내부에 있는 생각을 겉으로 꾸밈없이 나타내는 사람이며, 상대의 생각을 끌어내어 화제를 제공하고 질문을 던지는 사람이다.

대화를 컨트롤하는 방법

대화를 컨트롤하면 도움이 되는 경우가 많다. 회사의 임원, 판매 부서의 팀장, 면접을 담당하는 자라면 대화를 이끌고 컨트롤할 수 있는 능력을 갖춰야 한다.

"어떻게 대화를 컨트롤하는가?"

라는 물음을 누군가에 질문해 보라. 그러면 이렇게 대답할 것이다.

"자기가 말하고 싶은 화제를 골라서 이끌어가면 되지요."

이런 대답은 잘못이다.

이와는 정반대다. 질문을 해야 한다. 말만으로는 대화를 컨트롤되지 않는다. 오직 질문만이 당신이 바라는 방향으로 대화를 이끌 수 있고, 상대가 싫어하지 않는 유일한 방법이다.

반격 질문 상대가 질문을 받고 대화를 리드할 때 어떻게 하면 될까? 당신은 대화를 컨트롤할 수 있을까? 물론 가능하다. 이쪽에서 질문함으로써 상대의 말을 받으면 전환할 수 있다.

이를테면 당신이 취직 시험을 치른다고 가정하자. 이 경우에는 면접을 담당하는 사람이 대화를 리드하고 컨트롤한다. 이때도 당신은 질문 형식으로 대답하면 된다. 면접 담당자는 물을 것이다.

"당신의 경력은?"

그러면 당신은 경력을 설명하고 나서 이렇게 말하면 된다.

"여기서 하는 일은 어떤 경력을 원하고 있는지요?"

또 상대는 이렇게 물을지도 모른다.

"급료는 어느 정도를 바라고 있는가?"

이때 당신은 이런 대답을 하면 된다.

"이 회사에서는 일에 대해 신중하게 평가하시고 있을 겁니다. 급료는 어느 정도로 정하고 있는가요?"

면접자의 질문에 대해 질문으로 대답하는 것이다. 만일 업무 파트가 세일즈라고 하면, 당신은 할 말만 늘어놓고 "안녕히 계세요."라고 되돌아오겠는가?

이러한 태도는 어떠한 성과도 얻지 못한다. 이런 경우처럼 손님이 조건 등을 물었다면,

"이런 조건으로 만족하실 수 있으시겠습니까?"

라고 질문을 해 보라.

또 가격을 물으면,

"수량은 어느 정도 주문하시겠습니까?"

하고 되물으면 된다.

질문에 대해 질문으로 대답하였다면 반드시 그 사실에 대한 고객의 의견을 듣는다. 상대가 동의하고 있는지, 아니면 반대하고 있는지, 상대가 생각하고 있는 대로인지, 손님의 요구에 맞는지 등등이다.

그러므로 대화 컨트롤를 연습해야 한다. 숙달되면 대화뿐만 아니라 설득력에까지 자신을 갖게 된다.

대화를 이끌어갈 때 두서없는 말로 지루하게 만드는 사람이 있다. 대화의 목적에서 벗어나 태연하게 말을 계속하는 사람이 있다. 이 정도는 대화를 컨트롤하기가 어렵다.

당신이 초청한 파티에서 누군가가 담석 수술에 관해 대화를 독점하거나 시간이 한정되어 있는데, 불필요한 말을 늘어놓아 중요한 이야기를 못 하게 되는 일도 있다. 이럴 때 상대의 기분을 거슬리지 않고 화제를 바꾸려면 어떻게 하면 좋을까?

이 방법 역시 간단하다. 새로운 화제를 제공하고 그 사람에게 맨 먼저 이야기를 하도록 한다. 그런 다음 다른 사람들을 화제에 끌어들이면 반전시킬 수 있다.

또 다른 방법도 있다. 상대가 숨을 쉬기 위해 잠깐 말을 멈추었을 때, 다음과 같이 말하면서 새로운 화제를 소개한다.

"화제를 바꾸어서 안 됐지만, 자네 의견을 듣고 싶어."

이런 경우 상대는 어떤 인상을 받을까? 자기의 장황한 이야기를 끝까지 듣고 감명을 받았기 때문에 다른 의견을 듣고 싶은 것이라고 잘못된 생각을 불러일으킨다. 이에 상대는 기뻐하며 우월감에 사로잡히게 되고, 당신은 멋있게 화제를 바꾸었다는 자만심에 빠진다.

시험해 본다

상대의 마음을 사로잡아 생기 있는 대화를 이끌어갈 수 있는 지식과 기술을 모두 배운 셈이다. 그렇다면 실행해 옮겨보라. 가장 친한 친구와 가족을 상대로 시험해 본다.

당신의 가정에는 생각할 수 없을 만큼의 기쁨과 즐거움이 사장된 채 그대로 있다. 그런데도 당신은 가족의 일거일동을 모두 다 알고 있다고 생각한다.

아내나 아이들의 일상생활에 이르기까지 무엇이나 다 잘 알고 있는 것으로 믿고 있다. 그래서 새로운 생각이나 의견, 화제를 끌어내려고 하지 않는다.

이러한 가정의 아이들은 부모에게 싫증을 느끼고 부모들도 역시 자녀에 대한 사랑의 결함을 보충하지 못한다.

유명한 심리학자 라로쉬프코는 이렇게 말한다.

"우리들은 자신이 싫증을 느끼고 있는 상대에게 오히려 싫증을 느끼게 하고 있다."

함께 많은 시간을 나누면서 상대의 마음을 사로잡는 매력적인 이야기꾼이 되어라. 그것은 자기 자신에 대한 도전이다.

훌륭한 화제 연습에 가장 알맞은 시간과 장소는 가족들과 함께하는 식사 시간이다. 화제의 내용으로 가정 내의 문제를 말해서는 안 된다. 때로는 자녀들의 버릇없는 행동을 모른 체 하는 작은 아량이 가정의 평화로운 분위기를 가져다준다.

필자는 수없이 저녁 식사에 초대받았지만, 반찬을 손으로 집어 먹는 사람은 아직 보지 못했다.

그러나 위궤양 때문에 아기들처럼 죽이나 반찬을 먹는 사람을 많이 보아왔다. 이들은 맛있는 음식도 먹을 수가 없고 대화조차도 즐기지 못한다. 식사 시간만큼은 가족과 즐겁게 보내는 대화의 한때가 되도록 노력해야 한다.

　가족과 절친한 이웃, 친구와 즐거운 대화를 나누는 습관을 길들이도록 하라. 지금 당장 실행에 옮겨보라. 이런 과정에는 다소의 노력이 필요하다. 이는 생각지도 않은 숨겨진 희망이다. 야망, 그리고 여러 가지 지식에 대한 새로운 시야가 열릴 것이다. 당신에게 대화 능력이 없었더라면, 결코 발견할 수 없는 소중한 것들이다.

　자, 이 장에서 가장 중요한 점을 돌이켜보기로 하자.

• 훌륭한 이야기꾼의 유일한 목적은 상대에게 즐거움과 이익을 주는 일이다.

• 바르게 듣는 사람이 되어야 한다.

상대의 말을 잘 듣는 사람이란,

• 들을 때 알맞은 자세를 취할 것.

• 진지하게 흥미를 둘 것.

• 열심히 듣고 있다는 모습을 상대가 알게 할 것.

• 자기가 알고 있는 점을 확인해 둘 것.

• 복습할 것.

• 슬기롭게 말하지 않으면 안 된다.

좋은 이야기꾼이란,

• 똑똑히 알기 쉽게 말한다.

• 언어의 구사법을 알고 있을 것.

• 적당한 제스처를 쓸 것.

말할 때 다음과 같이 말하면 상대도 즐거워한다.

• 자기 자신을 드러낼 것.

- 자기가 관심이 있는 것에 대해 말한다.
- 실례나 실화를 쓴다.
- 첫 말로 상대의 마음을 사로잡는다.
- 숙어를 두려워하지 말 것.
- 항상 준비해 둘 것.
- 짧은 대화를 할 때는 개인적인 것으로 하지 말 것.
- 의심을 끌어내는 질문 등으로 자기 일을 이야기하게 한 다음 상대의 의견을 들을 것.
- 긴 대화를 할 때는 상대의 속마음을 드러나게 한다.
- 대화를 컨트롤하려면 적당한 질문을 할 것.

정리되지 않은 마음은 자유를 방해한다.

마음을 정리하지 못하는 것은 일을 뒤로 미루는 데서 비롯된다.

준비가 되어 있다는 것은 곧, 끝났다는 것을 의미한다.

끝나지 않은 것은 결국, 아무것도 이루어지지 않은 것이다. 우리가 미루어 두고 있는 일은 나중에 가서 우리를 가로막고 우리의 진로를 방해한다.

우리는 하루하루, 그날의 일을 처리하고 다음 날은 다음 날의 일을 위해 남겨두어야 한다.

인생을 살면서 준비가 되었다는 건, 언제라도 죽을 수 있다는 걸 의미한다.

당신을 매력적인 인간으로 만드는 이유

'너희들에게 진리를 가르치리라.'

이 말은 이 책에서 중요한 역할을 하는 분, 그리스도가 수천 년 전에 하신 말씀이다. 그렇다면 이 책에서 어떤 방법으로 진리를 배우는가 설명해 보기로 한다.

완전한 인간을 찾아서

인류의 역사는 영웅이나 우상으로 가득 차 있다. 우리들은 어렸을 때부터 자기가 동경하거나 숭배하는 인물을 흉내 내기 시작한다. 이렇게 해서 자신의 인간성을 형성하고 동경하는 인물의 뒤를 따라 새로운 역사를 창조해 나간다.

이것이 바로 인류다.

개개인의 인간성을 설명하기 위해서는 필자도 역사 속에 등장한 영웅이나 우상이 필요했다. 즉 뛰어난 인물로 그 기준을 삼은 것이다.

모든 분야에 걸쳐 여러 부류의 특성이나 기술을 자세히 조사해 보았다. 사업가나 정부 고관으로부터 배우에 이르기까지 성공한 사람들의 면모와 역사상 유명한 인물까지 살펴보았다.

그런 과정을 통해 가까스로 완전한 인간을 만났다 싶으면 그 순간 바람직하지 못한 결점이 나타난다. 다시 한번 조사해 보았으나 추천할 수 없다는 생각이 강렬했다.

그러나 정신적인 지도자들 즉, 간디나 마틴 루터 등을 조사할 때, 비로소 완전한 사람을 발견할 수 있었다.

자격

필자가 선택한 사람은 보통 훌륭한 인물들이 지닌 특성을 조금 밖에 갖고 있지 못했다. 즉 그는 가난한 집 태생으로 부모는 노동자였다.

정신교육은 거의 받지 못했으나 자기 개조에 전념하여 인간의 본질에 대한 깊은 통찰력을 가진 사람이다.

그는 책을 쓴 일도 음악을 만든 일도 없었고, 주거지인 집으로부터 150리 이상 떨어져 본 적도 없었다. 그가 자기의 일에 소비한 기간은 불과 35개월이었다.

그는 물질적인 것을 결코 소유하려 하지 않았다. 또 공직에 있는 적도, 군대를 지휘한 적도, 어떤 조직에 가담한 적도 없었다.

그의 직업은 목수였다.

그런데도 이 비천한 지도자는 인류의 운명에 크나큰 영향을 끼친 것이다.

그것은 역사상의 어떤 나라, 어떤 국왕, 어떤 군대가 준 영향보다도 큰 힘이었다.

수백, 수천만 명이라는 사람들이 그를 숭배하고 자신의 인생을 그에게 바쳤다.

현재 그를 따르는 사도는 10억 명에 이른다. 즉 그리스도야말로 인류의 기록에 새겨진 최상의 인격이다.

연구의 시작

수년 전부터 중대한 사실을 깨닫고 필자는 이분의 인격을 마음속으로 그려왔다.

그 작업은 갈릴리 해변에서 현대 사회로 그를 불러오는 일이었다.

모든 일은 한 장의 노란 쪽지로부터 시작되었다.

지금도 이 쪽지는 나와 함께 있는데, 거기에는 다음과 같은 메모가 기록되어 있다.

- 그리스도의 인격이란 어떤 것인가?
- 사람을 실제 그대로의 모습으로 받아들였다.
- 사람들을 칭찬하고 각자의 가치를 느끼게 했다.
- 사람들의 인격을 되찾았다.
- 이야기나 비유를 들었다.
- 절대 다투지 않았다. 비난받더라도 거역하지 않았다.
- 사람들에게 뭔가, 즉 희망이나 위안을 보여주었다.

필자의 연구는 이 작은 쪽지로부터 출발하여 여러 해 동안 계속되었다. 그 결과로 쓴 것이다. 메모와 관찰과 비교의 성과다. 정신적인 것을 현실의 생활로 바꿔 쓴 것뿐이다.

그 사람의 인간성에 대하여

독자 여러분은 왜 이 책이 열의라는 특성에서 쓰였다는 사실을 깨달았을 것이다. 열의야말로 당신을 위대하게 만드는 원동력이다.

열의, 즉 '엔스지마즘'이라는 말은 '신의 신앙'이라는 그리스어에서 시작된 어원이다. 그리스도는 달성할 수 있는 한, 이 열의를 예로 증명했다.

'세상에 있는 동안에 이런 말을 하는 것은 나의 기쁨이 그들 속에 흘러넘치기 때문이니라.' | 요한복음 17:13 |

이 말씀은 그리스도가 낙관적 성품이었음을 나타내고 있다.

그러면 우정이란 무엇인가?

'나는 새로운 계율을 너희들에게 주노라. 서로 사랑하라. 내가 너희를 사랑한 것처럼….' | 요한복음 13:34 |

이 말씀은 위대한 인격의 따뜻함과 우정을 나타낸 말이다.

당신이 성공에 필요한 규칙부터 설득력 있는 인간이 되기 위한 10계까지 다시 한번 되돌아보면 곳곳에 필자가 마음속에 그리고 있는 그리스도의 인격이 쓰여 있음을 알 수 있을 것이다.

맨 끝의 대화에 관한 부분에서조차 그리스도의 영향은 크다. 자기 자신을 있는 그대로 들어내 놓은 일이나 비유를 들었다는 것이 이 장에 반영되어 있다.

긴 여로의 끝

여기에 우리의 인간성을 그대로 그려놓은 그림이 있다. 그것은 이 책의 처음부터 끝까지 일관하고 있는 내용의 빛깔이다.

이제 우리들의 긴 여행도 막을 내리려 하고 있다. 이렇게 오랫동안 함께 있었으므로 다음과 같은 말을 할 수 있을 것 같다.

필자에게 있어서 당신은 정말로 훌륭하고 멋있는 독자였다고.

왜냐하면 당신의 흥미와 헌신적인 도움이 없었더라면, 이 책은 쓸 수 없었을 것이니까. 필자의 친구가 되어 이 책을 읽어준 데 감사를 드린다.

사람은 넘어지면 돌멩이부터 탓한다.

돌이 없으면 언덕을 탓한다.

언덕이 없으면 신고 있는 신발 탓을 한다.

사람은 여간해서는 자기 탓이라고 하지 않는다.

'나는 정당하다.'

이런 생각은 겸허함이 부족하기 때문이다.

자기 잘못으로 돌리는 일은 어려운 일이다.

자신을 정당화하려면 누군가 남이 잘못했다고 하지 않을 수 없다.

'나는 언제나 정당하고, 남은 항상 잘못한다.'

모든 사람이 이렇게 생각하고 있다면, 어떤 사회가 될 것인가?

이렇듯 인간은 이런 자기 함정에 빠지기 쉽다.

우리는 조금이라도 살기 좋은 사회를 만들지 않으면 안 된다.

'서로 겸허해지는 일, 자기 잘못을 솔직히 인정하는 일'

이 말은 아무리 강조해도 좋다.

이 책을 끝내면서

일상생활의 매력

이 책을 쓰고 있는 이층 서재 창문 밖으로부터 끊임없이 소리가 들려온다.

바로 이웃에 있는 대중목욕탕의 시원한 물소리와 동네 아이들의 재잘거림이 나 자신이 땀을 흘린 것처럼 몸과 마음이 후련해진다.

어디선가, 저녁 식사 준비를 하는지 생선 굽는 냄새가 풍겨와 갑자기 강렬한 식욕을 느끼게 한다.

창 너머로 내다보이는 작은 단층집 양지바른 마당의 빨랫줄에는 색색의 옷가지들이 미풍에 흔들리고, 빨간 지붕과 생나무 울타리에 둘러싸인 판잣집 한구석에 화분들이 장난감처럼 놓여 있고 수많은 분재가 푸르름을 다투고 있다.

낮은 시멘트 담장 위에 제멋대로 놓인 화분에는 고목으로 키운 소나무, 느티나무, 단풍나무 등등 평범한 나무들이 가꾸어져 있었다.

저녁 무렵이 되면 어김없이 산뜻한 셔츠 차림의 노인이 화분에 물을 주기 위해 나타난다.

이곳에 있는 분재나 화분들은 어느 부잣집 정원에 있는 값비싼 것은 아니다. 그러니까 인위적으로 가꾼 아름다움과는 거리가 멀고 그저 심겨 있을 뿐이다.

매일 같이 저녁 무렵이면 노인은 분재에 즐거운 듯이 물을 준다.

이 노인은 어떻게 살고 있을까?

그 나이라면 직장에서도 은퇴했을 것이다.

아니면, 아직도 현역으로 근무하고 있을까?

얼굴의 혈색은 물론 말소리도 카랑카랑하여 온몸에 생기가 넘쳐 보였다.

글 쓰는 일에 지쳐 잠시 창 너머로 분재를 바라보고 있는 필자를 발견하자, 노인은 물 주던 손을 멈추고 기운차게 말을 걸어왔다.

"여, 참 좋은 곳에서 감상하고 있군요. 실컷 즐기시우."

필자는 그와 같은 노인의 모습에서 견딜 수 없는 인간의 매력을 느낀다.

공중목욕탕에서 들려오는 물소리, 생선 굽는 냄새, 분재에 물을 주는 노인, 이 모든 풍경은 어디서나 흔히 볼 수 있는 생활 속의 평범한 일상의 그림자들이다.

하지만, 거기서 풍기는 인간의 매력은 도대체 무엇이란 말인가?

생각해 보면 그 비밀은 반복에 있다는 사실을 알게 되었다.

하루하루 반복되는 생활의 사소한 장면이 보여주는 강인함. 거기에는 화려한 것도 용맹스러운 것도 없지만, 사람의 마음속으로 파고드는 따뜻함과 끈질김이 깃들어 있다. 그것이 더할 수 없는 매력이 되어 다가오는 것이다.

그것은 마치 파문처럼 울려 퍼지는 종소리를 조용히 혼자서 듣고 있으면 인생의 심연 속으로 끌려들어 가는 것 같은 고즈넉함이 깃들어 있다.

반복의 말들

얼핏 보기에 단조로운 반복에 지나지 않는 일들이 의외로 커다란 힘과 생명력을 간직하고 있어서 매력을 느끼는 것이 아닌가 생각된다.

티끌 모아 태산을 이루듯이 사소한 것이 반복되어 쌓이면 마침내 큰 산을 이루게 된다.

동굴에는 석회석의 조화가 자연의 끊임없는 변화를 자랑한다. 동굴 속을 흐르는 물이 석회암을 녹여 신비로운 돌기둥을 빚어내고, 동굴 천정에서 한 방울씩 떨어지는 물방울이 종유석을 만든다.

연필 끝과 같은 돌고드름이 1센티미터 자라는 데는 약 1백 년이 걸리기도 한다.

한 아름되는 대형 석주가 만들어지려면 실로 수억 년이라는 세월이 걸려야 한다.

어떤 목적을 위한 훈련이나 연습의 성과라고 말해지는 목표도 오직 반복으로 이루어진다.

어렸을 때 철봉을 못해서 어떻게든지 잘해 보려고 연습하지만, 뜻대로 되지 않는다.

이런 경험을 해본 사람은 많다.

그러나 포기하지 않고 인내심을 갖고 연습하면, 어느 날 갑자기 자기 자신도 놀랄 만큼 잘하게 된다.

반복은 단순하고 부질없는 바보처럼 계속되는 행위에 지나지 않지만, 실은 이 반복이 쌓여서 거대한 힘을 발휘하는 원동력이 되어 좋은 결과를 얻게 된다.

반복은 인간의 매력을 만들고 가꾸는 결과를 가져온다. 당신의 성격이나 매력도 반복, 즉 습관에 의해 형성된다는 것이다.

그러므로 당신이 스스로 매력 있는 인간으로 만들어지기를 바란다면, 이 책을 거듭거듭 읽고 쓰여 있는 내용을 실행에 옮기는 방법이 중요하다.

아무리 감명 깊게 읽은 책이라도 2주일이 지나면 거의 기억하지 못하는 게 인간의 한계이다. 오직 감명의 여운만 희미하게 남아 그 내용을 이야기하려고 해도 정확하게 말할 수 없다.

아무리 감동적인 이야기라도 이틀만 지나면 절반밖에 기억하지 못한다. 대개 24시간이 지나면 24퍼센트를 잊게 되고, 48시간 뒤에는 50퍼센트, 4일 뒤에는 85퍼센트, 16일 뒤에는 98퍼센트를 잊게 된다고 보고되어 있다.

아리스토텔레스와 순자(荀子)

'목 안을 넘기면 뜨거운 줄 모른다.'라는 속담처럼 한 번의 충격은 일시적이다. 그러나 반복은 뜻하지 않은 성과를 가져다준다.

인간 생활의 반복은 맹목적이 아니다.

인간은 맹목적인 행동에는 견디지 못한다.

만일 바닷가의 모래알을 세는 일을 시킨다면 사람들은 미치고 말 것이다. 인간이 뭔가를 이루려면 목표가 필요하다.

나무를 심으려는 목표, 늘 몸을 깨끗이 보존하겠다는 목표, 식사를 준비하는 목표 등등, 그 목표에 따라 알맞은 행동을 하게 마련이다.

이런 사실은 몇 사람들의 지혜를 빌려 인식되고 알려졌다.

새로운 사상으로 나타난 것이다. 이미 수천 년 전부터 모든 인간에게는 목표 지향적인 존재임이 분명하게 밝혀져 왔다.

"모든 인간은 목표를 찾는다. 성공이나 행복을……. 성공을 위한 오직 하나의 길은 사회에 이바지함으로써 만족감을 얻는 일이다. 그러기 위해서는, 첫째 구체적이고 명확하며 현실적인 이상, 즉 목표와 목적을 갖는 일이다. 둘째는 당신이 목표를 달성하고자 하는 수단, 즉 지혜와 돈과 방법을 찾는 일이다. 셋째는 그 목표를 향해 당신의 모든 수단을 총동원하는 일이다."

이는 아리스토텔레스의 말이다.

그리스의 첫째가는 대철학자가 말한 이 목표의 중요성은 동양의 철인 순자(荀子)가 기원전 3세기에 한 말과 일맥상통한다.

그는 이렇게 말했다.

"인간에게 주어진 재능의 차이는 절름발이 거북이와 머리가 여섯 개나 달린 명마만큼 다르다. 그러나 목표를 세워 행동하면 이 절름발이 거북도 그 빠른 준마를 따라잡을 수 있다. 한 걸음씩 걸어서 쉬지 않으면 절름발이 거북이라도 천 리의 길을 갈 수 있다. 그런데 아무리 명마라 해도 진퇴를 거듭하거나 좌우로 비틀거리면 절름발이 거북이를 따르지 못한다."

인생의 목표

현재 이같이 변화무쌍한 세계에서 살고 있는 우리들의 모습은 어떤가? 확실한 목표를 갖고 명확한 인생관을 가지고 생활화는 사람이 얼마나 있을까?

필자는 어떤 경영자 클럽에서 강연할 때, 수강자 33명을 대상으로 물어보았다.

"당신의 인생 목표는 무엇인가?"

다음과 같은 대답을 들을 수 있었다.

- 확실한 구체적 목표를 가지고 있다.—2명
- 구체적이지는 않지만, 그저 막연하게나마 목표는 가지고 있다.— 16명
- 생각해 본 일은 있지만, 목표를 갖고 있지 않다.—7명
- 생각한 일이 없다.—8명

아무튼 목표를 가지고 있다는 사람은 전체의 반이고, 그중에서 명확한 목표를 가지고 실행에 옮기고 있다는 사람은 2명뿐이었다.

점을 칠 때 산대를 잡은 사람은 진심으로 목표하는 바를 염원해야만, 비로소 올바른 점괘가 나온다고 한다.

요즘 대중적으로 즐기는 볼링도 예외는 아니다. 그저 막연하게 공을 던지는 것보다 스트라이크를 노려 던져야 핀을 맞추는 확률이 높다. 야구의 투구도 그렇다.

그런데 중요하기 그지없는 인생의 목표조차도 세우지 않고 불확실한 삶을 살고 있는 사람이 의외로 많다.

인생에 대한 목표가 없으면 전력투구할 에너지가 생기지 않는다. 비록 생겼더라도 엉뚱한 곳에서 폭발해 버린다.

목표를 향해 에너지가 집중되어야 생각한 것보다 더 많은 성과를 올릴 수 있다.

이를테면 두 다리와 손이 없는 사람이 입으로 훌륭한 글씨를 쓰는 것도, 장님 부부가 자식을 건강하고 훌륭하게 키우는 것도, 모두 강렬한 목표 의식을 가지고 거듭거듭 반복하여 연습을 쌓아온 결과임을

명심하길 바란다.

목표와 집중력

에너지가 바로 집중력이다. 영 디어(교육학자)는 다음과 같이 집중력을 정의하고 있다.

'집중력이란, 당신이 가치가 있다고 믿는 인생의 목표를 설정함으로써 그에 집중하는 에너지다. 그것은 잠재 능력을 완전하게 발휘할 수 있도록 방향이 지워진 에너지다.'

동물도 목표를 향해 에너지를 발휘하고 있는 것처럼 보인다. 고양이는 쥐라는 목표물을 붙잡기 위해 으슥한 곳을 달리고 있으며, 제비는 겨울이 오면 따뜻한 남쪽 나라로 날아간다.

목표물을 향해서 행동한다는 점에서는 동물도 인간도 마찬가지다. 그렇다면 동물과 인간을 구별하고 있는 것은 도대체 무엇일까?

동물은 목표를 향해 본능적으로 움직일 뿐이지만, 인간은 의식적으로 목표를 세워 도달하려고 노력한다.

이를테면 굶주린 까마귀와 인간이 한 그루의 감나무를 발견했다고 하자. 나무에 감이 알맞게 익어 주렁주렁 달려 있다. 까마귀는 본능적으로 굶주림이 충적될 만큼 사정없이 쪼아먹을 것이다. 그것은 까마귀의 본성에 맞는 행위이다. 인간 역시도 배가 부르도록 실컷 따 먹을 것이다.

그러나 인간은 어느 정도 배가 부르면 장래에 대해 생각할 것이 틀림없다. 그리고 감나무 종자를 땅에 심어 감이 없어지지 않기를 바랄 것이다. 몇 년 뒤에는 한 그루의 감나무에서 수십 그루, 수백 그루로 번식되어 보다 많은 감을 딸 수 있다는 지혜를 터득한다. 현재뿐만 아니라 자기의 죽음 뒤까지 생각하는 것이 인간이다.

이같이 목표 설정이란 미래를 상상하는 이며 미래에 대한 의식적인 작용이다. 이 목표 설정이야말로 인류에게 주어진 최고의 은혜이다.

우리들은 이런 위대한 힘을 부여받고 있다. 한 사람도 예외 없이 모두 부여받고 있는 것이 인간의 본능적 삶이다.

습관의 힘

인간은 태어나는 순간부터 주위 환경에 의해 가꾸어지고 순응한다. 삶을 살아가면서 끝없이 반복되는 일상을 통해 겪는 일, 주변에서 들은 것으로부터 영향을 받고 이로 말미암아 무의식중에 반응을 일으켜 행동하고 있다.

만약 어린아이에게 "너는 바보다. 너는 바보다."하고 계속 말한다면 아무리 영리한 아이라도, 정말 바보가 되어버린다.

필자의 친구로 하루에 담배를 3갑이나 피우는 어느 대기업 영업 이사가 있었다. 건강에 해로우니 담배를 끊을 결심을 하지만, 아직도 끊지 못하고 피우고 있다.

그는 우수한 영업 책임자인 만큼 의지도 강하고 판단력도 확실하지만, 담배 하나 끊는데 이렇게 고생하고 있다. 담배가 건강에 나쁘다는 것은 잘 알고 있으면서도 식사 후에, 손님을 만날 때 무의식중에 담배에 불을 붙인다. 이렇듯 10년 이상 거듭되어 온 습관은 하루아침에 고쳐지지 않는 법이다.

예부터 작심삼일이라는 말이 있는데, 해가 바뀔 때마다 올해에는 꼭 일기를 써야겠다든가, 아침이면 30분 일찍 일어나겠다고 굳게 결심하지만, 사흘도 못 가서 그걸 지키지 못하는 경험은 누구나 겪는 일이다.

이제까지의 타성을 깨뜨리고 새로운 일을 시작하려 해도 오래된 습관의 거대한 힘에 방해받는다. 습관을 고치고 행동의 방향을 바꾸려면 어떻게 해야 하는가?

그와 같은 행동을 계속 요구하는 근본 원인, 즉 마음가짐을 바꿔야 한다. 즉 담배를 피우는 습관의 배후에는 담배를 피우고 싶다는 마음의 갈망이 자리 잡고 있기 때문이다.

마음가짐을 바꾸어라

마음가짐이란 무엇인가? 마음가짐이란 반복으로 형성된 사고의 무의식적 반응이다.

이를테면 소극적인 사람은 너무 소심하여 무슨 일이든 결단 내리기를 주저한다. 보다 인생을 풍요롭게 살고 싶다든가, 남이 좋아하는 매력적인 사람이 되어야지 하는 소망을 입버릇처럼 되뇌지만, 전혀 행동으로 옮기려 하지 않는다. 그래서 변함없이 볼품없는 인생을 보내고 있다.

이러한 사람은 말만 앞세우고 행동 단계에 이르러서는 꽁무니를 뺀다. 결코 목표를 이루지 못하고 땅속으로 되돌아가는 허망한 삶이 기다리고 있을 뿐이다.

소극적인 마음가짐 역시 반복으로 형성된 무의식적 반응이다. 따라서 소극적 마음을 바꾸려면 반복하여 다른 무의식적 반응을 만들어 내지 않으면 안 된다.

그렇다면 소극적인 마음가짐을 바꾸려면 어떻게 하면 되는가? 마음가짐을 변화시키려면 문제를 인식하고 명확한 목표를 설정해야 한다.

뚜렷한 의식을 갖고 흔들리지 않는 삶을 살면서 목표를 달성했을 때의 만족감을 느끼지 못한다면 굳이 애써서 마음가짐이나 습관을 고치려는 사람은 아무도 없을 것이다. 타성에 젖어 삶의 흐름에 자신을 내던지는 것이 훨씬 더 편하기 때문이다.

목표 없이는 어떠한 일도 이룰 수 없다. 무엇보다도 당신의 삶에 성공을 대입시키려면 목표를 정해야 한다.

'나는 사람을 끌어들이는 매력 있는 인간이 되리라.'라는 목표를 종이 써서 가까운 곳에 놓아둔다. 눈에 잘 띄는 곳에 붙여둔다.

그런 다음 날마다 반복해서 종이에 쓴 내용을 바라보며 자신에게 타이른다. 그 목표가 당신의 정신과 육체가 하나가 되어 깃들 때 비로소 매력 있는 인간으로 성장할 수 있다.

인간이 살아가는 동안에 만나는 사람들은
모두 손님이라고 생각하는 게 좋다.
손님은 인생에서 만나는 사람들을 상징한다.
이 말은 자기가 교제하는 사람들에게는
언제나 세심하게 마음을 써야 한다는 것을 가르치고 있다.

일로 하여 사람은 발전하고 부자가 된다.
일은 돈을 저축할 수 있게 하며 행운의 기초이다.
일은 인생을 즐겁고 행복하게 만들어 주는 요소이므로
우리는 일을 사랑해야 한다.
일의 축복과 결과를 기대하는가?
그렇다면 더욱더 일하기를 즐겨라.
일을 사랑하면 인생이 즐겁고 가치 있게
그리고 풍요롭게 될 것이다.

평범한 일을 천직으로 바꾼다

제2권

돈
돈은 성공의 상징

나폴레온 힐 씀

돈은 성공의 상징이다

　어떤 사람은 "당신은 돈에 관한 책을 쓰는 목적이 무엇인가요? 왜 부(富)를 돈으로 측정하는 것이지요?"라고 물을지도 모른다.

　또 다른 사람들은 돈보다 더욱 바람직한 부의 형태가 있다고 믿을지도 모른다.

　실제로 돈으로 측정할 수 없는 부가 있는 것은 사실이다. 하지만 수백만 명의 사람들은 "나에게 필요한 돈을 주세요. 그럼 나는 내가 원하는 모든 걸 얻을 수 있어요."라고 말한다.

　내가 이 책에서 어떻게 해야 돈을 벌 수 있는지를 쓴 이유도 많은 남성과 여성들이 가난의 두려움으로 무기력해져 있기 때문이다.

　돈은 단지 조개껍데기나 둥근 금속, 종이 조각에 불과하다. 돈을 주고도 살 수 없는 인간에게는 매우 소중한 영혼과 마음이 있긴 하지만, 실패한 사람들 대부분은 자신의 영혼을 간직할 만한 제대로 된 능력이 없다.

　완전히 몰락한 남자가 일자리를 구하려고 헤매고 다녔지만, 모든 게 허사였다.

　간혹 직원을 구하는 곳이 있긴 했지만, 월급이 거의 없거나 거리에서 쓸모없는 잡화를 파는 일뿐이었다.

그래서 그는 다시 거리를 헤맸고, 사치품들이 즐비한 쇼윈도를 들여다보며 열등감을 느꼈다.

또다시 그는 어쩔 수 없이 거리의 이곳저곳을 방황하기만 할 뿐, 아무런 목적이 없는 그의 행동이 자신을 더 큰 구렁텅이로 내몰고 있다는 사실을 깨닫지 못했다.

만일 그런 그가 직업을 갖게 되면 옷을 잘 차려입고 출근하게 될 것이다. 하지만 옷 따위는 그의 열등감을 결코 감춰줄 수 없는 겉치레에 불과할 뿐이다.

그는 거리를 거닐면서 많은 사람을 보았고, 분주히 활보하는 그들의 활기찬 모습을 진심으로 부러웠다. 그들은 자신의 초라한 모습과 달리 독립심, 자기 존중, 인간미를 가지고 있는 것처럼 느껴졌기 때문이다.

이런 그가 나중에는 직업을 갖게 되었지만, 그는 여전히 자신이 훌륭하지 않다고 생각하고 있었다. 왜냐하면 그에게는 돈이 별로 없기 때문이다. 즉, 그를 달라지게 만드는 요소는 오직 돈의 힘이다.

나폴레온 힐 씀

꿈꾸는 자가 세상을 바꾼다

생각하는 것이 인생의 소금이라면
희망과 꿈은 인생의 사랑이다. 꿈이 없으면 인생은 쓰다.
• 캐런 리튼

부자를 꿈꾸는 사람이라면 세계가 빠르게 변하고 있다는 사실을 이해하기 위해 노력해야 한다.

즉 세계가 발전할수록 새로운 아이디어와 생산수단을 요구하고, 나아가서는 새로운 지도자, 새로운 발명, 참신한 교육법, 마케팅 혁신, 새로운 서적과 문화, 지금까지 없었던 텔레비전 프로그램, 새로운 영화 소재가 필요하다는 사실을 알아야 하고 그에 대처해야 한다.

이러한 새롭고, 좀 더 좋은 것에 대한 요구가 뒷받침되어야 비로소 승리를 쟁취할 수 있는 바탕이 마련되는 것이다. 그리고 이 세상 사람들이 무엇을 기다리는지를 알아야 목표를 명확히 세울 수 있다. 이러한 것들이 모여야 비로소 '불타는 욕망'도 가질 수 있는 것이다.

부자가 되려는 사람이나, 이 시대의 진실한 지도자가 될 사람들은 일정한 일을 하면서도 끊임없이 꿈을 실현하고자 노력한다. 그럼으로써 앞으로의 기회를 예견할 뿐 아니라 자기의 생각을 구체화해 마천루를 짓고 공장, 항공기, 자동차, 컴퓨터 등 인간의 생활을 쾌적하게 해주는 기기들을 만들어 낸다.

만일 하고자 하는 바가 정당하고, 또 그것을 절대적이라고 믿는다면 돌진하라. 자신의 꿈을 종횡무진 펼쳐 보여라. 그리고 '지금 하는 일이 실패하면 남들이 뭐라 할까?' 따위에는 조금도 신경을 쓰지 마라. 이러한 것을 걱정하는 사람은 실패가 성공의 씨앗임을 모르는 것이 분명한 인생의 실격자다.

에디슨은 전등을 발견하는 꿈을 꾸었다. 그러나 그 꿈을 실현하기까지 얼마나 많은 실패를 거듭했던가! 그럼에도 에디슨은 결코 자신의 꿈을 포기하지 않았다. 현실에 기반을 둔 꿈을 꾸는 사람은 절대 단념하지 않는다.

라이트 형제는 하늘을 나는 기계를 만드는 꿈을 꾸었다. 그 꿈이 지금 신나는 비행기 여행을 실현했다. 라이트 형제의 꿈은 그야말로 건전하고 힘찬 것이었다.

마르코니는 눈에 보이지 않는 전파를 꿈꾸었다. 지금 세계에 보급된 라디오나 텔레비전을 보면 그의 꿈은 헛된 것이 아니었음을 알 수 있다.

마르코니가 전선이나 다른 물질의 도움 없이 오직 전파만을 이용해 통신할 수 있는 원리를 발견했다고 발표했을 때, 마르코니의 발명을 지원한 친구가 그를 정신병원에 데려가 진찰을 받게 했다는 일화는 지금 생각하면 하나의 우스운 에피소드다.

이런 점을 감안한다면 현재 꿈이 많은 사람은 훨씬 다복한 편이다. 현대는 과거에는 생각조차 못 했던 기회들로 가득 차 있기 때문이다.

그렇다면 어떻게 해야 그 욕망의 힘을 몸에 익히고 그것을 구사할 수 있을까?

그 답을 다음 단계에서 자세히 설명하기로 하겠다.

가난에는 계획이 필요 없다

최상을 기대하라. 최악의 경우를 대비하라.
오늘 주어진 것을 받아들여라.
• 지글러

돈이란 알 수 없는 존재다. 그것은 여성이 배우자를 결정할 때 사용하는 것과는 다른 방법으로 추구해 왔으며, 또 정복되었다.

반면, 돈을 추구할 때 사용되는 힘은 남성이 부인을 얻는 데 사용하는 방법에서 크게 벗어나지 않는다.

돈을 버는 데 성공하였다면, 그 힘은 틀림없이 신념과 결합해 있을 것이다. 또 끈기와도 결합해 있을 것이며, 잘 짜인 계획이 행동으로 옮겨졌을 것이다.

어마어마한 돈이 모이면 그것은 물이 언덕 아래로 흘러가듯, 돈을 추구하는 사람에게 흘러 들어간다. 그곳에는 강과 비교될 만한, 눈에 보이지 않는 거대한 물줄기가 존재한다.

반면, 불행한 사람들을 가난의 밑바닥으로 움직이게 만드는 지류는 반대쪽으로 흘러 들어간다.

사람들은 모두 이 커다란 물줄기의 존재를 알고 싶어한다. 그 물줄기는 인간의 사고를 통해 이루어지며, 그 사고의 적극적 감정은 행운을 수반하는 물줄기의 한 부분으로 나타난다.

반면, 소극적 감정은 가난으로 떨어지는 지류를 형성한다.

이 책은 행운을 잡기 위해 노력하는 사람들에게 중요한 생각을 가져다줄 것이다. 따라서 가난을 극복하고 싶다면 그 거대한 물줄기를 인생에 적용하고 사용해야 한다. 책을 읽고 이해하는 것으로 끝나면 그야말로 무의미하다.

다시 한번 강조하지만, 가난이 부로 바뀌는 변화는 대부분 잘 짜인 계획을 주의 깊게 수행할 때 일어난다.

반면, 가난은 아무런 계획도 필요로 하지 않는다.

비누는 몸을 위해, 눈물은 마음을 위해

사람들은 비누로 몸을 씻고, 눈물로 마음을 씻는다.

울고 난 뒤에는 마음이 맑아진다. 목욕한 뒤의 몸과 같다.

신은 인간의 메마른 영혼에 비를 뿌리듯 눈물을 주었다.

울고 난 뒤는 마치 기다리던 비가 내린 대지와 같다.

그 땅에는 씨앗이 눈 트고 초록빛으로 변화가 시작된다.

오늘날의 사회는 기계화되어 몹시 위험하다.

눈물이 무용한 것이 되었고 수치스러운 것이 되었다.

인간은 울고 싶을 때는 울어야 한다.

사람들을 위해, 또 자기 자신을 위해

가난에 대한 두려움을 나타내는 여섯 가지 징조

돈만 있어도 안 된다. 꿈이 있어야 한다.
꿈만 있어도 안 된다. 돈이 있어야 한다.
몽상적인 것과 상업적인 것을 결합하는 것,
이것이 삶의 철학이다.
· 세실 로즈

1. 무관심

대부분은 야심 부족, 참을 수 없는 가난, 정신적 · 신체적 게으름, 상상력 · 정열 · 자기 통제 부족으로 나타난다.

2. 우유부단함

다른 사람의 사고를 받아들이는 습관으로, 이쪽도 저쪽도 아닌 위치에서 있는 상태다.

3. 의심

실패를 변명할 때 나타나며, 이따금 성공한 사람을 비난하고 시기하는 형태로 나타나기도 한다.

4. 근심(걱정)

지나치게 과소비를 일삼는 사람들을 비난하고 욕하며 얼굴을 찡그리는 것으로 표현된다. 신경과민인 동시에 자기의식과 평정의 부족 현상이다.

5. 지나친 신중함

환경, 사고(思考), 성공의 방법 대신 소극적인 측면을 살피는 습관이다.

6. 지체(연기)

오늘 해야 할 일을 내일로 미루는 습관으로 변명과 구실을 찾느라 시간을 보낸다.

이상의 징조들은 지나친 신중함, 의심, 근심(걱정)과 관련이 있다. 이런 경향을 가진 사람들은 발전의 시금석으로 이 여섯 가지를 사용하고 단련하기보다 자신이 처한 어려움과 쉽게 타협하고 목표를 그냥 포기해 버린다.

즉 번영, 만족, 행복을 돈으로 자기 인생을 흥정하려 한다. 또한 모든 어려움을 극복하기 위해 노력하지 않을 뿐만 아니라 실패한 뒤에야 무엇을 할지 계획을 세운다.

이들에게는 자기 확신, 확고한 목표, 자기 통제력과 주도력, 정열과 야심, 건전한 사고 능력이 부족하다. 게다가 부를 원하고 받아들이는 사람과 교제하지 않고 가난을 받아들인 사람들과 접촉한다.

자비로운 사람은 부자가 될 수 없고, 부자는 자비로울 수 없다.
부자는 가난한 사람에게 자선을 베풀 때, 더 가난한 사람들로부터
빼앗은 것을 베풀고 있다는 것을 알려고 하지 않는다.

가난과 부는 가는 길이 다르다

죽음이 당신의 문을 두드릴 때, 당신은 그에게 무엇을 바치겠습니까.
나는 내 생명이 가득한 광주리를 그 손님 앞에 내놓겠습니다.
나는 그를 빈손으로 보낼 수가 없기 때문입니다.

· 타고르

부(富)와 가난 사이에는 어떠한 타협도 없다. 가난과 부로 이끄는 각각의 길은 늘 반대 방향으로 뻗어 간다.

따라서 만일 부자가 되고 싶다면 가난으로 이끄는 어떠한 환경도 거부한 채 받아들여서는 안 된다(여기서 부란 정신적, 물질적, 경제적, 신체적 형태를 말한다).

만일 지배할 수 있는 정신 상태를 소홀히 했기 때문에 돈을 모으는 데 실패했다면, 어떠한 변명도 통하지 않으며 책임을 피할 수 없다.

단, 정신 상태는 성질상 돈을 주고 살 수 있는 것이 아니며 창조된 이후에는 자기 스스로 책임을 져야 한다.

밑바닥 인생으로 끝내고 싶은가

내일을 향한 최선의 준비는 오늘의 일을
가장 훌륭하게 하는 데 있다.
• 윌리암 오슬러

내가 강조하고 싶은 점은 바로 '성공과 실패는 둘 다 습관의 결과'
라는 것이다.

그리고 영웅 숭배 사상은 성공에 도움이 된다는 사실이다.

나의 아들 블레어가 할핀과 어떤 지위를 놓고 협상했을 때, 할핀은
블레어에게 경쟁회사에서 받았던 수입의 1.5배를 주겠다고 제안했다.

나는 아들에게 할핀의 제안을 수락하라고 했다. 왜냐하면 자신이
싫어하는 환경과 타협하길 거부한 사람은 돈으로 환산할 수 없는 자
산을 가졌다고 믿기 때문이다.

말단의 생활은 단조롭고 지루해 누구도 좋아하지 않는다. 이것이
바로 내가 '적당한 계획을 세운 뒤 처음부터 시작해 어떻게 시간을 벌
수 있나'에 대해 설명한 이유다.

인간의 변신은 죄가 없다

사랑에서 야망으로 옮겨가는 사람은 많으나
야망에서 사랑으로 돌아오는 사람은 드물다.
* 라로시 푸코

　내 사촌 동생 루 딜러니는 세일즈맨으로 성공해 큰 회사의 국내 판매부장이 되었다. 예전에 그와 나는 인간은 놀라울 정도로 변할 수 있다는 점을 화제로 삼아 대화를 나눈 적이 있었다.

　그때 루는 "자신에게 정직하면, 자신을 변화시킬 필요가 있다는 사실을 인정할 수밖에 없어요. 그리고 자신을 개혁하려는 의지를 확고히 하고 신념을 가지면, 반드시 자신을 변화시킬 수 있지요. 게다가 신앙까지 갖고 있다면 자신을 개혁할 수 있어요. 바로 변신인 셈이지요. 우리 회사의 세일즈맨 중에 팀이라는 사람이 있는데, 그의 놀라운 변신을 보면, 도저히 같은 인물로 여겨지지 않을 정도예요."라고 분명하게 말했다.

　루의 말에 따르면 팀은 온화하고 호감을 주는 인물이지만, 강인함이 모자라는 듯한 인상을 풍겼다. 루는 그를 '토템 폴의 최하위 인물'이라고 평가했다. 회사에서 매출이 제일 떨어지는 최저 세일즈맨이라는 뜻이었다. 그래서 팀의 해고는 거의 확정적이었다.

　그런데 어느 날부터인가 갑자기 팀이 적극적으로 변하기 시작해,

모든 사람이 놀랄 정도로 매출이 늘고 1년 뒤에는 회사에서 중상위권의 세일즈맨이 되었다.

그야말로 팀은 하면 된다는 신념으로 일했으며, 그 결과 자신의 목표를 이룰 수 있었다.

세상에는 강한 것이 열두 개 있다

먼저 돌이 있다. 그러나 돌은 쇠에 의해 부서진다.

쇠는 불에 녹는다. 불은 물로 꺼진다.

물은 구름에 흡수되어 버린다. 구름은 바람이 불면 날려간다.

그러나 바람은 인간을 날리지는 못한다.

인간은 공포에 위축된다. 공포는 술로 제거된다.

술은 잠을 자면 깬다. 잠도 죽을 만큼 강하지는 않다.

그러나 그 죽음조차도 사랑에는 이기지 못한다.

공포의 그림자를 추방한다

욕망은 태양과 같다.
그것은 이 땅 위의 모든 문제를
자기 내부로 흡수해 버린다.
• 플로베르

당신의 의식 속에 들어온 강렬한 공포의 감정은 씨앗과 같아서 싹이 트면 깊은 뿌리를 내린다.

나쁜 감정의 반응에 공포감이 확산하는 것을 막기 위해서는 제어하는 능력을 지니지 않으면 안 된다.

다음에 열거한 말을 자주 입 밖에 낸다면 마음속에 두려움이나 공포의 어두운 그림을 품고 있다는 증거이다.

"언제나 두려운 생각에 빠져 있어 솔직하게 나의 의견을 말할 수 없다."

"나는 무엇을 한다는 것에 두려움을 느낀다."

"내가 하려는 일은 무엇이든지 잘되지 않을 것이라는 기분이 든다."

"나는 매사에 자신감이 없다."

"나에게 일어난 일을 극복할 수가 없다."

"나는 증오심이나 공포심이 생겨날 때면, 내 스스로 억제할 힘을 발휘하지 못한다."

"이제 나는 사는 것에 흥미를 잃었다. 두렵지만 않다면 죽고 싶다."

이런 말들이 당신 입에서 자신도 모르게 자주 튀어나오지 않는가? 만약 그렇다면, 지금이야말로 그런 패배적인 태도를 버려야 한다.

언제나 공포는 나쁜 상태만을 끌어당기지만, 용기는 그런 상태를 추방하는 힘이 있다.

당신이 두려움의 그림자를 지우기 위해서는 제일 먼저 그런 문제와 대결하는 것이 최우선이다.

한 번에 한 가지 문제씩만 대결하도록 하라. 두려움의 실체가 무엇인가를 파악하라. 자세히 관찰하면 당신이 부질없이 두려워했다는 것을 알 수 있다.

두려움이 당신의 마음을 지배하고 있을 때는, 그런 감정이 올바른 것처럼 느꼈을 것이다.

그러나 지난날 가장 두려웠던 때를 회상해 보면, 그 당시 그토록 두려웠던 감정이 한낱 부질없는 생각이었음을 느끼게 될 것이다. 만약 두려움이나 공포의 감정을 갖지 않았더라면, 어떻게 대처했을 것이라는 생각도 떠오를 것이다.

그리고 나서 올바르게 대처했을 때, 당신이 해야 할 말이나 행동을 기억하고 두려움을 극복하는 자기의 모습을 그려보면 새로운 용기가 솟아오를 것이다.

두려움이 느껴질 때는 마음의 그림을 지워버리고 자신에게 의식적으로 명령을 내려본다. 두려움 따위는 관심도 두지 않는다는 명령을 내린다.

그다음에는 조금도 두려움 없이 그 상황에 대처하고 있는 그림을 마음속에 생생하게 떠올림으로써 공포의 어둠을 즉시 지워버린다.

비행기 조종사들은 이런 법칙을 응용하고 있다. 그들은 비행기가 추락한다든가, 사고가 나는 상상을 떠올리면 실제로 그와 같은 비참한 결과가 일어난다는 것을 알고 비행 연습 도중에 작은 불상사라도 발생하면, 곧 다른 비행기로 바꾸어 타고 항로를 계속하면서 사고 당시의 일을 잊는다.

친구와 여자

아내를 선택할 때는 수준을 한 단계 내리고, 친구를 사귈 때는 수준을 한 단계 높여라.

친구와 화났을 때는 달래고, 슬퍼하고 있을 때는 위로하라.

만약 친구가 채소를 가지고 있다면, 고기를 갖다주어라.

당신의 친구가 당신에게는 꿀처럼 달더라도
전부 핥아버리는 것은 좋지 않다.

어떤 남자도 여자의 아름다움에는 저항할 수 없다.

여자는 남자보다 눈치가 빠르다.

여자는 남자보다 정이 두텁다.

남자가 여자에게 끌리는 것은 남자의 갈비뼈로 여자를 만든 이래 남자들이 잃어버린 자신의 일부를 찾으려 하기 때문이다.

부자는 바란다고 되는 게 아니다

절망하지 마라.
열쇠 꾸러미의 마지막에 달린 열쇠가 자물쇠를 연다.
• 체스터 필드

지금부터 당신이 만나는 사람 100명에게 인생에서 가장 원하는 것이 무엇인지를 물어보라. 그럼, 그 사람들 가운데 99명은 바로 대답하지 못할 것이다.

만일 당신이 대답을 꼭 해 달라고 요구한다면, 몇 사람은 '안전'이라고 대답할지도 모른다. 또 '돈'이라고 말하는 사람도 있을 테고, '행복'이라고 말하는 사람도 있을 것이다.

나머지 사람들은 '사회적 지위', '안락한 생활', '전문가가 될 수 있는 능력'이라고 말할 수도 있다.

하지만 그들 가운데 이런 단어들의 정확한 정의를 말할 수 있는 사람은 거의 없을 것이며, 이렇게 명확하지 못한 소원들을 이루기 위한 어떤 계획도 말하지 못할 것이다.

부자는 바란다고 해서 될 수 있는 것이 아니다. 부자는 뚜렷한 욕망을 바탕으로 명확한 계획을 수립한 뒤 끈기를 가지고 실행할 때만 이룰 수 있는 열매이다.

부자가 되고 싶다면 생각을 바꾸어라

성공을 원하는가?
그렇다면, 이미 개척해 놓은 성공의 길이 아니라
그 누구도 가 본 적이 없는 새로운 길을 찾아야 한다.
• R. 과머스톤

생각이 곧 재산이다. 특히 생각이 부자가 되려는 불타는 욕망과 조화를 이룰 경우, 그것은 정말 커다란 재산이 된다.

일찍이 에드윈 반즈(Edwin Barnes)는 '사람은 누구나 진지하게 생각하면 부자가 될 수 있다.'는 사실을 깨달은 사람이다.

이 위대한 발견은 결코 쉽게 얻어진 것이 아니다. 그것은 발명가인 토머스 에디슨(Thomas Edison)과 함께 일하고 싶다는 욕망과 함께 시작되었다.

우리는 먼저, 반즈의 욕망이 무척 명확했다는 점을 알아야 한다. 그의 욕망은 절대 막연하지 않았다. 즉, 그는 명확하게 다른 누구도 아닌 에디슨과 함께 일하고 싶은 강렬한 욕망이 있었다.

하지만 그는 자신의 욕망을 즉시 행동으로 옮길 수 있는 형편이 아니었다. 그에게는 두 가지 어려움이 있었다. 먼저, 에디슨을 개인적으로 알지 못했을 뿐 아니라, 에디슨이 거주하고 있는 이스오렌지까지 갈 여비조차 없었다.

이러한 어려움은 욕망을 실현하고자 하는 많은 사람을 좌절시킨다.

이런 상황에서 그대로 좌절해 버린다면 실패한 인생이 되고 만다. 따라서 이런 어려운 상황에서 제일 중요한 것은 진실한 마음이다.

돈의 노예가 되지 말고 주인이 되라

유대인은 자기가 창업하여 잘 경영하고 있는 회사까지도 돈을 벌기 위해서는 망설이지 않고 팔아버린다. 유대 상술에서는 높은 이윤을 가져오는 것이라면 자기 회사조차도 훌륭한 상품으로 생각한다.

유대인은 조그만 공장으로부터 시작하여 고생을 거듭한 결과, 가까스로 업계에서 중견 회사로 육성한 자기 회사를 지금이 가장 좋은 기회라는 듯 팔아버리는 예는 허다하다. 순조롭게 이익을 얻고 있을 때야말로 회사가 비싼 값으로 팔릴 기회라는 게 유대 상술이다.

유대인은 회사를 만들어 즐거워하고,

그 회사를 팔아 돈을 벌어서 즐거워한다.

유대식 상술은 회사란 직업 사랑의 대상이 아니고 이익을 내기 위한 상품에 지나지 않는다는 것,

그것이 유대인들의 냉정한 직업의식이다.

돈에 대한 욕망을 달성하기 위한 여섯 단계

이 세상에서 가장 불행한 사람은
꿈이 없는 사람이다.

• 노먼 빈센트 필

돈에 대한 욕망을 달성하려면 다음 6단계를 거쳐야 한다.

1. 당신이 원하는 돈 액수를 마음속에 정확히 정해 둔다. 그저 막연하게 '거금이 생겼으면' 하는 정도의 생각으로는 충분하지 않다(다음에 설명하겠지만, 명확하게 액수를 정해 두는 일은 심리적으로 큰 의미를 지닌다).

2. 당신이 원하는 만큼의 돈을 벌기 위해 어떤 일을 할 것인지를 확실히 결정한다(감나무 밑에서 입을 벌리고 누워 있는 따위의 일은 현실적으로 소득이 없다).

3. 당신이 바라는 금액을 언제까지 손에 넣어야 할지를 확정한다.

4. 욕망을 실현할 수 있는 명확한 계획을 작성한 뒤 즉시 실행에 옮긴다. 준비가 되었든 되지 않았든 계획에 따라 실천에 옮기는 것이 중요하다.

5. 위의 4단계(원하는 돈의 액수, 해야 할 일, 기한, 치밀한 계획)를 상세히 기록해 둔다.

6. 자신이 쓴 계획서를 적어도 하루에 두 번은 소리 내어 읽는다.

즉 잠자리에 들기 전, 그리고 아침에 일어나자마자 소리 내어 읽도록
한다. 소리 높여 읽다 보면 원하던 돈이 차츰 자기의 것이 된 듯한 기
분이 들고 자신감도 생긴다.

이상의 6단계, 특히 하나하나의 단계를 확인하고 그 지시에 따르는
일은 무척 중요하면서도 꼭 필요한 실행 조건이다.

실제로 돈을 소유하기도 전에 돈을 가졌다고 상상하는 일이 불가능
하다고 말하는 사람도 있겠지만, 그런 상상은 '불타는 듯한 욕망'에 있
어서 꼭 필요한 단계다.

만일, 돈을 갖고 싶다는 욕망이 골수에 사무칠 정도라면, 당신이 그
돈을 가질 수 있으리라는 신념을 갖는 일도 그리 어렵지는 않을 것이
다. 그러므로 돈이 당신의 목적이고, 그것을 획득하기 위해 무엇이든
지 하겠다고 결심한다면, 정말 그 돈을 얻은 듯한 기분이 들 것이다.

가난한 사람들의 노동으로 편한 생활을 누리며 사는 부자들이,
자신을 그 가난한 사람들의 은인으로 생각하는 세상은 잘못되어도
한참 잘못되었다고 할 수 있다.
인간의 거의 모든 지식은 노동하는 사람들의 수고를 덜어주는 것이
아니라, 부자들의 게으름을 거들고 그것을 장식하는 데 이용하고 있다.

부자가 되는 원칙을 잊어서는 안 된다

만족은 가난한 자를 풍부하게 하고
풍부한 자를 가난하게 한다.
• 프랭클린

그래도 여전히 욕망을 달성하기 위한 단계를 이해하지 못하는 사람에게는 앤드류 카네기의 이야기를 들려주는 것이 이해에 도움이 될 듯하다.

카네기는 철강소 노동자 출신으로 처음에는 가난했지만, 욕망을 달성하기 위한 단계를 몸소 체험함으로써 마침내 세계적인 대부호가 되었다.

또 에디슨은 자기의 경험을 통해 이 6단계가 돈을 축적하기 위한 수단으로 뿐 아니라, 다른 어떤 목표를 달성하는 데도 매우 유용한 방법임을 확신했다.

욕망을 달성하기 위한 6단계를 실행하는 데, 어떤 육체적 고통이 따르는 것은 절대 아니다. 또 희생이 필요하거나 다른 사람 앞에서 바보짓을 해야 하는 것도 아니며, 전문적인 교육이 필요하지도 않다.

단, 이 6단계를 잘 실행해 돈을 축적해 나가는 동안 기회나 행운이 충분히 뒤따르리라는 사실을 깨닫는 동시에 깊이 이해할 만한 상상력을 반드시 가져야 한다.

즉, 우리는 지금까지 부를 축적한 사람들은 먼저 많은 꿈을 꾸었으며, 그 꿈에 걸맞은 욕망을 불태우고 돈을 얻기 위한 계획을 명확히 세웠음을 명심해야 한다.

또한 자신의 불타는 욕망을 반드시 이룰 수 있다는 신념이 없다면 결코 부자가 될 수 없다는 사실도 잊지 말아야 한다.

일찍부터 돈에 눈뜨게 하는 유대인의 가정교육

자기 만족감을 가르쳐라.

어려서부터 돈에 죄의식을 갖게 하지 마라.

성취감을 불어넣어라.

일을 하도록 요구하라.

지나치게 통제하지 마라.

자기 꿈을 이루도록 놔두어라.

실험적 시도를 하도록 북돋워라.

버릇없이 기르지 마라.

유용한 선물을 주어라.

더 나은 교육을 받도록 자극하라.

돈에 관해 가르쳐라.

주저앉아 남이 주는 것을 받도록 놔두지 말라.

잠재의식 속에 부자가 되겠다는 욕망을 심어라

무슨 일을 하든지 시작을 조심하라.
처음 한 걸음이 미래의 일을 결정한다.
* 레오나르도 다빈치

'욕망을 달성하기 위한 6단계'를 실행할 때, 제일 필요한 것은 집중의 원칙을 반드시 지켜나가는 일이다. 그렇다면 정신 집중을 위한 효과적인 방법에 대해 생각해 보자.

'욕망을 달성하기 위한 6단계'를 실행하기 위해 먼저, 목표로 하는 돈의 액수를 마음속에 새겨야 한다. 그리고 목표 액수가 눈을 감고 있어도 눈앞에 떠오르도록 주의를 집중해야 한다.

또 하루에 한 번 이상 목표 액수를 상기해 집중적으로 생각해야 한다. 이것을 매일 반복하면서 '신념'의 처방전을 실천한다면, 실제로 그 돈을 손에 넣을 수 있게 된다.

여기에 더욱 중요한 사실이 하나 있다. 그것에 대한 잠재의식은, 절대적 신념에 의해 주어진 명령은 무엇이든 받아들이지만, 어느 순간에는 원래대로 되돌아갈 수 있다는 점이다.

그렇다면 잠재의식을 완전한 것으로 만들어 갈 가능성에 대해 생각해 봐야 한다. 우리는 목표 액수를 어떻게 해서든 손에 넣지 않으면 안 된다. 그리고 그 돈은 이미 용도가 정해져 있다. 그러한 돈이 필요하다는 잠재의식은 그 돈을 손에 넣기 위한 구체적인 방법을 알려줄 것이다.

단, 앞서 말한 것처럼 돈을 갖고자 하는 욕망을 실현할 수 있는 구체적 계획이 우리의 생각을 창의적으로 이끌어야 한다.

이때 우리는 결정적인 계획을 기다려서는 안 된다. 즉, 목표 액수를 움켜쥐었을 때의 자기 모습을 연상하면서 시작해야 한다. 그러면 잠재의식은 스스로가 필요로 하는 계획으로 옮겨 가게 된다.

이때 당신은 잠재의식이 만들어 낸 계획을 끊임없이 기발한 것으로 만들어 가기만 하면 된다.

그리고 계획이 세워졌다면, 바로 실행하도록 한다. 그 계획이란 당신의 육감을 통해 마음속에 번뜩이는, 말하자면 영감으로 나타날 것이다. 우리는 그것을 존중하면서 떠오른 계획을 지체하지 말고 행동으로 옮겨야 한다.

'욕망을 달성하기 위한 6단계' 중 넷째에서 우리는 '욕망을 실현하기 위한 최종 계획을 창조하라'로 배웠으며, '즉시 실행하라'는 준엄한 경고를 받았다.

이때 우리는 지나치게 이성에만 의존해서는 안 된다. 인간의 이성은 원래 게으름뱅이니까 말이다. 따라서 이성에 자신을 의탁하면 실망만 하게 될 수 있다.

눈을 감고 생각해 보면, 목표 액수를 현실적으로 손에 넣고 그것이 손에서 떠나지 않게 하려면, 어떤 노력을 기울여야 하는지를 알게 될 것이다.

잠재의식에 욕망을 심어라

자신감을 가지라는 것은
인생을 적극적인 면에서 포착하라는 의미다.
- 빈센트

잠재의식은 인간에게 겸손한 마음을 심어 준다. 실제로 나는 지금까지 잠재의식을 말할 때마다 '내 지식이 왜 이리 부족한가.'라는 생각에 늘 열등감을 느낀다. 왜냐하면 잠재의식에 관한 우리의 지식은 딱할 정도로 빈약하기 때문이다.

실제로 잠재의식의 존재를 알고 그것이 욕망을 물질적 자산 또는 돈으로 전환하는 매개체라는 사실을 안다면, 내가 욕망의 단계에서 설명한 내용을 완전히 이해했다고 할 수 있다.

그런 의미에서 뒤에 나올 나머지 원칙들은 자신의 잠재의식을 흔들어 놓아 능력을 획득하는 데 도움이 될 것이다.

그러므로 한두 번만 해 본 뒤 잘되지 않는다고 용기를 잃어선 안 된다. 잘 안되어도 습관을 들인다면 스스로 조절할 수 있기 때문이다.

그 조절 방법에 대해서는 신념의 단계에서 언급할 것이다.

그럼에도 우리는 자기 신념을 관철하기 위해 많은 시간을 할애해야 한다. 결국 '인내하라, 끈기 있게 노력하라.'는 말밖에는 더 이상 할 말이 없다.

잠재의식의 이해를 돕기 위해 '신념' 및 '자기 암시'의 단계에 나온 내용을 되뇌길 바란다. 기억해야 할 점은 잠재의식을 작용시키려고 노력하든 안 하든 잠재의식은 스스로 제 기능을 발휘해 나간다는 점이다.

잠재의식은 오감을 통해 목적을 달성하려는 마음을 움직이고 충동적 사고를 하게 하는 의식 분야로 이루어져 있다.

우리는 마치 파일이 가득 들어있는 캐비닛에서 서류를 꺼내듯, 잠재의식에서 여러 가지 사고를 끌어낼 수 있다.

잠재의식은 오감이 전해주는 인상과 사고의 성질이 어떤 것이든 상관없이, 그것들을 모두 수용한 뒤에 분류한다. 따라서 자신이 바라는 유형 자산이나 돈에 대한 계획은 물론이고, 사고와 목적 같은 것도 잠재의식에 간직해 둘 수 있다.

처음에는 감정이나 신념과 결부된 지배적 욕망 위에서 잠재의식이 작용한다.

이 점에 대해서는 이미 욕망을 이룰 수 있는 6단계에서 언급하면서, 어떻게 하면 잠재의식을 작용시킬지에 대해서도 설명한 만큼 이 사고 전달의 방법이 얼마나 중요한지 인식했으리라 믿는다.

잠재의식은 밤낮 구분 없이 활동하고, 인간이 알지 못하는 방법으로 무한한 지성을 이끌며, 그 힘에 욕망이 스스로 구체적 자산으로 전환되도록 작용한다. 이 잠재의식을 활용함으로써 구체적인 방법이 발견되고, 목적을 달성할 수 있는 것이다.

잠재의식을 완전히 지배하는 일은 불가능하다. 그러나 스스로 계획, 욕망, 목적을 구체화하기 위해 잠재의식의 힘을 빌릴 수는 있다. 이 잠재의식 사용법에 대해서는 앞에서 자세히 설명했으니, 그것을 다시 읽으면 도움이 될 것이다.

잠재의식이 인간의 유한한 마음과 무한한 지성을 결부시키는 역할을 한다는 사실을 입증할 만한 근거는 충분히 있다. 즉, 잠재의식은 의지력을 통해 무한한 지성을 끌어내는 구실을 한다. 잠재의식은 그 자체로써 정신적 자극을 수정하는 동시에 자체의 정신적 자산으로 만드는 무한한 힘을 지니고 있다.

흔히 신에게 기도하던 사람이 신의 계시를 들었노라고 하는 것도 이 잠재의식의 작용이라 할 수 있다.

우리는 육체노동을 통해 외부 세계를 배운다. 풍요로움의 은혜는 그것을 공짜로 얻는 사람보다 그것을 생산하는 사람에게 주어진다.

삽을 들고 밭에 나가 이랑을 고를 때, 우리는 언제나 큰 기쁨과 함께 육체의 건강을 느끼며, 왜 지금까지 내 손으로 할 수 있는 것을 남에게 시킴으로써, 이런 행복을 나 자신한테서 빼앗았던 것일까, 생각한다. 그것은 단순히 자기만족이나 건강만의 문제가 아닌 교육의 영역이다.

나는 나무꾼과 농부, 요리사에 대해 항상 부끄러움을 느낀다. 왜냐하면 그들은 스스로 자신을 만족시키며, 남의 도움 없이 살 수 있는 능력을 갖추고 있는데, 나는 사지가 멀쩡한데도 그들에게 의존하며 아무 역할도 하지 못하고 있기 때문이다.

잠재의식이 움직이는 세 단계

성공하면 조금씩 배울 수 있고
패배하면 모든 걸 배울 수 있다.
· 매튜슨

'욕망을 달성하기 위한 6단계'를 자기 암시와 결부시켜 요약하면, 다음과 같은 원칙이 나온다.

1. 조용한 장소에서(잠들기 전이 가장 좋다) 아무런 방해도 받지 않고, 아무 거리낌 없이 자신의 목표 액수를 큰 소리로 말한다.

돈을 마련해야 하는 시기와 돈을 만들기 위한 서비스 및 상품에 대한 계획도 읽는다. 이 일을 매일 계속한다면, 어느 사이엔가 목표 액수를 손에 넣은 듯한 기분이 들게 된다.

예를 들어, 5년 후 1월 1일까지 15만 달러를 벌기 위해 서비스를 밑천으로 장사하겠다고 결심했다면, 다음처럼 쓰면 된다.

'2030년 1월 1일까지 15만 달러의 돈을 손에 넣기 위해서는 매일매일 저금하지 않으면 안 된다. 목표 액수를 벌기 위해 나는 가능한 한 능률적인 서비스를 실천함으로써 세일즈맨으로서 질적·양적으로 충분한 힘을 발휘할 것이다.

나는 목표 액수가 반드시 내 손에 들어오리라고 믿는다. 내 신념은 바위처럼 단단한 만큼 그 돈은 이미 눈앞에 놓인 것과 마찬가지다. 그러나 이것을 내 것으로 만들려면 5년의 세월이 걸려야 한다.

그것을 버는 방법으로 나는 서비스 제공을 선택했다. 나는 15만 달러를 얻기 위한 계획을 세우고 그 계획대로 움직인다.'

2. 목표 액수가 손에 들어올 때까지 이 방법을 아침저녁으로 반복한다.

3. 목표와 계획을 적은 종이를 잘 보이는 곳에 붙인 뒤 하루의 일과가 끝난 시간과 일어나기 전 시간에 읽도록 한다. 이것은 자기 암시를 위해 꼭 필요한 과정이다.

단, 중요한 것은 당신의 잠재의식이 반드시 감정의 작용을 유도해야 한다는 점이다. 신념은 제일 강력하면서도 생산적인 감정의 산물인 만큼 반드시 마음속에 갖고 있어야 한다.

처음에는 이러한 처방전이 추상적으로 느껴질 수도 있지만, 그렇다고 결코 무시해서는 안 된다. 아무리 추상적으로 느껴지고 실제적인 것이 아니라도, 반드시 처방전대로 실행해야 한다.

그럼 자기도 모르는 사이에 처방전대로 행동하게 되고, 정신도 그것에 따라 움직이게 된다. 그렇게 되면 당신은 새롭고 보편적인 힘을 갖추게 될 것이다.

운명의 지배자가 되어라

누가 가장 영광을 얻을 사람인가?
한 번도 실패하지 않은 사람이 아니라,
실패할 때마다 조용히,
그리고 힘차게 일어나는 사람만이 영광을 얻는다.
• 골드스미스

새로운 아이디어가 떠오르면, 먼저 의심을 하는 것이 인간의 특징이다. 그러나 만일 당신이 여기에 제시된 처방전에 따른다면, 당신의 의심은 신념으로 굳어질 것이다.

인간은 지상의 물질을 지배할 수 있기에 운명의 지배자가 된 것이다. 그러므로 인간은 인류의 환경을 지배할 수 있다.

왜냐하면 인간은 자신의 잠재의식을 일깨우고, 그것을 발전시켜 나갈 힘을 가지고 있기 때문이다.

따라서 욕망을 돈으로 전환하려면 자신의 잠재의식을 발견해야 하며, 잠재의식을 일깨워 현실화하려면 자기 암시를 매개체로 활용해야 한다. 그 밖에도 여러 가지 원칙이 있겠지만, 그 원칙들은 사실 자기 암시를 움직이게 하는 도구에 지나지 않는다.

이런 생각을 머릿속에 새겨둔다면, 당신은 부를 축적하는 방법 가운데 제일 중요한 구실을 하는 것이 바로, 자기 암시의 원칙이라는 사실을 깨달을 수 있다.

번영과 부를 얻는 방법은 노력밖에 없다

자만심은 인간이 자기 자신을
너무 높게 생각하는 데에서 생기는 쾌락이다.
· 스피노자

꿈은 무관심과 게으름, 또는 부족한 야망에서는 결코 이루어질 수 없다. 인생에서 성공한 모든 사람은 불행한 출발을 했고, 성공하기 전에 수많은 고통을 겪었다는 점을 명심하라! 그들이 인생의 전환점에 접어든 것은 대부분 최악의 상황에서였다.

O. 헨리는 감옥에 갇힌 뒤 그곳에서 훌륭한 소재를 발견했다. 감옥에 갇히는 큰 불행 속에서도 그는 같은 수감자들과 친해졌으며, 그의 상상력을 충분히 활용해 위대한 작가가 됐다.

찰스 디킨스는 자신의 첫사랑에 실패했고, 그 비극은 영혼 깊이 파고들어 그를 세계적인 작가로 만들었다.

헬렌 켈러는 태어난 지 얼마 되지 않아 눈과 귀가 멀고 벙어리가 되었다. 이 같은 큰 불행에도 그녀는 위대한 역사의 한 페이지에 자신의 이름을 장식했다. 그녀의 성공은 절망이 현실로 받아들여지기 전까지는 그 누구도 절망해서는 안 된다는 증거이자 본보기다.

로버트 번스는 글을 배우지 못한 소년이었다. 그는 가난을 저주했고, 자라서는 술고래가 되었다. 그러나 자신의 아름다운 생각을 시로 표현해 많은 공감을 얻어 말년에는 누구보다도 행복했다.

베토벤은 귀가 멀었고, 밀튼은 눈이 멀었다. 그러나 그들은 자신의 꿈을 체계적인 생각으로 옮겨 놓은 덕에 계속 빛날 수 있었다.

일에 대한 희망과 그 희망을 자기의 것으로 받아들이는 일은 다르다. 사람들은 희망을 얻을 수 있다고 믿기 전까지는 일을 하려고 들지 않는다. 희망은 말 그대로 꿈이나 소망이 아닌 하나의 신념이어야 한다. 편협한 마음으로는 신념, 용기, 영적 믿음을 결코 얻을 수 없다.

인생에서 불행과 가난을 극복하고, 번영과 부를 얻을 방법은 노력밖에 없다는 사실을 명심하라.

한 위대한 시인이 우주의 진리를 시로 정확히 묘사했다.

인생을 1페니로 싸게 파는 사람에게
인생은 그 이상의 것을 지불하지 않습니다.
나중에 아무리 후회한들
이제 더 이상 팔 것은 아무것도 없습니다.
인생에 채용되려는 사람에게
인생은 필요한 만큼의 급료를 지불합니다.
하지만 일단 급료가 정해지면 한평생 그 급료에 상당하는 삶을 살아야 합니다.
설령 미천한 일이라 해도 스스로 고난을 배우겠다면
자립심을 가지고 전진하는 사람에게
인생은 어떤 부라도 지불할 것입니다.

욕망과 열망은 불가능을 극복한다

자기의 운명을 짊어질 수 있는
용기를 가진 자만이 영웅이다.

- 헤세

내가 아는 한 사람이 있다.

나는 그가 태어난 지 얼마 안 되었을 때, 그를 처음 보았다. 그는 귀가 없는 기형아였고, 의사는 그가 귀머거리가 되거나 벙어리가 될 것이라고 말했다. 나는 의사의 그 말에 이의를 제기했다. 그 아이의 아버지였으니 그럴 수밖에 없지 않겠는가.

나는 의사에게 나의 의견을 피력했다. 그리고 마음속으로 내 자식이 들을 수 있고 말할 수 있으리라고 굳게 믿었다. 한편 아이를 구할 수 있는 어떤 방법이 있을 것이라고 확신하는 동시에 그 방법을 발견할 수 있으리라 믿었다.

그 순간 "우주를 관장하는 자연법칙은 우리에게 신념을 가르친다. 우리는 단지 순종하기만 하면 된다. 그 신념의 정확한 말을 들을 수 있는 우리 모두를 위한 지도이다."라는 에머슨의 말이 떠올랐다.

여기에서 '정확한 말'이란 바로 욕망이다.

무엇보다도 나는 내 아들이 벙어리가 되지 않기를 열망했다. 그 열망과 욕망을 위해 내가 무엇을 할 수 있을까?

나는 어느 정도 내 마음속의 열망을 아이에게 전달할 수 있었고, 귀의 도움 없이 그 열망을 아이의 머릿속에 전달하는 방법을 발견했다. 아이가 타인과 협력할 수 있을 만큼 충분히 성장했을 때, 나는 아이가 소리를 들으려는 열망으로 가득 차게 할 수 있었으며, 그것은 곧 현실이 되었다.

이 모든 일은 내 마음속에서 일어났으며, 아무에게도 말하지 않았다. 나는 내 아들이 벙어리가 되도록 놔두어서는 안 된다고 결심했다.

나는 아이가 점점 자랄수록 어느 정도 들을 수 있는 능력이 있다는 사실을 발견했다. 말해야 할 나이가 되었음에도 아이는 말하려고 하지 않았다. 하지만 아이가 어느 정도 소리를 들을 수 있다는 사실을 알게 된 나는 아이가 곧 말도 할 수 있으리라고 확신했다.

나는 오직 그 확신을 확인하고 싶었다.

그러던 어느 날, 희망을 품을 만한 일이 생겼다. 그것은 전혀 기대하지 못했던 일이었다.

우리는 축음기를 사 왔다. 난생처음 축음기 소리를 들은 아이는 황홀경에 빠져 거의 두 시간이나 서서 음악을 들었다. 이 습관은 수년 뒤까지 계속되었다.

아이가 축음기를 좋아하자, 나는 아이의 두개골 유양돌기 뼈를 만지작거리며 말했고, 아이가 내 말을 완전히 알아듣고 있다는 사실을 발견했다. 그 즉시 나는 아이의 마음속에 말을 하고 싶다는 욕망을 불어넣어 주었다.

그 이후 나는 아이가 잠자리에서 이야기를 듣길 원한다는 사실을 알았다. 그래서 욕망, 독립심, 상상력을 개발할 만한 이야기들을 아이에게 들려주었다. 그 이야기들은 새로운 데다 드라마의 요소들이 가미된 특별한 것들로, 마음속의 고통이 결코 부담스러운 것만은 아니라는 사실을 아이에게 심어 주기에 충분했다.

'모든 역경은 그만한 이익을 가져온다.'라는 격언이 있음에도, 나는 '이런 고난이 어떻게 성공적인 이익이 되겠는가?'라는 마음 약한 생각을 하곤 했다.

돌이켜보건대, 경험을 분석한 나는 아들에 대한 나의 신념이 얼마나 놀라운 결과를 가져왔는지를 분명히 깨달을 수 있었다. 나는 아들에게 형보다 뛰어난 장점을 갖고 있어서 여러 면에서 이익을 보게 될 것이라고 말해주었다.

예를 들어 학교에 가면 선생님들이 특별히 관심을 두고 친절하게 대해줄 것이라고 확인했다. 그리고 만일 신문을 판다면, 사람들이 청각장애인임에도 총명하고 근면한 소년이라며 거스름돈을 받지 않을 테니, 그것도 이익이라고 말했다.

아들은 일곱 살이 되자 계획을 세우는 방법을 몸소 실천해 보였다. 즉, 몇 달 동안 신문을 팔게 해 달라고 조르는 것이다. 그러나 아내는 허락하지 않았다. 마침내 아들은 문제를 스스로 해결하기 위해 탈출하듯 거리로 나섰다.

어느 날 오후, 아들은 집안 식구들 몰래 부엌 창문을 통해 집을 빠져나가 일에 착수했다. 즉, 이웃 신발가게에서 6센트를 빌려 신문에 투자해 팔고, 그 수익을 다시 투자하면서 저녁 늦게까지 그 일을 계속한 것이다.

아들은 그날 6센트를 가게에 돌려주고도 42센트의 이익을 남겼다.

아내와 나는 손에 돈을 꼭 쥔 채 잠들어 있는 아들을 바라보았다. 아내는 아들의 손을 펴서 돈을 치워 버리고는 소리를 질렀다. 그러나 나는 정반대로 미소를 띠었다. 아들의 마음속에 신념을 심어 주려던 나의 노력이 성공했다는 사실을 알았기 때문이다.

나는 아들이 스스로 일해 100%의 순이익을 올리고 성공을 거둔 독립심 강한 사업가라는 생각이 들었다. 그리고 이제는 보통 사람들과 똑같이 인생을 살아갈 수 있으리란 생각에 몹시 기뻤다.

귀머거리인 나의 아들은 선생님들이 가까이에서 크게 말해주는 음성만을 들으며 초등학교, 고등학교, 그리고 대학교를 졸업했다. 그는 농아 학교에 다니지 않았으며, 아내와 나는 아이가 몸짓 손짓 언어를 배우게 하지도 않았다.

아이가 정상적인 아이들과 어울릴 수 있으리라 믿었고, 비록 많은 희생이 따르더라도 그 믿음과 결심을 밀고 나갔다.

아들은 고등학교에 진학하자 전자 보청기를 하고 다녔는데, 별 도움이 되지 않았다. 그런데 대학 시절의 마지막 주에 아들의 일생을 완전히 바꾼 일생일대의 사건이 일어났다. 시험용으로 아들에게 배달된 새로운 전자 보청기를 갖게 된 것이다.

아들은 보청기의 성능에 대한 큰 기대 없이 단순히 테스트를 위해 귀에 꽂았는데, 뜻밖에도 무척이나 잘 들렸다. 그래서 세상이 뒤바뀐 것 같은 기쁨으로 엄마에게 전화를 걸었고, 엄마의 목소리를 난생처음 똑똑히 들을 수 있었다.

다음 날, 강의실에서 교수님의 목소리를 정확히 들을 수 있었다. 아들은 이제 새로운 세상에서 살게 된 것이다.

그러나 승리는 아직 완전하지 않았다. 아들은 여전히 자신의 핸디캡을 완벽하게 보완할 절대적이면서도 실제적인 도구가 필요했다. 그래서 아들은 새로운 세계를 발견한 기쁨을 그 보청기를 만든 회사의 책임자에게 편지를 써서 보냈다.

그리고 얼마 뒤 아들은 회사의 기술자들과 만나게 되었으며, 그들과 대화를 나누는 동안 하나의 아이디어를 떠올렸다. 그 아이디어는 아들의 고난을 행복으로 바꾸어 놓는 운명적인 기회가 되었다.

아들의 아이디어는 자신의 변화된 세계에 관한 이야기를 다른 청각 장애인들에게 들려주고 싶다는 마음에서 비롯되었다.

즉, 보청기 없이 살아가는 수백만 명의 청각 장애인들에게 새 삶을 선사할 수 있으리란 생각에서 그 아이디어가 나온 것이다.

그 후 아들은 보청기 회사의 '판매조직'을 분석하고 거의 한 달 동안 철저히 조사를 해나갔다. 그리고 전 세계 청각장애인들과 공유하기 위해 의사전달 수단을 고안해 냈다.

이런 준비를 마친 뒤 아들은 본격적으로 2년간의 계획서를 작성했으며, 자신의 야망을 펼칠 수 있는 지위에 올랐다. 이때까지도 아들은 자신이 수천만 명의 청각 장애인들에게 큰 위안과 희망을 가져다주게 되리란 사실을 꿈에도 몰랐을 것이다.

만일 아내와 내가 결심을 단단히 하지 않았다면 아들은 평생 청각 장애인으로 살았을 것임이 틀림없다.

내가 아들의 마음속에 정상인처럼 듣고 말하고 싶은 욕망을 심어놓았기 때문에 아들은 자기의 두뇌와 외부 세계 사이에 있는 정적의 심연에서 탈출할 수 있었다.

나의 아들 블레어의 사례에서도 알 수 있듯이, 진정 뜨겁게 불타는 욕망은 불가능을 가능으로 바꾸는 위대한 힘이 담겨 있다는 사실을 증명한 것이다.

욕망을 부로 키우는 끈기의 힘을 살려라

자식에게 돈을 물려주는 것은
저주하는 것이나 다름없다.
• 카네기

욕망을 재산으로 전환하는 과정에서 '끈기'는 절대 불가결한 요소다. 그리고 끈기의 기초가 되는 것은 의지의 힘이다.

의지와 욕망이 적절히 결합했을 때, 무슨 일에나 굽히지 않는 강력한 힘이 생겨난다.

큰 재산을 모은 사람은 대부분 냉혈동물이라는 소리를 듣게 되고, 때로는 가혹하다는 욕도 먹는다. 그러나 이것은 심한 오해일 수 있다.

그들이 가진 것은 끈기의 밑받침을 이루는 의지, 그리고 목적을 달성하기까지 절대 단념하지 않는 욕망이다.

사람들 대부분은 자신이 마음속에 품은 목표나 목적을 간단하게 내동댕이치며, 사소한 장애나 불행에 부딪힐 것 같을 때마다 쉽게 포기하고 만다.

눈앞에 장애가 있다고 해도 최후까지 목표 달성을 위해 노력하는 사람은 극소수에 지나지 않는다.

끈기라는 말에는 영웅적 의미가 없을지도 모른다.

하지만 끈기는 인간의 성격 안에서 철강에 대한 탄소와도 같은 구실을 한다.

돈을 모으고 싶다면, 이 책의 각 장의 제목인 13원칙의 철학적 원칙들을 완벽하게 이해하고, 실천하지 않으면 안 된다.

이 원칙들을 잘 이해하고 끈기 있게 실천한다면, 반드시 막대한 재산을 모을 수 있다.

자기의 꿈을 소홀히 하지 말라

사람이 인생이라는 길을 가는 데는 여러 난관에 부딪히게 되지만, 꿈은 상처받는 일이 없기에 가장 좋은 삶의 반려자이다.

꿈을 가진 사람은 자신이 실패하더라도 좌절하지 않는다. 꿈은 본래의 모습 그대로이기 때문이다.

실패에 강한 인간은 역경에도 강하므로, 언제인가 성공을 잡는다. 그와 빈대로 성공하는 것만을 생각하고 사는 사람은 실패하면 곧 좌절해 버린다.

그러나 처음부터 인간이란 실패하는 일도 있다는 것을 알고 있으면 실패했다고 큰 충격을 입는 일은 없을 것이다.

말하자면 지우개가 달린 연필을 쓰는 사람은 지우개가 달려 잇지 않은 연필로 인생이란 설계도를 그리는 사람보다 훨씬 훌륭한 설계도를 그릴 수 있다는 것이다. 그것은 실패를 염두에 두고 있기 때문이다.

육감을 통해 닥쳐올 위기에서 벗어난다

언어는 대지의 딸이다.
그러나 행위는 하늘의 아들이다.

• 존스

부자가 되는 또 다른 원칙은 바로 육감(六感)이다. 육감은 일부의
잠재의식으로 창조적 상상력과도 관련이 있다.

또한 이것은 아이디어, 계획, 상념을 마음속에 번득이게 하는 수신
기와도 같다. 이 마음의 번득임을 흔히들 '직관'이라고 부른다.

육감은 설명을 거부한다. 하지만 부자가 되는 다른 원칙들을 아직
익히지 않는 사람에게는 이 말의 의미를 설명할 방법이 없다.

그런 사람은 지식이 없을 뿐 아니라 육감에 맞먹는 체험도 가지고
있지 못하기 때문이다. 육감을 이해하자면 자기 내부에 있는 마음을
발전시켜 깊이 잘 생각하지 않으면 안 된다.

이 책을 끝까지 읽으면 여기서 말하는 내용이 진리라는 사실을 알
게 되겠지만, 아직 끝까지 읽지 않은 사람에게는 도저히 믿을 수 없는
일일 것이다.

그래도 굳이 설명하자면, 우리는 육감의 힘을 통해 곧 닥쳐올 위험
에 대한 경고를 받을 수 있다. 그리고 놓쳐서는 안 될 기회도 예견할
수 있다.

그러므로 만일 육감이 발달해 직감적으로 전해오는 작용이 있다면, 그것을 받아서 행동으로 옮기기만 하면 된다. 그러면 언제든 현자(賢者)의 동산에 들어가는 운명의 문을 열 수 있다.

만일 지금까지의 내용들을 정확히 이해하고 있다면, 특별한 노력 없이 여기에서 말하는 것들을 모두 체득할 수 있으리라 믿는다.

그러나 다 이해하지 못했다면, 이번 장의 내용이 사실인가 거짓인가를 단정하기 전에 앞의 내용들을 먼저 이해해야 한다.

자기 관점에 갇힌 사람은 타인의 마음을 모른다

인간이란 어리석은 동물이다. 자기의 행동에 대해서는 그럴듯한 이유를
들어 상대편에게 이해를 강요한다.

나아가 이것을 상대방이 긍정하거나 즐거워한다고까지 생각하기도 한다.

상대방의 진실한 느낌을 이해한다거나 자기의 본심을 읽는 것까지도
명확하지 않다. 모두가 자기중심적인 발상 때문이다.

창의력은 부자에 대한 욕망을 구체화한다

세상 사람들은 모두 자기의 기억력을 탄식한다.
하지만 아무도 자기의 비판력을 탄식하지는 않는다.
· 프랑수와 로슈푸코

창의력은 오래 사용하지 않으면 약해진다. 그러나 사용하면 곧 재생되고 활발해진다. 즉, 창의력은 사용 부족으로 정지 상태에 머물 수 있어도, 완전히 사라지는 것은 아니다.

부자가 되고자 하는 욕망을 돈으로 변화시키고 증가시킬 수 있는 능력도 바로 창의력이다. 불확실한 충동이나 욕망의 변화는 계획을 수행하는 데 꼭 필요하며, 이러한 능력은 창의력, 특히 종합적 창의력에 의해 이루어진다.

이 책을 끝까지 다 읽은 뒤 다시 이번 장으로 돌아와, 욕망을 돈으로 바꿀 수 있는 계획을 세울 때 자신의 창의력을 사용해 보자. 계획 설계를 위한 상세한 사항은 거의 장마다 언급되어 있다.

그런데 만일 이 책을 읽은 뒤에도 아직 실천하지 못하고 있다면, 계획 수립에 필요한 알맞은 사항을 수집하고 계획을 줄여야 한다. 그래야만 불완전한 욕망을 완전한 형태로 바꿀 수 있다.

인간의 새로운 발상이 부를 부른다

당신이 하는 일에 온 정신을 집중하라.
햇빛은 한 초점에 모일 때만 불꽃을 낸다.
 * 그레이엄 벨

사업을 경영할 때도 신념과 협력이 필요하다. 실제로 성공한 경영자는 다른 사람에게 봉사를 요구하기 전에 먼저 봉사한다. 이에 대해 구체적으로 설명하기 위해 유에스스틸사가 설립된 1990년 당시의 이야기를 소개하겠다.

지금까지 이 책을 읽은 사람이라면, 인간의 '사고'가 막대한 부를 가져온다는 사실을 깨달았을 것이다. 그런데 만일 이 사실에 여전히 의문을 품고 있는 사람이라면, 뉴욕 국제전신공사의 J.로렐이 들려준 드라마 같은 이야기가 도움이 될 것이다.

그 내용은 다음과 같다.

2000년 12월 12일 밤의 일이다. 미국을 대표하는 80명의 부호가 5번가인 유니버시티 클럽에 모여 있었다. 어느 무명의 청년 실업가를 위해서였다. 하지만 그 부호들 대부분은 만찬이 미국 재계를 뒤흔들 만큼 중요한 의미를 지닌다는 사실을 전혀 눈치채지 못했다.

이 만찬은 J. 에드워드 시몬즈와 C. M. 슈에게 받은 열렬한 환영에 대한 답례로 열린 것이었다. 그러나 원래는 철강 계의 샛별인 38세 청년을 서부 은행가들에게 소개하려는 의도를 담고 있었다.

그러나 손님들 대부분은 이 청년이 매우 뛰어난 수완가라는 사실을 전혀 몰랐다. 심지어 어떤 사람은 슈에게 뉴욕 사람들은 긴 연설을 좋아하지 않으므로 모두에게 호감을 주려면 연설은 10분이나 길어도 20분 정도에서 끝내는 것이 좋다고 조언했다.

슈의 오른쪽에 앉아 있던 만찬 주최자인 J.P.모건조차 의리상 참석한 듯한 인상이었다. 그런 만큼, 다음날 신문에 실릴 내용이 전혀 없을 만한 만찬이었다.

손님들은 여느 때와 마찬가지로 이미 7~8코스의 요리를 끝냈지만, 특별한 화제가 없어서인지 모두 지루해했다. 게다가 슈웝이 알고 있는 은행가나 실업가는 거의 없었다.

그러나 만찬이 끝날 무렵에는 재계 보스인 모건을 비롯해 모든 손님이 나중에 유에스스틸사를 설립해 억만장자가 될 이 청년에게 완전히 반하고 말았다.

그날 밤 슈의 연설은 문법적으로는 칭찬할 만한 건 아니었지만, 위트 넘치고 포인트를 명확하게 찌르는 짜임새가 있었다.

게다가 손님들은 슈웝이 설명한 총액 50억 달러의 계획에 큰 충격을 받았다. 연설이 끝났는데도 아무도 자리를 뜨려고 하지 않았다. 슈의 연설은 장장 90분이나 이어졌지만, 모건은 연설이 끝난 뒤 그를 구석진 곳의 테이블로 데려가 1시간 이상이나 대화를 나누었다.

슈의 흠 없는 개성도 매력적이었지만, 모건의 흥미를 끈 것은 그의 연설 내용, 즉 당장이라도 실현될 것 같은 철강 계 재편성이었다.

지금까지 모건에게는 많은 사람이 그의 마음을 끌 만한 비스킷, 설탕, 고무, 위스키, 추잉껌 등의 상품 기획안을 들고 왔지만, 성공을 거둔 사람은 드물었다.

그때까지 대단한 거물 실업가로 대우받던 모건은 슈의 구상을 듣고 완전히 넋을 잃고 말았다. 슈의 구상은 몇천 개의 자회사를 흡수하고 때로는 이익도 내지 못하는 회사까지 모두 통합해 거대기업으로 만드는 전략이었다.

철강 계에서도 J. W. 게이스가 53개의 자회사를 체인으로 빈틈없이 연결해 놓고, 모건과 함께 연방 제강사라는 통합회사를 만든 상태였다. 그러나 이는 앤드류 카네기의 대규모 수직 통합조직에 비하면 그야말로 소꿉장난 수준이었다.

그들이 어떠한 방법으로 단결해도 카네기의 거대한 조직에는 영향을 미치지 못했다. 모건도 그 사실을 잘 알고 있었다.

완고한 스코틀랜드 출신인 카네기는 높은 전망대에서 눈을 가늘게 뜬 채 밑에 있는 사람들의 도전을 바라보고 있었다. 그러면서 간혹 모건의 행동이 눈에 거슬리면 엄하게 일침을 놓기도 했다.

남에게 지는 것을 무척 싫어하는 모건은 어떻게 하든 카네기를 이겨야겠다고 생각했다. 그런 와중에 마침 슈의 연설이 그에게 방법적 힌트를 준 것이었다.

슈웝의 연설을 다 들은 모건은 지금까지 하던 방법이 근본적으로 잘못되었음을 알았다. 즉, 어떤 작가의 말처럼 '카네기의 전체 조직'을 매수해 버리지 않는 한 모건의 조직은 속수무책이라는 사실을 깨달은 것이다.

그러나 2020년 12월 12일의 만찬에서 있었던 슈웝의 연설을 통해 카네기의 엔터프라이즈가 가까운 장래에 모건에게 흡수되리라는 사실이 희미하게나마 예견되었다.

이 연설에서 슈웝은 국제적인 시야로 철강 계의 장래를 예측하고 합리적인 경영을 실행하기 위해 먼저 조직을 근본적으로 재편성해야 한다고 주장했다. 무계획적으로 난립해 있는 공장이나 설비를 정리, 통합한 뒤 자본을 일원화하고 원자재의 유통을 개선하여 경제와 연계해야 한다고 설득한 것이다.

또 슈웹은 10년 전 카리브해를 노략질하고 다니던 해적의 범죄 행위와 잘못의 피해를 범했는지를 상세히 말하면서, 어떤 것이든 독점해서 값을 엄청나게 올리려는 경영 자세가 얼마나 어리석은 지도 납득이 가도록 설명했다.

즉, 지금까지의 방법이 너무나 근시안적이며, 온 세계의 모든 분야가 발전하려고 하는 이 시점에 철강 시장만을 독점하려는 행위가 다른 산업의 발전에 얼마나 많은 압박을 주어왔는지 날카롭게 지적한 것이다.

따라서 경영자를 바꿔 철강의 가격을 끌어내리면 시장은 무척 빠른 속도로 확대될 것이며, 더욱더 여러 분야에 사용됨으로써 세계적인 장사가 될 것이라고 역설했다.

지금 생각해 보면, 당시 슈웹은 스스로 깨닫지 못했을 수도 있지만, 확실한 것은 그가 바로 대량 생산 전략의 시조였던 셈이다.

만찬을 마치고 돌아온 모건은 슈웹의 계획 때문에 좀처럼 잠을 잘 수가 없었다. 한편 슈웹은 피츠버그로 돌아와 '작은 카네기 방식'으로 철강 사업을 계속하고 있었다. 그 밖의 회원들도 집으로 돌아와 주식 시장을 지켜보면서 다음에는 무슨 일이 일어날지 살피고 있었다.

모건이 허리를 펴고 일어날 때까지는 그리 많은 시간이 들지 않았다. 만찬회에 들고나온 슈의 맛있는 경영요리를 소화하는 데 걸린 시간은 단 일주일이었다.

모건은 슈의 계획을 따르면 자금조달을 걱정할 필요도 없으리라고 판단했다. 그래서 바로 슈웝과 손을 잡으려고 했지만, 그의 앞을 가로막는 걱정거리가 하나 있었다.

그것은 카네기가 자기 조직에 몸담은 사람과 월가의 제왕이 도피한 사실을 알면 좋아하지 않을 것이라는 점이었다. 왜냐하면 카네기는 월가를 걷는 것조차 싫어할 정도였다.

그래서 모건은 중개역으로 게이스를 지명했다. 게이스의 책략은 슈웝이 필라델피아의 한 호텔에 머물고 있을 때, 우연히 모건이 그곳에 나타난다는 작전이었다.

그러나 운이 나쁘게도 그날 모건은 병이 나서 뉴욕의 자택에서 꼼짝도 하지 못했다. 하는 수 없이 다른 장로 격인 한 사람이 중개자가 되어 슈웝은 뉴욕에서 정식으로 모건과 재회했다.

어느 경제 전문가들은 이 드라마는 처음부터 카네기가 계획한 것이었으며 슈웝을 위해 열린 그 만찬회도, 그 유명한 연설도, 그리고 슈웝과 돈의 왕자인 모건과의 만남도 모두 이 스코틀랜드인이 고안해 낸 것이라고 말하지만, 사실 그 정반대였다.

카네기가 '시골 우두머리'라고 부르던 모건이 만찬회에서 슈웝의 계획에 그 정도로 열심히 귀를 기울이리라고는 누구도 예상치 못했다.

그러나 슈웝은 6장에 달하는 자필 원고를 열심히 설명했다. 개개의 힘의 한계를 설명하고 새로운 이익을 창출하는 시스템을 발표하는 그의 모습은 그야말로 철강 계의 샛별처럼 보였다.

그런데 이 6장의 원고를 밤새 쓴 사람은 4명의 남자였다. 그 우두머리는 모건이었으며, 다른 한 사람은 아리스토텔레스식의 학자이자 신사인 로버트 베이커, 세 번째는 투기꾼인 게이스, 네 번째가 철강 판매에 대해 가장 많은 걸 아는 슈웝이었다.

만찬회장에서는 누구도 슈에게 질문을 하지 않았다. 왜냐하면 그의 발표는 결정적인 진실을 말하고 있었기 때문이다. 그는 절대적인 자신감을 가지고 역설했다. 그리고 이 계획은 다른 누구도 흉내 낼 수 없었으며, 또한 함께 협조해 한몫 보길 원하는 사람들을 전혀 받아들이지 않겠다고 강조했기 때문이었다.

뉴욕의 저택에서 모건은 슈웝에게 "앤드류 카네기가 팔까?"라고 물었다. 슈웝은 "해볼 수는 있습니다."라고 대답했다. 모건은 그에게 "매수를 한다면, 그다음은 자네에게 맡기겠네."라고 약속했다.

여기까지는 순조롭게 진행되었지만, 카네기가 정말 팔까? 만일 판다고 해도 어느 정도를 요구할까?

슈웝은 3억 2천만 달러를 생각하고 있었는데, 그 지불 방법은 보통 주인가, 우선주인가? 아니면 채권인가, 현금인가? 만일 현금으로 한다면, 그런 큰돈을 아무도 준비하지 못할 것이 분명했다.

서릿발이 내릴 듯한 겨울 어느 날, 카네기와 슈웝은 추위를 쫓으려고 떠들썩하게 잡담을 주고받으며 골프를 치고 있었다. 그들은 따뜻한 휴게실로 돌아오기까지 비즈니스와 관계된 말은 단 한마디도 하지 않았다.

이윽고 슈웝이 조용히 말을 꺼냈다. 만찬회에서 80명이나 되는 부호들을 매료시켰던 그 설득력으로 변덕스러운 노 실업가에게 은퇴 후 안락한 여생을 보낼 수 있을 만큼의 막대한 자금이 준비되어 있다고 설명한 것이다.

카네기는 "음, 음!" 하며 고개를 끄덕였다. 슈의 말을 다 들은 카네기는 메모지에 숫자를 써서 슈웝에게 건네며 "이 값이면 팔겠네."라고 말했다.

메모지에는 4억 달러라고 적혀 있었다.

그리고 슈웝의 설득 결과, 먼저 3억 2천만 달러를 내고 나머지 8천만 달러는 향후 2년간 증자 의무의 무상 교부로 내기로 했다.

나중에 이 스코틀랜드 노인은 대서양 횡단 여객선의 갑판에서 모건에게 아쉬운 듯한 목소리로 "1억 달러를 더 요구해도 되었을걸."이라고 말했다.

물론 이 사건은 세계적으로 큰 이슈가 되었다.

영국의 한 통신사는 이 거대조직에 온 세계가 허리를 펴지 못할 것이라고 타전했다.

예일대학 드리 학장은 "이 조직은 법률로 규제받는 날이 올 때까지 적어도 25년 동안은 워싱턴의 제왕으로 군림할 것이다."라고 말했다.

이로써 유명한 투자자 킨이 신주 매입에 달려들어 6억 달러에 이르던 다른 주식도 순식간에 폭등했다.

그로 인해 카네기는 수백만 달러, 모건의 신디케이트는 6천2백만 달러, 그리고 이 일에 관련된 모든 사람이 각각 몇백만 달러의 이익을 얻었다.

어느 기업가의 신념
나는 나 한 사람만의 구원을 원하지 않고 또 인정하지도 않는다.
혼자서만 안심하며 살고 싶지도 않다.
나는 가는 곳마다 항상 모든 세계의 모든 존재의 구원을 지향하면서 살며,
그것을 위해 노력할 것이다.
모든 생명이 암흑에서 해방되기 전에는
나는 죄와 슬픔과 싸움의 이 세상을 절대 버리지 않을 것이다.

어떻게 계획을 세울 것인가?

모든 지혜는 두 단어로 함축될 수 있다.
바로 기다림과 희망이다.
 • 뒤마

앞에서 우리는, 인간의 창조적인 부는 불타는 욕망에서 비롯된다는 사실을 알았다.

한편 추상적인 것에서 구체적인 것으로 나아가는 첫걸음은, 욕망이 창의적 상상력의 세계에 들어간 뒤 욕망을 구체화하려는 계획을 낳고, 그 계획을 조직하는 일이라는 사실을 배웠다.

특히 제1원칙에서는 욕망을 돈이나 물질적 자산으로 전환하는 데 필요한 6단계에 대해서도 알아봤으며, 그 과정에서 계획이 무척 중요하다는 점을 깨달았다.

그렇다면 계획을 어떻게 세워야 실제적인 것이 될까? 지금부터는 그것에 대해 알아보도록 하겠다.

계획을 세울 때는 먼저 다음과 같은 사항에 주의해야 한다.

1. 돈을 모으겠다는 계획을 실행하는 데 필요한 사람들을 하나의 그룹으로 묶는다. 즉, 엘리트 그룹에 속할 만한 사람들을 활용하는 계획이다. 단, 이 사람들을 자신에게 완전히 복종하게끔 만드는 것이 절대 조건이다. 이 점을 간과해서는 안 된다.

2. 엘리트 그룹의 도움을 받을 때는, 먼저 그들에게 어떤 이익을 줄 것인지를 결정해야 한다. 돈이 아니더라도 적당한 보상이 없는 일에 협조할 사람은 없기 때문이다.

3. 엘리트 그룹에 속한 사람들을 적어도 1주일에 2회 정도는 회합 시킴으로써 계획 작성의 흐름을 익히도록 해야 한다. 특히 돈을 벌기 위한 계획에는 이 단계가 절대적으로 필요하다.

4. 자신과 그룹 간, 또 그룹 상호 간의 완전한 조화를 꾀해야 한다. 이를 실행할 수 없다면 실패할 뿐이다.

결론적으로 다음의 사실을 명심해 두지 않으면 안 된다.

첫째, 자신이 제일 중요한 일을 하고 있다고 생각해야 한다.

둘째, 돈을 벌려면 실패하지 않을 계획을 세워야 한다.

셋째, 다른 사람의 경험, 학식, 재능, 뛰어난 창조력 등을 이용해야 한다.

큰 재산을 모은 사람들은 모두 이 방법을 이용하고 있다. 아무리 훌륭한 사람이라도 자기 혼자만의 경험이나 재능, 지식만으로 큰 재산을 모을 수는 없다. 다른 사람의 협력이 필요한 것이다.

따라서 돈을 모으기 위해 어떤 계획을 세우든 자신과 엘리트 그룹의 창의력을 집약하지 않으면 안 된다. 물론 그 계획의 전부 또는 일부를 자신이 만들 때도 있겠지만, 그 계획에 엘리트 그룹이 협력해야 성공할 수 있다.

실패가 두려워 계획을 못 세운다면 어리석다

삶을 두려워하지 마라.
삶을 살만한 가치가 있는 것이라고 믿어라.
그 믿음이 가치 있는 삶을 만든다.
• 로버트 슐러

처음 세운 계획이 실패했다면, 곧바로 새로운 계획을 세워서 실행해야 한다. 그리고 그 계획도 잘 추진되지 않는다면, 또 다른 계획으로 바꾸는 식으로 목표에 도달할 때까지 몇 번이고 참을성 있게 도전해야 한다. 바로 여기에 성공 포인트가 있다.

사람들 대부분은 한 가지 계획을 세워 실패하면, 그것을 대체할 만한 다른 계획을 구성할 끈기가 없어서 결국 성공하지 못한다.

지식인들이 돈을 모으지 못하는 이유도 그들의 계획이 실제적이지 않기 때문이다. 이 점을 명심해서 한순간의 실패가 영원한 실패가 아니라는 점을 잊지 말아야 하겠다.

에디슨은 백열전구를 완성하기까지 1만 번이나 실패했다.

즉, 그의 노력이 열매를 맺어 영광을 얻기까지 1만 번이나 실패를 거듭한 것이다.

한순간의 실패는 어떤 한 부분이 나빠서 생긴 문제일 수 있으므로, 그 속에서 교훈과 지식을 얻어야 한다.

그러나 사람들은 부를 거머쥐기에 적합한 계획을 세우지 못해 결국 평생을 가난하게 살다가 생을 마감한다.

포드가 억만장자가 된 이유는 머리가 비상하기 때문이 아니라 건전한 계획을 세우고, 그것을 실행해 나갔기 때문이다.

포드보다도 더 많은 교육을 받은 몇천몇만 명의 사람들이 가난한 이유는 돈을 모으는 방법이 정확하지 못했기 때문이다. 계획이 아무리 훌륭하다 해도 계획 이상의 성과를 거둘 수는 없다.

세계 최대 전기 회사의 사장 사무엘 인슐은 1억 달러 이상의 재산을 잃었다. 그는 건전한 계획을 세워 재산을 모았지만, 불경기로 인해 그 계획을 수정하지 않을 수 없었다. 그러나 수정한 계획이 좋지 않아 한순간의 실패를 겪게 되었다.

이미 노인이 된 인슐은 한순간의 실패에서 일어나지 못한 채 재산을 모두 잃었다. 그가 경험을 살리지 못한 채 그대로 주저앉은 이유는 또 다른 계획을 세울 끈기가 없었기 때문이다.

반면, 포드는 기업을 운영하던 초창기뿐 아니라 큰 성공을 거둔 뒤에도 실패를 되풀이했다. 하지만 그때마다 새로운 계획을 세워 승리를 향해 돌진했다.

우리는 세계적인 부호들의 재산만 볼 뿐, 그들이 부호가 되기 전에 겪었던 한순간의 실패를 간과하는 경향이 있다. 한순간의 실패도 경험하지 않은 부자는 이 세상에 단 한 명도 없다.

계획이 실패한 이유는 당신의 계획이 건전하지 못해서일 수도 있으므로, 그 점을 인정하고 계획을 수정해 목표를 향해 재출발하라.

목표에 도달하지 않았는데도 단념해 버린다면, 당신은 패배자가 될 뿐이다.

'승리자는 절대 물러나지 않는다.'라는 문구를 종이에 써서 아침저녁으로 읽어라.

세상에는 '부자를 만드는 유일한 수단은 돈'이라고 믿는 바보도 있다. 욕망이야말로 돈을 만드는 원천이라는 사실을 모르고 말이다.

돈 자체만으로는 아무것도 만들어 낼 수 없다. 돈은 움직이지도 못할 뿐 아니라 생각하거나 말도 하지 못한다.

하지만 우리는 욕망을 가진 사람이 말할 때, 그 욕망의 소리를 듣게 된다.

호주머니에는 언제나
두 가지를 적어 두는 것이 좋다.
하나에는
'나는 먼지와 재에 지나지 않는다.'
또 하나에는
'이 세상은 나를 위해 창조되었다.'
손으로 눈을 가리면
높은 산이 숨듯
매일의 생활이
세계 곳곳에 있는
아름다운 빛과 비밀을 가려버린다.
눈앞의 방해물을 없애버리면
마음속에 빛이 보인다.
– 나만 드 브라슬라우의 시 –

사소한 것에 눈을 돌려야 부자가 된다

일생에 가장 중요한 것은 직업의 선택이다.
하지만, 그것을 좌우하는 것은 우연이다.
• 파스칼

우리는 프랭크가 평범한 성격의 소유자라는 사실에 주목해야 한다. 그러나 그는 확고한 목적이 확고한 계획에 도움을 주며, 아이디어가 돈으로 바뀔 수 있다는 엄청난 진리를 알고 있었다.

만일 열심히 정직하게 일한 사람만 돈을 모을 수 있다고 믿는다면, 지금 당장 그런 생각을 지워버려라! 그것은 진리가 아니다. 돈은 결코 열심히 일한 결과만은 아니다!

즉, 돈은 우연한 기회나 행운에 의한 것이 아니라 절대적인 원칙의 작용에 근거를 둔 것이다.

일반적으로 사람들은 '아이디어란 창의력에 의한 행동의 강한 충동'이라고 말한다.

유능한 판매원은 상품을 팔 수 없는 곳에서 그것을 파는 방법을 알고 있다. 그러나 평범한 판매원은 이 사실을 모른다. 바로 이 점이 프로와 아마추어의 차이다.

어떤 출판사의 발행인이 저렴한 가격의 책이 독자들에게 좋은 반응을 얻는다는 사실을 깨달았다. 또한 많은 사람이 내용보다는 제목을 보고 책을 산다는 사실도 알았다.

그래서 그는 아무런 감동도 없는 책을 제목만 흥행 코드에 맞게 바꾸어 출간했으며, 백만 부 이상을 팔았다.

매우 간단하게 돈을 번듯하지만, 이것이 바로 아이디어이자 창의력이다. 아이디어에는 표준가격이란 것이 있을 수 없다.

아이디어의 창조자가 그 아이디어에 값을 매기고, 만일 그것이 괜찮다면 그에 합당한 값이 붙는 것이다.

실제로 큰 행운은 아이디어 창조자와 아이디어 판매자가 협력해서 일할 때 시작된다.

카네기의 엄청난 재산은 그가 할 수 없는 일을 한 사람들과 아이디어를 창조해 낸 사람들, 그리고 아이디어를 응용한 사람들이 그의 주변에 있었기 때문에 주어진 것이다.

많은 이들은 일생을 평탄하게 보낸다. 물론 평탄하게 살면서도 기회를 잡을 수 있지만, 안전한 계획은 결코 행운을 가져다주지 않는다.

나에게도 커다란 행운이 찾아왔다. 그러나 그것은 지난 25년간의 노력의 결과였다.

그 당시 카네기는 조직적인 아이디어가 성공으로 이어질 수 있다는 사실을 내 마음속에 심어 주었다. 시작은 매우 순조로웠으며, 그런 아이디어는 누구라도 가질 수 있고, 또 키워 갈 수 있다.

순조로운 기회는 물론 카네기에게도 찾아왔다. 그러나 그 기회는 확고한 목적, 그리고 목표를 향한 욕망과 25년간의 노력의 결과였다. 한편 실망, 좌절, 비난, 끊임없는 시간 낭비 끝에 남은 것은 그저 평범한 욕망만이 아니었다. 바로 불타는 욕망이 남은 것이다.

카네기가 그 아이디어를 나에게 심어 주었을 때, 나는 무척 어려울 것이란 생각을 했다. 그러나 그 아이디어는 내 마음속에서 점차 크게 자라났고 끊임없이 나를 달래고 움직였다. 아이디어란 그런 것이다.

먼저 당신의 인생에서 아이디어를 얻어라. 그리고 그 힘을 사용해 모든 장애를 물리쳐라.

아이디어는 보이지 않는 힘이다. 그러나 그것은 선천적으로 나타난 지능보다 더 큰 힘을 가진다.

즉, 아이디어를 낸 최초의 사람이 죽은 다음에도 그 아이디어는 힘을 유지한 채 계속해서 살아남는다.

맛있는 과일에는 그만큼 벌레가 많고
재산이 많으면 근심이 많고
여자가 많으면 잔소리가 많고
여종이 많으면 그만큼 풍기가 문란하고
남종이 많으면 물건의 분실이 잦고
스승에게 많이 배우면 인생은 더욱 풍부해지고
명상을 오래 하면 그만큼 지혜가 늘고
사람을 만나 유익한 이야기를 들으면 좋은 길이 열리고
자선을 많이 베풀면 그만큼 널리 평화가 이루어진다.

많은 돈을 모으고 싶다면 문제점을 극복하라

인생은 하나의 경험이다.
경험이 많을수록 더 좋은 사람이 된다.
· 에머슨

끈기를 뒷받침하는 앞의 '끈기의 힘'을 하나하나 세밀히 검토해 보면, 자기 자신을 좀 더 잘 알게 될 뿐만 아니라, 인생을 살아가는 새로운 방법도 터득하게 될 것이라 믿는다.

또 현재 자신과 자신이 달성하고자 하는 목표 사이를 가로막고 있는 많은 장애와 적이 무엇인지도 깨달을 수 있을 것이다.

따라서 앞의 '끈기의 힘'을 주의 깊게 연구해서 자신이 어떤 인간이며, 또 무엇을 할 수 있는 인간인지에 대해 진지하게 생각해 보기 바란다.

다음에 나오는 내용은 많은 돈을 벌고자 하는 사람들이 완벽하게 극복해야 할 문제점들이다. 이 또한 자기 자신을 되돌아보는 좋은 계기가 될 것이다.

1. 자신이 버리는 것이 무엇인지를 모르며, 또 그것을 명백하게 정의하지 못한다.

2. 원인이 있든 없든 주저주저하는 일이 많다. 이런 사람들은 대부분 핑계나 변명을 늘어놓는다.

3. 전문지식을 얻는 데, 전혀 관심을 기울이지 않는다.

4. 문제에 대해 진지하게 생각하지 않을 뿐 아니라, 어떤 문제가 생기든 우유부단하게 내일로 자꾸만 미룬다. 그리고 예외 없이 변명이 앞선다.

5. 문제 해결을 위해 정확한 계획을 세우려 하지 않으며, 이 핑계 저 핑계만 늘어놓는다.

6. 자기 세계에 너무나 만족하고 있다. 이런 사람은 전혀 희망이 없을 정도로 심각한 상태다.

7. 자신의 실수를 다른 사람에게 떠넘긴다. 그러다가 궁지에 몰리면 어쩔 수 없이 자신의 실수를 인정하는 나쁜 습관을 지니고 있다.

8. 욕망이 강하지 않아서 행동을 일으키는 동기 포착에도 게으르다.

9. 단 한 번의 실패로 자신의 계획을 모두 포기한다.

10. 조직화한 계획이 없으니, 어디를 어떻게 고쳐야 하는지 분석조차 못 한다.

11. 아이디어나 기회가 눈앞에 와 있는데도 붙잡으려 하지 않는다.

12. 계획이 현실적이지 않고 뜬구름만 잡는 격이다.

13. 돈을 모으는 대신 가난과 타협하는 습관이 있다. 이런 사람들은 일반적으로 '이러이러한 사람이 되고 싶다.' '이러이러한 일을 하고 싶다.' '이러이러한 물건을 가지고 싶다.' 같은 구체적인 욕망이 없다.

14. 돈을 모으는 지름길만 찾으려 할 뿐 그에 상응하는 노력을 하지 않는다. 이런 사람들은 습관적으로 도박을 하거나 물건값을 심하게 깎으려고 한다.

15. 비난이 두려워서 다른 사람을 지나치게 의식하기 때문에 어떤 계획을 짜거나 실행하지 못한다. 이는 잠재의식에 해당하는 부분으로, 명확한 형태로 나타나지는 않는다.

부자가 되는 지름길은 있는가

사람을 두려워하지 말라.
살만한 가치가 있다고 믿으라.
그러면 믿은 대로 될 것이다.
· 제임스

지름길이란 일반적인 절차에 의해서 보다도 보다 직접적으로 신속하게 어떤 일을 해내는 방법이라고 할 수 있다.

지름길로 가는 사람은 그 목적지를 알고 있다. 그는 좀 더 빠른 길을 알고 있다. 그러나 그는 부닥치는 장래와 가로막는 방해물을 아랑곳하지 않고, 목적지로 계속 걸어 나가지 않는 한, 결코 도착할 수는 없을 것이다.

우리는 다음과 같은 성공의 17가지 원칙을 만들었다.

1. 적극적인 마음가짐
2. 목적의 명확화
3. '덤'을 달 것
4. 정확한 사고
5. 자기 규율
6. 지도력
7. 신앙심
8. 사람에게 기쁨을 주는 성격

9. 자발성

10. 열의

11. 조절된 주의력

12. 팀워크

13. 패배에서 배울 것

14. 창조적인 비전

15. 시간과 돈의 예산을 세울 것

16. 건강의 유지

17. 우주 습성의 이용

부의 지름길로 가는 최고의 방법은 직접적인 길을 택하는 일이다. 최우선으로 직접적인 길을 취하기 위해서는, 당신은 적극적인 마음가짐으로 생각하는 것이 무엇보다도 필요하다.

그리고 적극적인 마음가짐은 성공 원칙을 적용하는 데에서 시작되는 첫걸음이라는 사실이다.

생각한다고 하는 말은 하나의 상징이다. 당신에게 있어서의 그 뜻은 당신이 누구인가에 따라서 다를 수도 있다.

당신은 누구일까? 그것은 당신이 가지고 있는 유전, 환경, 육체와 잠재의식, 경험, 시간, 공간에서의 특정한 위치와 방향, 그리고 이미 알고 있는 것과 아직 알지 못하는 힘을 포함하는 그 밖에 무언가의 소산이다.

당신이 적극적인 마음가짐으로 생각할 때는, 당신은 이들 모두에게 영향을 주고, 이용하고, 조정하고, 혹은 조화할 수가 있는 것이다.

그런데 당신만이 자신을 위해서 생각할 수가 있다는 점을 명심해야 한다.

그러므로 당신에게 부에로의 지름길은, 다음과 같은 짧은 말의 상징으로 나타내는 일도 있습니다.

'적극적인 마음가짐으로 생각하고 부를 만들라!'

이것이 부(富)를 축적하는 지름길이다. 적극적인 마음가짐으로 생각하고 부를 만들라!

인간의 유형

1. 내 것은 내 것이고, 네 것은 네 것이라고 하는 인간
   (일반적인 유형)
2. 내 것은 네 것이고, 네 것을 내 것이라고 하는 인간
   (색다른 유형)
3. 내 것은 네 것이고, 네 것도 네 것이라고 하는 인간
   (정의감이 강한 사람)
4. 내 것은 내 것이고, 네 것도 내 것이라고 하는 인간
   (나쁜 인간)

부를 물리치지 말고 끌어당겨라

위대한 사람은 자기가 할 수 있는 일을 하는 사람이다.
평범한 사람은 할 수 없는 일만 하는 사람이다.

· 로망 롤랑

병원 침대에 누워 있을 때도 생각하라

만일 지금, 당신이 병원에 입원하고 있는 환자라면, 다음에 말하는 조지 스테펙이란 인물처럼 공부하고, 생각하고, 계획할 시간을 가짐으로써 부를 끌어당기는 방법을 터득하길 바란다.

조지 스테펙은 하이네 베테란 병원에 입원해 있었는데, 최근에는 그의 병이 점차 호전되어 가고 있었다. 그 병원에서 그는 우연히 생각하는 시간의 가치를 발견한 것이다.

경제적으로 그는 무일푼이었지만 입원해 있는 동안 시간은 얼마든지 남아돌 정도였다. 읽거나 생각하거나 하는 시간을 제외하면 아무것도 할 일이 없었다.

그가 성공할 준비를 갖추게 된 것도 이 책의 저자가 쓴 『생각하라, 그러면 부자가 될 수 있다』를 읽고 나서였다.

어느 날, 문득 그의 머리에 섬광처럼 아이디어가 떠올랐다. 조지는 세탁소에서 세탁한 와이셔츠를 구기거나 얼룩이 지지 않도록 판지로 싸고 있는 것을 보았다.

몇 군데 세탁소에 편지를 띄워 본 조지는 세탁소가 이 판지 상자를 천 개에 4달러로 사들이고 있다는 사실을 알게 되었다.

이때 그의 아이디어란, 이 판지 상자를 천 개에 1달러로 싸게 판매한다는 것이다. 값이 싼 대신 상자 겉면에 광고를 넣고, 그 광고비로 수익을 올린다는 발상이 그의 생각이었다.

조지는 이 아이디어를 성공시키기 위하여 퇴원하자, 곧바로 실천에 옮겼다. 그것은 새로운 광고 분야로서, 그 나름의 여러 가지 문제도 있었지만, 무엇보다 그는 주위 사람들이 시행착오라고 떠들어댔지만, '나폴레온 힐의 시행 성공'이라고 이름을 붙임으로써 효과적인 세일즈기술을 몸에 익힐 수가 있게 되었다.

조지는 매일 연구하고 생각하고 계획하는 시간을 가진다고 하는 입원 중에 시작한 습관을 변함없이 계속해 나갔다.

그의 사업이 급속히 신장했을 때도, 그는 그 서비스 효과를 더욱 증대시킴으로써 매상을 올리고자 거듭 노력을 했다.

와이셔츠 상자는 그 속에서 와이셔츠를 꺼내고 나면 버리는 것이 다반사다.

그리하여 그는 다음과 같은 질문을 자신에게 해 보았다.

'어떻게 하면 광고가 들어있는 이 상자를 손님들이 언제까지나 보존시키게 할 수 없을까?'

이 해결책은 얼마 안 되어 그의 머리에 떠올랐다.

그는 어떻게 했을까?

판지 상자의 한쪽 면에 이제까지와 같은 흑백, 혹은 컬러로 인쇄했지만, 또 다른 한쪽 면으로는 새로운 연구를 했다.

예컨대, 어린이들을 위한 재미있는 게임이라든가, 가정주부를 위한 맛있는 요리법이라든가, 온 가족을 위한 글자 맞추기 퀴즈와 같은 걸

인쇄했다.

조지의 말에 따르면, 어떤 남편이 세탁비가 갑자기 까닭도 없이 많이 지출되는 걸 이상하게 여기고 조사해 보다가, 그의 아내가 조지가 인쇄해서 넣어둔 요리법을 더 많이 손에 넣기 위해서, 아직 빨지 않아도 되는 와이셔츠를 세탁소에 맡겼다는 사실을 알게 된 것이다.

그러나 조지는 여기서 중단하지 않았다. 그는 더욱 야심적으로 변모해 갔다. 그 사업을 더욱 발전시키려고 마음먹은 것이다. 그리하여 이번에는 자신에게 물어보았다.

'어떻게 하면 그것을 얻을 수 있을까?'라고.

이번에도 답을 얻어냈다.

조지 스테펙은 세탁소에서 받은 천 개당 1달러의 돈을 모두 미국 세탁업 협회에 희사했다.

그리고 그 대가로서 협회에서는 조지의 와이셔츠용 판지 상자를 독점적으로 사용함으로써, 조지의 사업을 돕도록 전국 회원에게 전하게 되었다.

이같이 하여 조지는 바람직한 것을 보다 많이 주면 줄수록 보다 많은 것을 손에 넣을 수가 있다고 하는 또 하나의 중요한 성공의 디딤돌을 발견할 수 있었다.

생각은 왜 중요한가

주의 깊게 살피는 계획된 시간이, 조지 스테펙에게 대단한 부를 가져다주었다.

가장 뛰어난 아이디어가 나오는 것은 조용한 환경에서 이루어진다. 떠들썩한 곳에서만 훌륭한 생각이 드러나 보인다고 하는 그릇된 견해를 가져서는 안 된다.

그리고 생각하는 시간을 그릇된 낭비라고 해서도 결코 안 된다. 사색은 다른 모든 게 채워지는 밑받침이다.

그런데 훌륭한 동기를 주는 책을 읽거나, 생각하거나 계획하는 습관을 갖기 위해서 병원에 입원하는 따위의 어리석은 짓을 해서도 안된다. 그리고 생각하거나 공부하거나 계획하는 긴 시간이 필요 없다. 당신이 가지고 있는 시간의 1퍼센트만 할애한다고 해도 목표에 도달하는 속도에 놀랄만한 차이가 나타날 것이다.

당신의 하루는 1천4백40분이다. 이 시간의 1%만을 연구하고 생각하고 계획하는 시간으로 사용한다면, 당신은 이 14분이 자신을 위해서 어떠한 일을 해주는가에 틀림없이 놀랄 것이다.

왜냐하면, 당신이 일단 이 습관을 몸에 붙이게 되면, 언제 어떠한 곳에 있든지—식사하고 있거나 버스를 타고 있을 때거나 목욕하고 있을 때라 할지라도—건설적인 아이디어가 생겨나는 것에 놀랄 것이기 때문이다.

토머스 에디슨과 같은 천재가 사용한 도구—인간이 이제까지 발명한 가장 위대한, 그러면서도 가장 간단한 두 개의 도구—연필과 종이를 잊지 말고 사용하는 일이 자신이 발전을 위한 일이 될 것이다.

에디슨이 했듯이, 이것을 사용하여 아침이거나 밤을 가릴 것 없이 떠오르는 아이디어를 기록하는 일이 중요하다.

목표를 설정하고 방법을 배워라

다음은 마음에 새겨 두어야 할 중요한 네 가지를 말해 본다.

1. 당신의 목표를 적어 본다. 그렇게 함으로써 당신의 생각이 구체

화 된다. 쓰면서 생각하는 것은, 당신의 기억에 지워지지 않는 인상을 남기게 되는 중요한 방법이다.

2. 기한을 정해야 한다. 당신의 목표를 달성할 때를 분명히 해야 한다. 이것은 목표를 향하여 계속 걸어 나가도록 당신에게 동기를 준다는 점에서 대단히 중요한 일이다.

3. 기준을 높은 곳에 두어야 한다. 목표를 달성하는 용이성과 당신 동기의 강함 사이에는 직접적인 관계가 있는 듯이 여겨진다. 일반적으로 말해서, 당신의 목적을 높은 데 두면 둘수록, 그것을 달성하기 위한 노력을 집중적인 것으로 만들어야 한다.

4. 인생에서 성공과 번영을 구가하는 데 필요한 노력은 불행과 빈곤으로 인하여 많지 않다. 하지만 현재 당신이 가치가 있다고 생각한 것보다 더 많은 것을 인생으로부터 얻을 수 있다.

왜냐하면 인간의 본성은 자신에게 맡겨진 임무를 완수할 수 있게끔 발전시키는 성향이 있기 때문이다.

첫걸음을 잘 내딛어라

목표를 정한 다음에 중요한 것은 행동하는 일이다. 최근의 일이지만, 찰스 필립 부인이라고 하는 63세의 할머니가 뉴욕으로부터 마이애미까지 걸어갈 계획을 세우고 끝내 그것을 실현했다.

그리하여 그녀는 많은 신문 기자들과 인터뷰하게 되었다. 기자들은 오랜 보도 여행을 한다고 생각하는 것만으로도 그녀를 힘들게 하지는 않았을까 하는 것을 알고 싶어했다.

"첫걸음을 내딛는 데에는 용기가 필요 없었습니다."
하고 필립 부인은 담담하게 대답했다.

"그리고 내가 한 것은 그것뿐입니다. 나는 한 걸음을 내디뎠습니다. 그리고 다음에 다른 한 걸음을 내디뎠던 것입니다. 그런 뒤 또 다른 한 걸음, 또 다른 한 걸음, 마침내 여기까지 온 것이죠."

그렇다. 당신은 그 첫걸음을 내딛지 않으면 안 되는 것이다. 당신이 얼마나 생각하고 공부하여 시간을 많이 보냈느냐 하는 것은 문제가 되지 않는다. 실천이 따르지 않으면, 그와 같은 것은 아무 쓸모가 없는 일이다.

소극적인 마음가짐은 부를 쫓아버린다

적극적인 마음가짐은 부를 끌어당기지만, 소극적인 마음가짐은 그 반대이다.

적극적인 마음가짐을 가지고 있으면, 자기가 구하고자 하는 부를 손에 넣을 때까지 노력을 계속할 것이다. 지금 당신은 적극적인 마음가짐으로 출발하여 그 첫걸음을 내딛으려고 하고 있을 것이다.

그리고 당신이 지닌 부적의 소극적인 면에 의해서 영향을 받아 목적지에 도착할 한 걸음 앞에서 멈추고 마는 일이 없으리란 법은 없다.

이미 앞에서 말한 성공의 17가지 원칙 중 하나를 사용하는 데 실패할지도 모른다. 그러한 것에 대한 좋은 본보기가 다음의 이야기이다.

그 대상을 오스카라고 부르기로 하자. 1995년 후반 어느 날, 그는 오클라호마 시의 역에 내렸다. 그곳에서 그는 동부로 가는 기차를 몇 시간 기다릴 필요가 있었다.

그는 불 속이라고 해도 좋을 서부의 사막 한가운데서 이미 몇 달을 지냈다. 어느 동부의 회사를 위해서 석유를 찾고 있었다. 그리고 그는 성공했다.

오스카는 매사추세츠 공과대학 출신으로 석유매장량을 알아보기 위한 광맥 탐지기를 개량했다.

지금 오스카는 그가 근무하고 있는 회사가 파산했다는 연락을 받았다.

하지만 파산의 원인은 사장이 거액의 현금을 주식시장 투기에 유용한 것이 원인이었다.

이에 무일푼이 된 오스카는 집으로 돌아가는 길이었다. 그는 직장을 잃었으며, 또한 그의 앞길에는 아무런 희망도 없는 듯 보였다.

그러나 바로 이때, 소극적인 마음가짐의 힘이 그에게 강력한 영향을 끼치기 시작했다.

그는 장시간 열차를 기다려야 했으므로 자신이 고안한 장치를 역 안에서 다시 조립해 보리라고 생각했다. 하지만 뜻대로 되지 않자, 그는 화가 난 나머지 그 장치를 발로 차버렸다.

그는 욕구불만으로 소극적인 마음가짐의 영향을 받고 있었다. 이제까지 그가 찾고 있던 기회는, 바로 그의 발밑에 있었으나 보이지 않았기 때문이다.

그것을 잡으려고 한 걸음만 내디디면 성공할 수 있었다. 그러나 소극적인 마음가짐의 영향으로 그는 그것을 인정하기를 거부한 것이다.

만일 그가 적극적인 마음가짐의 영향을 받고 있었다면, 부를 물리치지 않고 끌어당겼을 것이다.

신념을 가진다는 것은 성공의 17가지 원칙 중 중요한 한 가지이다. 당신의 신념을 테스트하는 방법이 필요할 때, 그것을 사용할 수 있는지 없는지 하는 것에 열쇠가 있다.

소극적인 마음가짐은 그가 믿고 있던 많은 것이 잘못된 쪽으로 인도해 갔던 것이다. 당신도 기억하고 있을 테지만, 대공항은 많은 사람의 마음속에 공포의 관념을 심어 주었다. 오스카도 그들 중의 한 사람이었다.

이제까지 그 가치를 잘 실증해 온 기계도 한낱 쇠붙이에 지나지 않게 되기에 이르렀다. 오스카는 스스로 욕구불만에 빠져 있었다.

오스카가 그날 오클라호마 역에서 열차를 탔을 때, 그는 그 석유 탐지기를 쓰레기로 버리고 가버렸다. 그는 미국 최대의 석유 매장지를 스스로 내팽개치고 만 것이다. 그 뒤 얼마 안 있어 오클라호마 시는 오일머니가 넘치는 도시가 되었다.

이 이야기는 적극적인 마음가짐은 부를 끌어당기지만, 소극적인 마음가짐은 부를 물리친다는 것을 그대로 실증해 준 사례였다.

얼마 안 되는 급료로도 부는 쌓인다

그러나 당신은 이렇게 변명의 말을 할지도 모른다.

"적극적인 마음가짐이나 소극적인 마음가짐에 대해서 이루어지는 이와 같은 모든 건 백만 달러를 만드는 능력이 있는 사람에게는 매우 좋은 일일지 모릅니다. 그러나 나에게 백만 달러를 만든다고 하는 일은 꿈과 같은 일이죠."

"물론 나도 경제적 안정을 바랍니다. 좋은 생활도 하고 싶고, 퇴직한 뒤 노년의 준비도 하고 싶습니다."

"하지만, 나 같은 월급쟁이에게는 꿈 같은 일이지요."

이에 대한 나의 대답은 다음과 같다.

당신도 부를 손에 넣을 수 있다는 것을 확신해 주고 싶다. 경제적 안정을 유지하기 위한 충분한 부, 부자가 되기에 충분한 돈까지도 말이다.

그것은 당신의 부적을 적극적인 마음가짐의 영향으로 바람직하게 작용하도록 하기만 하면 되는 것이다.

만일 당신이 어떠한 이유든 아직 충분히 용납하지 못하고 있다면, 어디까지든 당신이 원하는 부와 경제적 안정을 손에 넣기까지 멈추지 말고 가야 한다.

오스본이란 사람이 있었는데, 그는 샐러리맨이었다. 그런데도 끝내 부를 손에 넣었다. 그 때문에 오스본이 사용한 원칙은 대단히 분명한 것이었다. 그 반대로 그것은 누구의 눈에도 띄지 않았다.

그가 배운 원칙, 그리고 당신도 사용할 수 있는 원칙은 불과 몇 마디로 요약해 나타낼 수가 있다. 『바빌론 최대의 부호』라는 책을 읽고 있는 동안에 오스본은 부(富)란 다음과 같은 일을 함으로써 손에 넣을 수 있다는 것을 발견했다.

1. 당신이 손에 쥔 1달러 가운데 10센트를 저축할 것.
2. 6개월마다 저축이나 투자에서의 배당금을 재투자할 것.
3. 투자할 때는 안전을 위해 전문가의 충언을 구하고, 도박처럼 원금을 잃는 어리석음을 범하지 말 것.

오스본이 실행한 것은 바로 이것이었다.

당신은 손에 쥔 1달러 가운데서 10센트를 저축하고, 그것을 안전하게 투자함으로써 경제적 안정이나 부(富)를 손에 넣을 수 있었다는 것이다.

여기서 저자 나폴레온 힐과 만난 또 다른 사람의 이야기를 소개해 본다. 당시 그의 나이 50세였던 사람이다.

늦었다고 생각할 때가 늦지 않은 것이다

그 사람은 나에게 다음과 같이 말하며 미소를 지었다.

"나는 선생님의 『생각하라, 그러면 부자가 될 수 있다』고 하는 책을 몇 년 전에 읽은 적이 있습니다. 그러나 나는 아직껏 부자가 되지 못했습니다."

그 사람의 말에 나는 대답했다.

"당신은 지금도 부자가 될 수 있습니다. 당신의 미래는 이제부터입니다. 당신은 그것을 위해 준비지 않으면 안 됩니다. 그리고 당신은 자신에게 주어지는 기회를 위해서 준비하는 동안 적극적인 마음가짐을 발전시키지 않으면 안 됩니다."

현재 그는 아직 부자가 되지는 않았지만, 지금은 적극적인 마음가짐을 몸에 익혀 부의 길에 들어서 있었다. 저자를 처음 만날 당시만 해도 그에게는 수천 달러의 빚이 있었지만, 지금은 그것을 깨끗이 청산했을 뿐만 아니라, 그동안 저축한 돈으로 투자할 데를 찾는 중이었다. 그렇게 그는 적극적인 마음가짐을 가진 사람이 된 것이다.

처음 그의 소극적인 마음가짐 쪽이 그에게 영향을 끼쳤을 때, 그는 자신의 연장이 안 좋다며 투덜거리는 목수와도 같은 사람이었다.

만일 당신이 완전한 카메라를 가지고 있고, 정품 필름을 사용했으며, 카메라의 조작도 틀림없고, 다른 사람이 똑같은 카메라로 사진을 찍고 있는데, 당신만이 실패했다고 한다면, 도대체 어디에 결함이 있었던 것일까?

카메라에 결함이 있었던 것일까? 설명서를 읽었으나, 그것을 제대로 이해하고 있지 못했던 것은 아니었을까? 혹은 이해는 하고 있었으나, 그대로 사용하지 않았던 것은 아닐까?

마찬가지로, 당신은 자기 인생의 전 생애를 바꿀 수 있을 것 같은 책을 이미 읽고는 있었으나, 그것을 이해하고, 소화하고, 그 원칙을 적용하는 노력을 게을리한 점도 있을 수 있다.

지금이라도 배우는 것은 늦지 않았다. 지금까지 모르고 있었다면, 이제부터라도 배울 수 있는 것이 기회다. 그 원칙을 알고도 이해하려고 하지 않는다면, 당신은 성공할 수 없을 것이며, 그것을 적용하지 않는다면 성공한다는 것은 불가능한 일이다.

그러므로 당신이 이 책에서 읽고 있는 것을 이해하고 적용하기 위해서는 시간이 필요한 것이다. 필연코 적극적인 마음가짐이 당신을 도우리라 믿어 의심하지 않는다.

"적극적인 마음가짐은 부를 끌어당긴다!"
라고 우리는 말한다.

그러나 당신은, 이렇게 말할지 모릅니다.

"돈을 버는 데는 자본이 필요합니다. 그런데 나에게는 돈이 한 푼도 없습니다."

이것은 소극적인 마음가짐이다. 만일 당신이 돈을 가지고 있지 않다면, 다른 사람의 돈을 사용하면 된다.

당신이 간직해야 할 생각

1. 첫걸음을 내딛어라.

2. 적극적인 마음가짐으로 성공을 쟁취하라. 만일 당신이 이 책을 읽었는데도, 아직 성공하지 않았다면, 어디에 결함이 있는가를 생각하라.

3. 병원 침대에 누워서도 생각하라! 그러나 당신은 연구하고 생각하고 계획할 시간을 가지는 습관을 만드는데, 반드시 병원에까지 갈 필

요는 없다.

4. 다음과 같이 목표를 설정하는 방법을 배워라. 첫째, 당신의 목표를 적어 본다. 둘째, 스스로 기한을 정한다. 셋째, 그 기준을 높은 곳에 둔다.

5. 『바빌론 최대의 부호』—이 책은 당신에게 다음과 같은 성공 비결의 공식을 가르쳐 줄 것이다.

• 당신의 손에 들어오는 1달러 중 10센트를 저축할 것.
• 6개월마다 이익과 저축, 투자의 배당금을 재투자할 것.
• 투자하기 전에 전문가의 조언을 구할 것.

그 생애가 끊임없는 승리의 연속인 사람, 무한한 것과 진실한 것을 위해 사람들의 칭찬 속에서가 아니라, 일 속에서 자신의 의지처를 발견하는 사람, 세상의 눈에 띄지 않고 눈에 띄려고 생각도 하지 않는 사람, 그런 사람을 존경하라. 그런 사람은 자기가 그것으로 말미암아 괴로워하리라는 것을 알고 있으면서도 세상 사람들의 욕을 먹는 선행을 선택하고 진리를 선택한 것이다. 가장 높은 선은 언제나 세상의 반칙에 반한다.

남의 돈을 쓸 줄 알아야 한다

인생에서 기회가 적은 것은 아니다.
그것을 볼 줄 아는 눈과 붙잡을 수 있는
의지가 부족할 뿐이다.

 • 스탕달

"사업이라고? 그야 매우 간단한 일이지. 그것은 남의 돈을 가리키는 거야!"

알렉산더 듀마 2세는 「돈의 문제」라는 연극 공연에서 이같이 말하고 있다.

이 말은 '남의 돈'을 사용한다는 뜻이다. 그것이 큰 부를 손에 넣는 지름길을 가리키는 말이다.

벤자민 프랭클린도 그러했고, 윌리엄 니커슨도 그러했으며, 콘래드 힐튼도 그러했다. 헨리 카이자도 예외는 아니며, 만일 당신이 부자라면, 당신도 그러했을지 모른다.

벤자민 프랭클린은 다음과 같은 충고를 하고 있다.

『젊은 상인에게 주는 충고』는 프랭클린이 쓴 것으로 '남의 돈' 이용에 관하여 다음과 같이 말하고 있다.

'돈은 자신감을 높여주는 성질을 가지고 있음을 알아야 한다. 돈은 돈을 낳을 수가 있고, 그 결과가 또 돈을 낳는 것이다.'

프랭클린은 계속하여 말한다.

"1년에 6파운드의 돈은, 하루로 환산하면 불과 4펜스 은화 한 잎에 지나지 않는다는 것을 알아두어라. 이 얼마 안 되는 돈으로, 그것은 매일 아무렇지도 않게 사용될지도 모르는 적은 돈이지만, 돈을 빌린 사람은 1백 파운드를 가지고 그것을 끊임없이 이용하고 있을 수가 있다는 점이다."

프랭클린의 이 말은 돈을 빌려서 그것을 이용하는 것이 어떠한 것인지를 잘 나타내고 있다.

당신이 몇 센트를 가지고 일을 시작하였다면, 그것을 사용함으로써 5백 달러나 되는 돈을 언제나 가지게 된다는 것이다.

혹은 아이디어를 확대하여 수백만 달러의 돈을 소유하는 것도 가능하다.

콘래드 힐튼이 말한 것도 그런 내용이다. 그는 신용을 활용한 사람이었다.

최근에도 힐튼호텔 체인이 큰 공항에 여행자용 호화 호텔을 짓기 위해서 은행으로부터 2천5백만 달러를 신용 대출한 적이 있었다. 그때 힐튼은 무엇을 담보로 했을까? 그건 바로 성실성과 신용의 대명사인 힐튼이란 이름이었다.

'남의 돈'으로 투자한다

윌리엄 니커슨은 '돈은 돈을 낳을 수 있다.'라는 것을 깨달아 신용과 명성을 얻은 사람 중의 한 사람이다. 그는 자신이 저술한 책에서 그것에 대해 다음과 같이 언급하고 있다.

"백만장자를 소개해 주십시오."

라고 그는 쓰고 있다.

"반드시 거금의 물주를 소개하겠습니다."

그가 말하는 거금의 물주란 헨리 카이저라든가, 헨리 포드, 월트 디즈니와 같은 대부호를 말한다.

앞으로 소개하는 찰리 몬즈도 은행에서 돈을 빌려서 10년 만에 4천만 달러에 이르는 사업을 벌이게 된 재력가이다. 그러나 그 전에, 콘래드 힐튼, 윌리엄 니커즈, 찰리 시몬즈 등에게 필요한 돈을 빌려주어 사업을 도운 사람들에 대해서 살펴보겠다.

은행은 당신의 편이다

은행은 돈을 융자해 주고 그 이자를 받는 장사를 말한다. 그런 까닭에 될 수 있는 한 성실한 사람에게 돈을 빌려준다. 은행은 당신이 성공하기를 절실히 바라며, 또한 고객의 일을 가장 잘 이해하고 있다. 따라서 은행이 해주는 조언에 귀를 기울이는 것이 좋다.

상식이 있는 사람이라면 빌린 돈의 힘과 전문가의 충고를 경시하는 것 같은 짓은 하지 않는다.

찰리 사몬즈라고 하는 평범한 소년이 대부호가 될 수 있었던 것도, '남의 돈'과 성공으로 인도하는 계획, 거기에 진취적인 기상·용기·상식을 지니고 돈의 성공 원리를 이용한 덕이다.

대부호 텍사스 출신인 찰리 시몬즈에 따른 전설 같은 이야기가 전해진다. 그는 19살까지도 다른 10대 소년들처럼 부모로부터 별다른 혜택을 받지 못했기에 열심히 일을 해서 돈을 모으는 길밖에는 다른 방법이 없었다.

찰리가 매주 토요일 모아 두었던 돈을 예금하는 은행의 간부 한 사람이 그에게 흥미를 느꼈다. 돈의 가치를 제대로 알고 있는 소년이라고 생각했기 때문이다.

찰리가 스스로 솜 장사를 시작할 결심을 하자, 그 은행 간부는 그에게 신용대출을 해주었다. 이것은 찰리 시몬즈가 '남의 돈'을 이용한 최초의 일이었다.

말할 나위도 없이, 최초인 동시에 최후의 경험이 되지는 않았다. 그는 그때 다음과 같은 걸 배우고 확신하기에 이르렀다.

'은행은 나의 편이다.'

솜 브로커가 된 지 1년 반쯤 지나서, 이 젊은이는 말과 노새를 거래하게 되었다. 그가 인간의 본질에 대해서 많은 것을 배운 것은 이 무렵이었다.

돈에 얽매여 돈의 노예가 되기 전에 인간성과 타인에 대하여 이해한다는 것은, 현재 성공한 사람이나 장래 성공할 사람에게서 공통으로 볼 수 있는, 극히 건전한 철학을 찰리 시몬즈는 키워 갔다.

치밀한 계획과 '남의 돈'이 엄청난 보험 부금을 낳았다

몇 년 뒤, 찰리는 두 사람의 동업자와 함께 어느 보험회사의 주를 모두 매수했다.

그는 그 돈을 어떻게 조달한 것일까? '남의 돈'과 자신이 저축했던 돈을 사용했다. 당연히 모자란 거액의 돈은 은행에서 빌렸다. 그는 이미 은행이 자기의 편임을 잘 알고 있었기 때문이다.

얼마 후에 그는 회사가 연간 4천만 달러 가까운 보험 부금을 모았던 해에, 그는 마침내 오랫동안 찾던 비약적 성장을 하기 위한 성공의 공식을 발견했다.

이것으로 이미 모든 준비는 갖추어졌다.

1년 동안 4천만 달러의 보험 부금을 낳은 것은 그 공식과 남의 돈이었다. 시몬즈는 시카고의 보험회사가 '리드'에 의한 판매 계획을 개발하여 성공을 거두고 있다는 사실을 안 것이다.

오랫동안 세일즈 매니저들이 사용하고 있던 방법은 판로 개척을 위한 '리드 시스템'을 뜻하는 것으로 세일즈맨은 충분한 리드를 얻어 종종 거액의 수입을 올리고 있었다.

'리드'라고 하는 것은 보험에 관심을 나타내는 개인으로부터의 문의를 뜻한다. 이것은 일반적으로 어떤 종류의 판매 촉진 계획에서 얻을 수 있다.

경험으로나 인간 본래의 성질로 미루어 보아서도 알 수 있듯이, 많은 세일즈맨은 모르는 사람이나 개인적인 접촉과 인간관계가 전연 없던 사람에게 판매할 때는 소심해지거나 두려움을 느낀다.

그 때문에 그들은 조금 안면이 있다고 생각한 사람에게 많은 시간을 낭비하게 된다.

그러나 보통 세일즈맨일지라도 리드를 마음먹은 손님이라면 자진해서 방문한다는 사실을 염두에 두어야 한다. 그것은 세일즈 트레이닝을 받았거나 세일즈의 경험이 없을지라도―충분한 리드가 얻어진다면―대개 판매에 성공한다는 것을 알고 있다.

더구나 방문할 장소나 만날 상대를 이미 알고 있어 면담하기 전부터 손님이 무엇에 관심 있는가를 파악할 수 있다.

그러므로 사전 정보를 전혀 갖지 않고 판매를 꾀해야 하는 경우처럼 그렇게 두려움을 느끼지는 않는다. 일부 회사에서는 판매 계획 전체를 이와 같은 리드에 바탕을 두고 짜놓고 있으며, 그것을 얻기 위해서 광고를 이용하고 있다.

그러나 광고는 돈이 필요하다. 이에 찰리 시몬즈는 은행의 담보가 될 만한 좋은 아이디어를 가지고 있을 때는 돈의 조달을 위해 어디로 가면 좋은지를 알고 있었다.

당시 그 은행은 텍사스 건설에 많은 공헌을 했다는 평판이 자자했다. 따라서 좋은 계획을 하고 그것을 살리는 방법을 잘 아는 자신에게 주저 없이 돈을 빌려 줄 것이라고 확신했다.

은행 중에는 융자 희망자의 사업 분석에 시간을 들이지 않는 곳도 있는데, 리퍼블릭 내셔널 은행의 간부들이 바로 그러했다. 찰리는 그들에게 자기의 계획을 설명했다.

그 결과 시몬즈는 리드 시스템에 의한 보험 사업을 쌓아 올리기 위해서 신용으로 얼마든지 필요한 자금을 쓸 수 있도록 인정받은 것이다.

말할 것도 없이 찰리 시몬즈는 미국의 신용 시스템 덕분에 생명보험 회사를 설립할 수 있었다. 이와 같은 조직을 만들어 놓고, 10년간이라고 하는 단기간에 모은 보험 부금을 4십만 달러에서 무려 4천만 달러로 늘릴 수 있었다.

또한 그는 투자에도 '남의 돈'을 이용했으므로, 투자하여 호텔 · 사무실 · 빌딩 · 제조공장 등의 기업 경영권을 손에 넣을 수가 있었다.

'남의 돈'의 이용은 꼭 텍사스에만 한한 것은 아니다. 클레멘트 스톤는 파는 쪽의 돈을 사용하여 자산 1백60만 달러의 볼티모어에 있는 보험회사를 매수하는 데 주저하지 않았다.

그렇다면 그는 어떻게 하여 파는 쪽의 돈을 사용하여 자산 1백60만 달러의 회사를 사들였을까?

그는 그 회사 매수에 관해서 다음과 같이 말했다.

섣달그믐날이었습니다. 나는 여러 가지 일을 조사하거나 생각하면서 계획을 세우고 있었습니다. 한편으로는 내년의 목표를 몇 개의 주에서 영업할 수 있는 보험회사를 갖도록 하겠다고 마음으로 정하고 있었습니다. 그 목표 달성의 기간을 1년 후인 12월 31일로 정하였습니다.

그때 내가 알고 있었던 것은 내가 무엇을 구하고 있는가 하는 것과, 목표 달성의 기한이 정해져 있다는 것뿐이었습니다. 어떻게 하면 목표를 달성할 수 있는가 하는 문제에 대해서는 확신할 수 없었습니다.

그러나 그것은 대단한 문제가 아니었습니다. 방법은 발견될 것이라고 믿고 있었기 때문입니다. 따라서 우선해야만 할 것은, 나의 욕구를 충족시켜 주는 금융회사를 찾는 일이었습니다.

나의 욕구라고 하는 것은, 첫째 상해보험을 팔 수 있는 면허를 가지고 있고, 둘째 거의 모든 주에서 영업 허가를 얻는다는 것이었습니다. 나는 그 자체의 사업 내용에는 별 관심이 없었습니다. 오직 필요한 것은 전국적인 조직이었습니다.

물론 돈 문제도 있습니다. 간과해서는 안 되지만, 그것은 일이 발견되었을 때 경우입니다.

실제로 그 문제가 생겼을 때, 나는 자부할 만큼 유능한 세일즈맨이므로 필요하다면 회사를 매수할 계약을 맺고, 그 회사가 취급하는 보험을 전부, 어느 정도 큰 회사의 보험에 재가입시켜서 유효한 보험 이외에는 모두 내 것으로 한다는 3단계의 거래를 해도 안 될 것은 없다는 것을 문득 생각해 냈습니다.

한편 같은 업계의 다른 회사도 비싼 대가를 내고 손에 넣으려고 마음먹고 있었습니다. 나에게는 기존 사업은 필요하지 않았습니다. 나에게 전달 수단이 있는 한 나에게는 상해보험업을 시작하는 경험과 능력이 있었습니다. 이런 사실은 전국적인 보험 판매조직을 설정함으로써 이미 증명되었던 것입니다.

나는 당장 직면할지도 모르는 문제를 분석하고 있는 동안에 무엇을 구하고 있는가 하는 것을 세상에 알리는 것을 생각해 냈습니다. 그렇게 하면 세상이 도와줄 것이라는 믿음과 확신이었습니다.

그리하여 나는 내 자신이 무엇을 구하고 있는가 하는 것을 세상에 알렸습니다. 정보를 제공해 줄 만한 동업자를 만날 때마다, 내가 구하고 있는 것을 이야기했습니다.

엑세스 보험회사의 조지 깁슨도 그중의 한 사람이었습니다. 나는 용건을 가지고 그를 만났습니다.

새해는 열띤 출발이 되었습니다. 큰 목표가 세워지고 그것을 향하여 걸어 나갔기 때문입니다. 한 달이 지나고, 두 달이 지나고 반년이 지났습니다. 마침내 10월에 접어들었습니다. 그동안 나는 많은 가능성을 탐색해 보았지만, 나의 두 가지 기본적인 요구를 채워줄 만한 것은 하나도 없었습니다.

10월 어느 토요일, 나는 되돌아온 서류를 들고 책상에 앉아 여러 가지로 조사하거나, 계획을 짜거나, 시간을 정리하여 그 해의 목표 리스트를 점검해 보았습니다. 목표는 일단 모두 달성되어 있었으나 달성되지 않은 중요한 목표가 한 가지 남아 있었습니다.

그로부터 이틀 뒤 뜻밖의 일이 일어났습니다.

그날도 나는 책상에 앉아서 무엇인가를 정리하고 있었습니다. 그런데 갑자기 전화벨이 울렸습니다. 내가 수화기를 들자, 목소리가 들려왔습니다.

"여보세요, 클레멘트 씨입니까? 조지 깁슨입니다."

그때의 대화는 짧은 것이었지만, 나에게는 잊히지 않습니다. 조지는 재빠르게 이같이 말했습니다.

"볼티모어의 상업 신용회사가 큰 적자를 냈기 때문에 펜실베니아 상해 보험회사를 정리한다고 하는 이야기가 있는데, 흥미가 있지 않을까 해서입니다. 펜실베니아 상해 보험회사가 상업 신용회사 소유라는 걸 물론 알고 계실 테죠. 내주 목요일에 볼티모어에서 이사회가 열린다고 합니다. 펜실베니아 상해 보험회사가 다루고 있는 보험은 모두 상업 신용회사가 가지고 있는 두 개의 다른 보험회사의 보험에 이미 재가입되어 있습니다. 부사장은 E.H. 워하임이라는 사람입니다."

나는 워하임 씨와 안면이 없었으므로 좀체 그를 방문할 마음이 내키지 않았지만, 시간을 다투는 문제임을 깨달았습니다. 이윽고 다음의 생각이 나를 행동으로 내딛도록 하였습니다.

'시도해 보더라도 잃는 것은 아무것도 없다. 시도해서 성공할 수 있고 또 모든 게 손에 들어오는 경우라면 모든 방법을 동원해 보리라. 어쨌든 해보고 볼 일이다!'

나는 주저하는 일 없이 수화기를 들고, 볼티모어에 있는 E.H. 워하임에게 장거리 전화를 걸었습니다.

"워하임 씨!"
하고 나는 당당한 목소리로 불렀습니다.

"반가운 이야기가 있습니다."

그리고 나는 자기소개를 하고 펜실베니아 상해 보험회사의 처분 방법을 물은 뒤, 현재 내 입장은 더욱 빨리 목적을 달성하도록 협력할 수 있다고 말했습니다. 그리고 다음 날 오후 두 시에 볼티모어에서 워하임 씨와 만날 약속을 했습니다.

이튿날 오후 두 시, 고문 변호사인 러셀 앨링턴과 나는 워하임 씨와 만났습니다.

펜실베니아 상해 보험회사는 나의 요구를 채워줄 수 있는 대상이었습니다. 이 회사는 서른다섯 개 주에서 영업할 수 있는 면허를 가지고 있었습니다. 다루고 있는 보험은 이미 다른 회사의 보험에 재가입하고 있었으므로 유효한 보험은 전연 없었습니다. 상업 신용회사 쪽은 이번 매도로서 빠르고 확실한 목적을 달성할 수가 있었습니다. 그 밖에 면허 권리금으로서 나로부터 2만 5천 달러를 받았습니다.

결국 유가증권과 현금으로 1백60만 달러의 유동자산이 상업 신용행의 손으로 들어갔습니다. 나는 그 1백60만 달러를 어떻게 마련했던 것일까요? '남의 돈'을 이용한 것입니다. 그것은 다음과 같습니다.

"나머지 1백60만 달러는 어떻게 하시겠습니까?"

하고 워하임 씨가 물었습니다.

나는 이 같은 질문이 나올 것을 이미 예상하였으므로 지체하지 않고 대답했습니다.

"상용신용은행은 돈을 빌려주는 장사입니다. 그래서 그 1백60만 달러를 여러분들로부터 빌리고자 합니다."

모두 웃었습니다만, 나는 이야기를 계속했습니다.

"여러분은 얻는 것은 있을지라도 잃는 것은 없습니다. 지금 사려는 1백60만 달러의 회사를 포함하여, 내가 가지고 있는 것을 몽땅 대부금의 담보로 하기 때문입니다."

"더구나 여러분은 돈을 빌려주는 것이 장사입니다. 나에게 팔려는 회사보다 더 좋은 담보가 달리 있습니까? 게다가 이자가 붙습니다."

"여러분에게 가장 중요한 것은, 이 방법에 따르면 보다 빨리 확실하게 여러분의 문제가 해결된다고 하는 것입니다."

내 말이 떨어지자, 워하임 씨는 중요한 점을 물었습니다.

"당신은 어떻게 해서 그 대부금을 갚을 생각입니까?"

나는 이 질문에 대한 답도 준비해 두었던 것입니다.

"60일 이내에 깨끗이 청산할 것입니다."

"어쨌든 펜실베니아 상해 보험회사가 허가받은 서른다섯 개 주에서 상해 보험회사를 경영하는데 60만 달러 이상은 필요 없을 것입니다."

"펜실베니아 상해 보험회사가 모두 내 것이 된다면, 자본금 1백60만 달러에서 50만 달러로 줄여버리면 되는 것입니다. 그렇게 하면, 독점 주주로서 나는 나머지 1백10만 달러를 대부금 청산으로 돌릴 수가 있다는 것이죠."

"문제가 되는 것은 말할 나위도 없이, 수입과 지출 가릴 것 없이 모든 거래에 부과되는 소득세입니다. 그러나 이 거래에서 소득세를 낼 필요는 없을 테죠. 그 이유는 간단합니다. 펜실베니아 상해 보험회사는 수익을 올리지 못하였고, 따라서 자본금을 줄일 때 내가 인수하는 돈도 이익이 되지는 않을 것이기 때문입니다."

그러자 더욱 질문이 계속되었습니다.

"자본금 50만 달러는 어떻게 하여 갚을 생각입니까?"

이 경우에도 나는 답을 준비해 두었으므로 이같이 대답했습니다.

"그것은 간단합니다. 펜실베니아 상해 보험회사에는 현금 · 국채, 비싼 값을 부르고 있는 유가증권만으로 구성되는 자산이 있습니다. 펜실베니아 상해 보험회사의 내 지분과 대부금 결제를 더욱 확실하게 하는 뜻에서 나 이외의 자산도 보태서 담보로 하면 나의 주거래 은행에서 50만 달러는 빌릴 수 있습니다."

우리는 이렇게 오후 5시에 상해 보험회사 사무실을 나옴으로써 모든 거래는 끝났던 것입니다.

나의 경험을 이같이 자세하게 소개한 것은 '남의 돈'을 이용하여 목표를 달성하기 위해서 거쳐야 하는 각 단계를 알기 쉽게 설명하기 위해서입니다.

'부로 가는 지름길은 있는가?'라고 제목을 붙인 것과 관련성을 생각하면, 거기서 말한 원리가 여기서 어떻게 작용하는지도 알 수 있을 것이다.

이 이야기는 '남의 돈'의 이용이 도움이 된다고 하는 것을 나타내고 있는데, 때로는 신용이 재난이 되기도 한다는 것을 주목해야 한다.

신용이 재난이 되는 경우도 있다

이제까지는 신용을 이용하는 이점에 관해서 말해 왔다. 돈을 벌 목적으로 돈을 빌리는 실제에 관해서 말해 왔다. 돈을 벌기 위해서 돈을 빌리는 것이야말로 자본주의의 좋은 점이다.

그러나 어느 쪽이 좋은가 하는 것에 이르러서는 소극적인 마음가짐에 의하여 남에게 재난이 되는 일도 있다는 것이다. 신용도 예외는 아니라는 사실이다. 신용이 성실한 인간을 불성실한 인간으로 만들어 버리기도 하기 때문이다. 신용의 오용은 괴로움 · 욕구불만 · 불행 · 불성실을 낳는 크나큰 원인 중의 하나이다.

여기서 다루는 신용은 신용 제공자가 자발적으로 주는 신용을 말한다. 신용 제공자가 남에게 신용을 주는 경우, 상대가 신용을 받기에 적합한 인물이라고 확신하고, 혹은 그 성실성을 신뢰하고 신용을 주는 것이다.

한편, 신뢰를 배신하는 사람은 불성실한 인간이다. 이와 같은 인간은 한번 승낙한 지불을 미루거나, 차용금을 갚을 생각도 없이 돈을 빌리거나 상품을 사들이거나 한다.

성실한 인간일지라도 사정이 있어서 지불 기일에 치르지 않거나 차용금의 변제나 외상 상품의 지불을 게을리하면 불성실한 인간이라고 할 수 있다.

적극적인 마음가짐의 부적이 효과가 있는 인간이라면, 사실을 직시할 용기를 가지고 있기 때문이다. 그는 사정이 있어서 약속 기일에 지불하지 못한다고 하면 될 수 있는 대로 빠른 기회에 미리 그런 사정을 채권자에게 통고해야 한다.

그리고 채권자의 동의를 얻어서 만족한 계약을 다시 맺어야 한다. 그 밖에 무엇보다도 부채가 완전히 없어질 때까지는 채권자에게 성심 성의를 다할 때 신용이 회복된다.

상식을 갖추고 있는 성실한 인간은, 신용 제공의 은혜를 남용하지 않다는 사실이다.

상식에서 벗어난 불성실한 인간은 함부로 돈을 빌리거나 신용으로 물건을 사든가 하는 버릇이 있다. 채권자에게 차용금을 갚을 뾰족한 수단을 생각하고 있지 않으므로 소극적인 마음가짐의 효과가 그를 불성실한 인간으로 만들어 버리는 것 같은 무서운 결과를 낳게 되는 것이다.

그는 곤란한 처지가 되었으니 어쩔 도리가 없다고 생각하고 있을지도 모른다. 그는 차용금이 있다고 해서 교도소에 들어가게 되는 일은 없다고 하는 것을 너무나도 잘 알고 있다.

그러나 그가 아무리 벌을 받을 리는 없다고 생각하고 있더라도, 실제로는 그 때문에 일어나는 괴로움·불안·욕구불만이 쉴 새 없이 그에게 벌을 주고 있는 것이 더 큰 죄악이다.

이는 그의 강한 적극적인 마음가짐의 효과, 그에게 부채를 깨끗이 갚을 만한 효과가 나타날 때까지는 불성실한 인간에게 주어지는 변함 없는 진리라는 사실이다.

신용을 제공받은 은혜를 남용하는 것은 문자 그대로 육체적·정신적·도덕적 질병도 가져다준다. 그러나 남의 돈의 신용은 가난한 정직자를 부자로 만드는 수단으로 훌륭한 덕목이다.

이렇듯 돈이란 사업을 성공으로 인도하는 중요한 열쇠다.

간직해야 할 생각

1. "사업? 그건 매우 간단한 일이지. 그건 남의 돈을 빌리는 거야!"

2. 남의 돈을 사용한다는 것, 그것이 큰 부를 손에 잡을 수 있는 지름길이다.

3. 남의 돈을 사용하라! 이 말의 기본적인 전제는 성실·명예·정직·충성, 의견의 일치, 황금률이라고 하는 최고의 윤리 기준에 바탕을 두고 경영하는 일이 말한다.

4. 불성실한 인간은 신용 받을 자격이 없다.

5. 은행은 당신의 편이다.

6. 시도하더라도 잃는 것은 하나도 없고, 시도하여 성공할 수 있고 또 모든 걸 얻을 수 있다면, 모든 방법을 동원하라.

7. 신용을 함부로 이용하면, 당신에게 재난이 된다. 신용의 남용은 심한 욕구불만, 불행·불성실을 낳는 원인이 된다.

일 초 전의 상태로 있지 말라

자만심은 인간이 자기 자신을 너무 높게
생각하는 데에서 생기는 쾌락이다.
• 스피노자

　　자신을 경멸하는 듯 말하는 사람들이 적지 않다. 최근 나에게 온 편
지 중에는 자기 자신을 무척 비하하는 내용도 있었다.
　　어느 여성의 편지를 소개하겠다.

　　이 편지가 선생님의 손에 들어가리라 기대하진 않지만, 그래도 편
지를 쓰기로 결심했어요. 선생님, 저에게는 지금 무척 괴로운 일이 하
나 있어요. 그것은 바로 자신감을 가질 수 없다는 점이에요.
　　저는 무척 어리석어서 하느님의 사랑을 받을 가치도 없는 것 같아
요. '나 같은 걸 왜 살아가게 해둘까. 뭐 하러 이 세상에 태어났을까'라
는 생각을 자주 하지요.
　　남편은 회사를 경영하고 있는, 머리가 무척 좋은 사람이에요. 우리
두 사람은 비교도 안 될 정도지요. 부모님이 일찍 이혼한 저는 버림받
은 자식이나 마찬가지였어요. 그래서 늘 불안해하고 애정에 목말라하
며 성장했지요. 그리고 하느님이 나를 사랑하지 않는구나 하고 믿었

어요. 게다가 저는 잘못도 많이 저질러요. 저는 이런 저 자신이 정말 싫어요. 선생님, 저는 자살을 생각하기도 했지만, 그것이 큰 잘못이라는 걸 잘 알아요. 그래서 지금 선생님이 말씀하시는 '적극적 사고'를 실행하고자 해요.

선생님이 어느 분에게 성경 한 구절을 적어 보내주셨고, 그것이 그 사람에게 자극이 되었다는 말을 자주 들었어요. 제발 저에게도 무슨 말이든 적어 보내주세요. 선생님이 쓰신 책은 많이 읽었지만, 읽은 것을 실행하기가 무척 어렵네요.

저는 부정적인 사고방식을 갖고 있는 인간이에요. 오래전부터 그랬어요. 선생님의 도움을 받을 수 있으면 기쁘겠어요. 부탁드려요.

나는 그녀가 부탁한 대로 카드에 글을 적어 보내주었다. 그리고 늘 몸에 지니고 있으면서 자주(특히 잠자리에 들기 전에) 소리 내어 읽으라고 권했다.

나는 그녀의 마음속에서 믿음이 싹트길 기원했다. 그녀의 자기 불신이 아무리 뿌리 깊다 해도, 내가 적어 보내준 글 속에 담긴 확실하고 긍정적인 사고방식은 좋은 효과를 낳을 것이라고 믿었다.

그녀에게 보내준 글은 다음과 같다.

나는 나 자신을 좋아한다.
나는 나 자신을 믿는다.
나는 하느님에 의해 만들어졌다.
하느님은 결코 나쁜 것을 만들지 않으셨다.
하느님이 만든 것은 멋있다.
그러므로 나도 멋있다.

하느님의 완전성은 내 안에도 있다.

나는 인생을 사랑한다. 인간을 사랑한다.

나에게는 가능성이 있다.

나는 행복하다.

나는 감사하고 있다.

나는 자존심을 가지고 나 자신을 대한다.

나는 하느님의 자식으로서 나 자신을 믿는다.

실제로 그 여성은 내가 보내준 이 글을 몸에 지니고 다니면서 늘 읽었고, 지금은 자기 불신에서 점점 벗어나고 있다.

자기 자신을 불신하거나 성질을 조절하지 못하거나 '실패'가 언제까지 잊히지 않는 사람에게는 근본적인 자기 개혁이 필요하다.

인간은 나날이 변해 가는 존재인데, 언제까지나 비참한 상태로 있다는 것은 정말 어이없는 짓이다.

자신을 변화시키는 일은 누구나 할 수 있다. 우리는 모두 변할 수 있다. 나도 변할 수 있고, 당신도 변할 수 있다.

자신에 대해 고민하고 자신에게 얽매이는 일이 많으면 많을수록,
자신의 생명을 지키려고 몸부림치면 칠수록,
더욱더 나약해지고 자유로부터 멀어지게 된다.
반대로 자신에 대해 고민하고 집착하거나
자신에 대한 애착이 적으면 적을수록,
더욱더 강해지고 더욱더 자유로워진다.

아이디어가 행운을 가져온다

기회는 새와 같은 것이다.
날아가기 전에 붙잡아라.

· 실러

아이디어는 모든 행운의 시작이자 창의력의 산물이다. 부를 축적하는데 창의력이 어떻게 사용되는지, 또 거대한 행운을 이룬 유명한 아이디어에는 어떤 것들이 있는지 살펴보자.

50여 년 전, 시골의 어느 의사가 도시의 한 약국에서 젊은 약사와 흥정하기 시작했다.

1시간이 넘도록 의사와 약사는 낮은 목소리로 조용히 속삭였다.

잠시 뒤 밖으로 나간 의사는 커다란 냄비와 주걱 같은 것을 갖고 돌아왔다.

그 냄비를 관찰한 약사는 자기 주머니에서 돈을 꺼내 의사에게 건네주었다.

그 돈은 500달러였으며, 약사의 전 재산이었다.

의사는 약속한 대로 조그만 종이를 약사에게 주었다.

그 종이에는 매우 중요한 비밀이 적혀 있었다.

그것은 냄비 속의 물질을 끓이는 데 꼭 필요한 내용이었다.

의사는 구식 냄비를 500달러에 팔았다는 사실에 몹시 기뻤다.

약사는 단지 조그만 쪽지에 그의 전 재산을 투자했지만, 그 구식 냄비를 선택함으로써 큰 행운을 얻었다.

약사는 한 번도 알라딘의 마술 램프처럼 금이 나오는 냄비를 꿈꾼 적이 없었다.

하지만 약사는 냄비에서 중요한 아이디어를 하나 얻었다.

구식 냄비와 나무 주걱, 그리고 종이에 적힌 비결은 그 냄비 속에 담긴 가치를 깨달은 새 주인에게 행운으로 나타나기 시작했다.

그 냄비의 행운은 전 세계의 많은 사람에게 계속되었으며, 지금도 이어지고 있다.

현재 그 구식 냄비는 수천 명의 세계 남성과 여성들에게 설탕통을 만들어 시장에 내다 파는 일거리를 제공하고 있을 뿐만 아니라, 해마다 많은 사람에게 유리 닦는 일을 제공하고 있다. 또한 상품을 표시하는 그림을 그린 예술가에게 부와 명예를 안겨주었다.

그 구식 냄비는 작지만, 중요한 기업에 들어간 뒤, 직·간접적으로 도시에서 유용하게 사용되고 있다.

그리고 전 세계적으로 그 구식 냄비에서 나오는 아이디어가 넘쳐나고 있으며, 그 아이디어를 낸 사람들은 모두 큰돈을 벌었다.

구식 냄비에서 나온 황금은 현재 성공하기 위해 기본교육을 받고 있는 수천 명의 젊은이들이 모인 남부의 한 회사에서 관리 및 유지되고 있다.

만일 구식 냄비에서 파생되는 많은 아이디어에 대해 말한다면, 그것은 놀라운 상상에 관한 이야기가 될 것이다. 사랑과 사업에 대한 상상, 그리고 그것에 의해 매일 자극받는 남녀 직장인들의 상상 말이다.

나 또한 그런 상상을 하고 있으며, 이 상상은 약사가 낡은 냄비를 산 순간부터 시작되었다.

우리는 누구든, 어디에 살든 직업이 무엇이든, '코카콜라'라는 글자를 볼 때마다, 그것의 거대한 이 단순한 아이디어에서 비롯되었음을 기억해야 한다.

남을 초월하기 전에 먼저 자신을 초월하라

사람은 누구나 어머니의 태내에서 태어난다. 이것은 생물학적인 삶이다. 그 뒤에 인간은 다시 한번 태어나지 않으면 안 된다. 스스로 자신을 태어나게 하는 것이다. 그러므로 인간은 생애를 통하여 두 번 태어난다.

모든 인간은 그 사람 나름대로 창조력을 갖추고 있다. 사람 대부분은 스스로 갖추고 있는 창조력을 끌어내려고 하지 않는다.

다른 사람을 뛰어넘으려고 하기보다 자기 자신을 초월하려고 노력하는 사람이, 언젠가는 남들보다 훌륭하게 된다.

일 년에 한 번은 반드시 자기 분석을 해 본다

경험으로 체득한 지혜는
절대 잊히지 않는다.
* 피타고라스

매년 재고 정리를 하는 것처럼 일 년에 한 번은 반드시 자기 분석이 필요하다.

그 분석을 통해 결점을 바로잡고 장점을 좀 더 강화해야 한다.

자기 분석을 하는 사람은 자신이 얼마나 진보했는지, 또는 얼마나 후퇴했는지를 판단할 수 있다. 즉, 현상 유지를 하면서 인생의 낙오자가 될지 판단할 수 있는 것이다. 아주 작은 부분이라 해도 늘 조금씩 상승하는 것이 바람직하다.

자기 분석은 매년 연말에 하는 것이 좋다. 그리고 다음의 질문 리스트를 점검하자. 이때는 스스로 속이지 않도록 다른 사람에게 도움을 요청하도록 한다.

자기 분석을 위한 20가지 질문
1. 목표는 얼마나 달성했는가?
2. 할 수 있는 만큼 최선을 다했는가, 아니면 더 잘할 수 있었는가?
3. 행동은 조화와 협력을 원칙으로 했는가?

4. 모든 일을 회의적으로 생각하고 망설이며 비능률적으로 행동하는 나쁜 습관에 빠지지는 않았는가? 만일 그렇다면, 어떤 나쁜 습관에 빠져 일이 늦어졌는가?

5. 나쁜 습관을 어느 정도 바로 잡았는가?

6. 계획을 완수하기 위해 얼마나 끈기를 발휘했는가?

7. 모든 일에서 신속하고 명확하게 판단을 내릴 수 있었는가?

8. 일상생활에서 능률이 떨어지는 유혹, 예를 들어 성의 유혹에 빠진 적은 없는가?

9. 필요 이상으로 지나치게 신중하거나 소홀하지 않았는가?

10. 노력을 집중하지 않은 체 헛되게 힘을 낭비하지는 않았는가?

11. 모든 문제에 넓은 마음으로 관용의 정신을 발휘했는가?

12. 서비스를 실천하는 능력을 개발했는가? 그렇다면 그 방법은 무엇이었는가?

13. 일을 체계적으로 처리했는가?

14. 지나치게 무절제한 습관은 없었는가?

15. 같이 일하는 사람들에게 존경받을 만한 행동을 했는가?

16. 의견이나 결정이 일방적이지 않았는가?

17. 시간과 돈에 대한 예산을 책정하는 습관을 들였는가? 그리고 예산책정이 지나치게 소극적이지는 않았는가?

18. 시간을 낭비했는가? 낭비한 시간을 효율적으로 사용했다면, 얼마만큼 진보할 수 있었는가?

19. 일을 월급 이상으로 더 많이 더 잘하기 위해, 어떤 방법을 썼는가?

20. 성공의 기본 원칙에 따른다면, 자신의 현재 상태는 어떤가?

자기 자신을 알아라

지혜를 이해하는 데는 지혜가 필요하다.
귀머거리 청중에게 음악은 의미가 없다.
  • 리프먼

만일 성공적으로 상품을 팔고 싶다면 상품을 파는 방법에 대해 정확히 알아야 한다.

무엇보다도 자신의 약점을 줄이고 장점을 키워 가야 한다. 자신의 약점과 장점은 오직 정확한 분석을 통해서만 알 수 있다.

한 젊은이가 면접을 보기 위해서 회사에 갔다. 그는 인상이 좋았기 때문에 회사 경영자는 그에게 "월급으로 얼마를 받고 싶은가?"라고 물었다.

그런데 그가 정확한 액수를 말하지 못하자, 경영자는 "일주일 동안 일을 해 본 다음에 월급을 책정하도록 하지."라고 말했다.

그러자 젊은이는 대답했다.

"그렇게 할 수 없습니다. 저는 지금 받는 월급보다 더 많이 주는 회사에서 일하고 싶습니다."

이 젊은이의 패기는 좋지만, 현재 월급 재조정을 위해 타협하거나 다른 일자리를 찾는 일 자체가 지금 받는 월급보다 더 가치 있는 일이라고 확신하지 못한 경우다.

사람들은 모두 더 많은 돈을 원한다. 그러나 이는 가치 있는 일과는 전혀 다른 것이다.

  즉, 당신의 경제적 요구는 당신의 가치와 전혀 상관없다. 한마디로 당신의 가치는 오직 유용한 일을 할 수 있는 능력이나 다른 사람에게 그런 일을 시킬 수 있는 능력으로 이루어지는 것이다.

우리는 자주 남을 평가하며,
어떤 사람은 착한 사람이라고 하고,
어떤 사람은 나쁜 사람이라 하며,
또 어떤 사람은 어리석은 사람,
어떤 사람은 현명한 사람이라고 부른다.
그렇게 불러서는 안 된다.
인간은 강물처럼 쉬지 않고 흘러간다.
내일의 그는 이미 오늘의 그가 아니다.
어리석었던 사람이 현명해지고
나쁜 사람이 착한 사람이 되며,
또 그 반대인 예도 있다.
그러므로 인간을 심판할 수 없다.

전문지식이 곧 능력이다

노력하라. 노력하지 않고서는
아무도 높은 곳에 오를 수 없다.
 · 알랭 새단

자기 아들을 위해 계획서를 만들었던 한 여성은 서비스를 팔아 많은 돈을 벌고 싶어 하는 사람들에게서 계획서를 만들어 달라는 요청을 받았다.

그녀의 계획서는 물건을 제대로 팔지도 못하면서 더 많은 돈을 벌려고 하는 사람들을 위한 약삭빠른 판매 정책이 아니었다.

그녀는 판매자뿐만 아니라 구매자까지 모두 고려해 살핀 뒤 판매자가 기대한 것보다 더 많은 돈을 벌 수 있는 계획을 생각해 낸 것이다.

즉, 판매자 스스로가 마련한 판로까지 생각한다면, 그녀의 계획서는 더 큰 이득을 남길 수 있었다. 특정 업종에 종사하는 의사, 변호사, 엔지니어 등은 자신의 평균 수입보다 더 많은 수입을 올릴 수 있는 기본 요소를 갖고 있다.

모든 생각은 전문지식을 바탕으로 해야 한다. 돈을 벌지 못한 사람들 대부분은 전문지식을 등한시하는 경향이 있다.

바로 이런 점 때문에 개인 서비스를 팔아야 하는 남성과 여성들은 자신을 도와줄 능력 있는 사람이 필요한 것이다.

여기에서 능력은 상상력을 뜻한다. 즉, 하나의 능력은 부를 추구하는 종합화된 계획의 형태로 생각과 더불어 전문지식이 뒷받침되어야 한다.

현명한 사람과 어리석은 사람

현명한 사람과 어리석은 사람의 7가지 특징

1, 현명한 사람은 자기보다 지혜로운 사람 앞에서는 말하지 않는다.

2. 현명한 사람은 다른 사람이 이야기하고 있는 동안에는 그의 말을 가로채어 끼어들지 않는다.

3. 현명한 사람은 다른 사람의 말에 귀를 기울여, 한 마디도 흘려보내지 않는다.

4. 현명한 사람은 적절한 질문을 하고 적절한 대답을 한다.

5. 현명한 사람은 조리 있게 말한다.

6. 현명한 사람은 자기가 알지 못하는 문제에 대해서는 '저는 그것에 대해서는 아는 바가 없습니다'라고 말한다.

7. 현명한 사람은 자기와 반대의 자리에 서 있는 사람이 말하는 것이 진리라고 인정되면 주저하지 않고 그의 말을 인정한다.

어리석은 사람은 현명한 사람의 특징과 반대되는 특징을 가진 사람이다.

두뇌가 가장 큰 자본이다

인격은 위기 중에 만들어지는 것이 아니라
단지 노출될 뿐이다.
- 로버트 프리먼

인간에게 힘의 원천은 무엇일까?

나는 그것은 바로 자본이라고 말하고 싶다. 자본은 단순히 돈으로
구성되는 게 아니다. 그 속에는 특히, 고도로 조직된 지적인 그룹이
포함되어 있다.

이 그룹은 과학자, 교육자, 화학자, 발명가, 비즈니스 매너리스트
(기업분석가), 광고업자 등 고도의 전문지식을 가진 사람들로 구성되
어 있다.

이런 부류의 사람들은 스스로 선구자가 되어 개척하여야 할 새로운
분야를 발견한 뒤, 그것을 개발하기 위해 노력한다.

즉, 그들은 학교를 세우고 도로를 만들며, 신문을 발행하고 정부가
해야 할 일을 함으로써 인류 발전을 위해 애쓰는 것이다.

한마디로 그들은 인간 발전의 기초가 되는 모든 교육 및 개발과 관
련해서 완전한 조직망을 구성하고 있다.

따라서 두뇌를 가지고 있지 않은 돈은 위험하다. 반면, 두뇌를 효율
적으로 사용한다면 문명의 핵심을 이룰 수 있다.

위대한 지혜

지혜로운 자만이 미래를 두려워하지 않고
오히려 대비한다.
· C. 윌슨

어느 현명한 왕이 현자들을 한자리에 모아놓고 "후세에 남겨줄 수 있는 '위대한 지혜'를 다 정리하여 책으로 엮어 기록하도록 하라."고 명령하였다.

현자들은 왕의 명령에 따라서 오랜 세월에 걸쳐 연구에 연구를 거듭하였다. 그들이 연구한 12권의 책을 가지고 왕 앞에 나타났을 때, 왕은 그 책의 양이 후세에 남겨주기에는 너무나 방대하므로 간략하게 줄이라고 하였다.

현자들은 다시 열심히 연구한 끝에 한 권의 책으로 줄여서 왕에게 보여주었다. 그러자 왕은 그것을 더 요약하라고 명령하였다.

이에 현자들은 한 권의 책을 몇 장으로 줄였다. 그리고 그것을 다시 한 페이지로 결국은 한 줄의 문장으로 바꾸었다. 그러자 왕은 기뻐서 어쩔 줄 몰라 하면서 이렇게 말하였다.

"세상에 있는 모든 사람이 이것을 배우면 곧, 그들의 문제가 해결될 것이다."

현자들이 후세에 물려주기 위해서 만든 '위대한 지혜'는 무엇이었을까?

그것은 바로 '세상에 공짜는 없다.'라는 글이다. 그렇다. 세상에 공짜는 없다. 무엇이든지 대가를 요구한다.

성공한 사람들의 특징은 열심히 일하고 성실하다는 점이다. 그들은 일하는 것을 즐거움으로 삼았으며, 성실을 부모처럼 받들었다.

당신이 성실하게 일하며 생활하는 사람이라면, 어떤 고민이라도 순조롭게 해결할 수 있을 것이다.

다음의 시는 일과 성실의 가치에 대해서 잘 나타내고 있다. 음미하기를 바란다. 일은 모든 사실의 기초이며, 풍부한 삶의 근원이요, 생활의 뿌리이다.

일로 하여 사람은 발전하고 부자가 된다.
일은 돈을 저축할 수 있게 하며 행운의 기초이다.
일은 인생을 즐겁고 행복하게 만들어 주는 요소이므로
우리는 일을 사랑해야 한다.
일의 축복과 결과를 기대하는가?
그렇다면 더욱더 일하기를 즐겨라.
일을 사랑하면 인생이 즐겁고 가치 있게
그리고 풍요롭게 만들 것이다.

작가 미상의 이 글은 우리에게 일의 중요성에 대해서 잘 묘사하고 있다.

성공의 원천은 에너지

자신이 하는 일에 신념을 가지지 않으면 안 된다.
누구나 자기가 하는 일이 좋다고 굳게 믿으면
힘이 생기는 법이다.

• 괴테

돈을 벌어 성공하기 위해서는 '힘'이 절대적으로 필요하다. 계획만 있고 행동을 일으키는 힘이 없다면, 아무리 훌륭한 계획이라도 전혀 소용이 없다.

따라서 이 단계에서는 어떻게 하면 힘을 지닐 수 있고, 또 활용할 수 있는지에 대해 설명하겠다.

여기에서 말하는 힘이란, 욕망을 화폐 자원으로 전환하는 데 필요한 조직적 노력에 중점을 두는 일이다. 그리고 조직적인 노력은 명확한 목적을 향해 매진하는 사람을 위해 협조적 정신을 공유하며 일하는 두 사람 이상의 그룹을 통해 이루어진다.

돈을 벌기 위해서는 힘이 필요하다. 또 벌어들인 돈을 유지해 나가는 데도 역시 힘이 필요하다.

그렇다면, 어떻게 하면 힘을 얻을 수 있을지에 살펴봐야 하는데, 그러기 위해서는 먼저 힘이 지식의 조직화 된 것이라면, 그의 원천이 무엇인지를 알아야 한다.

그 이유를 설명해 본다.

1. 무한의 지성

지식의 원천이 되는 무한한 지성은 창조적 상상력의 도움을 받아 활동한다.

2. 경험의 집결

인간의 경험담은 조직적으로 체계화되고 기록으로 남겨져 공공도서관 같은 곳에서 볼 수 있다. 집대성된 체험 가운데 중요한 것만을 골라 공립학교나 대학에서 가르치고 있다.

3. 경험과 연구

과학 분야, 특히 사람의 일생을 연구하는 곳에서는 새로운 경험을 한 사람들의 이야기를 모아 분류한 뒤 체계화하고 있다. 이것은 '쌓아온 경험'에 의한 지식만으로는 부족할 때 반드시 참고해야 할 원천이다. 이 경우 상상력을 활용해야 한다.

지식은 어디에서나 얻을 수 있다. 그 지식을 명확한 계획에 반영해 움직일 경우에만 지식이 힘으로 전환될 수 있는 것이다.

위에서 언급한 지식의 세 가지 원천을 검토해 보면, 지식을 모아 명확한 계획을 수행하는 데 노력을 집중하면, 어떠한 난관도 극복할 수 있다는 사실을 알 수 있다.

특히, 누구나 그 계획에 공감하고 그것에 대해 진지하게 생각한다면, 반드시 많은 사람이 협력해 주기 위해 몰려들 것이다.

뜻이 있으면 길이 열린다

분수에 넘치는 야심 때문에 마음을 괴롭히지만
않는다면, 대개의 인간은 작은 일로도 성공한다.
• 롱 펠로우

존경받는 교육자이자 목사인 프랭크는 '뜻이 있으면 길이 열린다.' 라는 말이 진리라는 사실을 나에게 들려주었다.

프랭크는 대학에 다니던 시절 교육제도에 문제가 있음을 알았다. 그래서 그는 자신의 새로운 생각을 실천하기 위해 대학교를 설립해야 겠다고 결심했다.

대학교를 설립하기 위해서는 백만 달러가 필요했다. 과연 그는 어디에서 그 많은 돈을 구할 수 있었을까?

야심으로 가득 찬 그는 어떻게 하면, 그 돈을 마련할 수 있을지를 매일 고민했지만, 별 진전이 없었다. 그는 돈 문제에 열중하느라 밤을 새우기 일쑤였다.

그는 마침내 목적을 이루는 일은 시작에서 비롯된다는 사실을 깨달았다. 또한 그 목적을 물질 자산으로 바꿀 수 있는 욕망이 힘과 용기로 작용할 때만 꿈이 이루어진다는 사실도 깨달았다.

이런 위대한 진리를 깨달았음에도 그는 여전히 어디에서 어떻게 백만 달러를 마련해야 할지 몰랐다.

바로 이런 상황에서 사람들은 "내 아이디어는 매우 좋다. 그러나 나는 아무것도 할 수 없다. 필요한 백만 달러를 얻을 수 없기 때문이다."라며 포기해 버린다. 그러나 그는 그렇게 말하지 않았다.

그가 들려준 이야기를 그대로 전하겠다.

어느 토요일 오후, 나는 내 계획을 실천하기 위한 돈을 모을 방법에 대해 골똘히 생각하고 있었다. 거의 2년 동안 그 생각을 해 왔지만, 생각 외에는 아무것도 할 수가 없었다.

나는 일주일 안으로 필요한 돈을 얻어야겠다고 결심했다.

'그럼 어떻게?'

나는 그 점에 대해서는 크게 걱정하지 않았다. 어떻게 해서든 정해진 시간 안에 돈을 모을 생각이었고, 그렇게 할 수 있으리란 확신이 들었다. 내 머릿속에는 오직 '그 돈은 당신을 기다리고 있어요.'라는 생각만 가득했다.

일은 빨리 진행되었다.

나는 신문사에 요청해, 다음 날 아침 교회에서 '나에게 백만 달러가 있다면, 무엇을 할 것인가?'란 제목으로 설교하기로 마음먹었다.

나는 설교를 위해 뛰어다녔지만, 솔직히 그리 어려운 일은 아니었다. 왜냐하면 거의 2년 동안 설교 준비를 해 왔기 때문이다.

한밤중에 나는 설교원고 작업을 끝마쳤다. 그리고 자신감이 가득 찬 상태로 침대에 누웠으며, 백만 달러가 수중에 들어온 듯한 기분이 들었다.

다음 날 일찍 일어난 나는 내 설교가 백만 달러를 모으는 데 도움이 되게 해 달라고 기도했다. 기도하는 동안 또다시 백만 달러가 수중에 들어온 듯한 느낌이 들었다.

나는 설교하는 동안 눈을 감은 채 나의 모든 마음과 영혼을 다 바쳐 이야기했다. 청중에게 말했을 뿐 아니라, 하느님에게도 말했다.

나는 내가 백만 달러를 얻을 수 있다면, 그 돈으로 무엇을 할지에 대해 말했다. 즉, 실용적인 교육을 시행하는 동시에 젊은이들의 정신을 개발할 수 있는 훌륭한 교육기관을 설립할 계획에 대해서 말한 것이다.

내가 설교를 마치고 자리에 앉자, 세 번째 줄에 앉아 있던 한 사람이 천천히 자리에서 일어났다. 설교단 앞으로 나온 그는 말했다.

"목사님, 당신의 설교는 무척 감동적이었습니다. 당신은 백만 달러만 있다면, 정말 그 일을 해낼 듯한 믿음을 주었습니다. 내가 목사님과 설교를 믿는다는 사실을 증명해 보이기 위해, 내일 아침 제 사무실에 오신다면 기꺼이 백만 달러를 드리겠습니다. 제 이름은 필립 아모르입니다."

나는 다음 날 아침에 아모르의 사무실로 찾아갔고, 정말 백만 달러를 받았다.

그 돈으로 프랭크는 현재 일리노이주의 공예학 협회로 잘 알려진 '아모르 공예학 전문학교'를 설립했다.

그가 백만 달러를 얻게 된 것은 아이디어의 결과였다. 그 아이디어의 이면에는 프랭크가 거의 2년간 꿈꾸어 온 불타는 욕망이 있었다.

우리는 그 중요한 사실에 주목해야 한다.

프랭크가 돈을 얻는 데는 36시간이 걸렸다. 그러나 프랭크에게는 백만 달러에 대한 막연한 생각과 그 돈이 필요하다는 희망 외에는 별다른 묘수가 없었다.

다른 많은 사람도 그와 비슷한 생각과 꿈을 가지고 있을 것이다. 그러나 프랭크가 '돈을 벌어야겠다.' 결정 내렸을 때, 거기에는 이미 독특한 그 무언가가 있었다. 결과적으로 프랭크는 백만 달러를 얻지 않았는가.

이 보편화된 원칙은 젊은 목사가 성공적으로 사용했을 그 당시처럼, 오늘날에도 유용하게 사용되고 있다.

열쇠는 정직한 사람을 위해서 존재한다

집을 비울 때 문에 자물쇠를 채우는 것은 어째서인가?

이것은 정직한 사람이 안으로 들어가지 않도록 하기 위해서이다.

왜냐하면 악인이 그 집 안으로 들어가 물건을 훔치려고 한다면,

자물쇠가 채워져 있거나 말거나 어차피 들어가고 말 것이다.

그러나 만일 문이 열려 있으면 정직한 사람이라도 들어가 보고 싶은 유혹을 느낄지도 모른다.

그래서 우리가 집을 비울 때나 혹은 차에서 내릴 때 자물쇠를 채우는 것은 정직한 사람에게 나쁜 짓을 하지 않도록 하기 위해서이다.

우리는 남을 유혹해서는 안 된다. 유혹하지 않기 위해서는 자물쇠를 채울 필요가 있다.

목표한 인간이 되는 기술을 익혀라

황금은 뜨거운 난로 속에서 시험 되며
우정은 역경에 의하여 시험 된다.
* 메난드로스

인생은 극장이고 무대이다. 그리고 자신이 그 무대의 연출가이며 주역이다.

그러므로 인생 무대의 완전한 주역이 되는 기술을 몸에 익히는 것이 중요하다.

성공하여 승자가 되기 위해서는 평탄한 길만이 아니라, 산과 계곡의 험로를 넘어야 한다.

괴롭고 힘들어도 도중에 목표를 포기하지 않고 손쉽게 승자가 되는 방법을 가르쳐 주겠다.

그것은 자기식의 의미 변환, 목표 변환을 하여 다른 생각으로 잠시 쉰 후에 다시 전진하는 방법이다.

괴롭고 힘들 때를 극복하는 또 다른 방법은 인간의 습관성을 활용하는 것이다.

아무리 괴롭고 힘들어도 한 가지 일을 2주일 이상 계속하면 몸에 밴 습관처럼 되고, 도중에 포기하면 오히려 정신적으로 불안해져 안정되지 않는다.

이 습성을 잘 활용하는 것이다.

그리고 후회 없는 오늘, 내 인생이 끝나도 후회가 없도록 하루하루를 충실하게 살아가면 만족한 삶의 방법이 될 것이다.

가난은 수치가 아니다. 그러나 명예라고 생각하지 말라

돈은 기회를 제공하고 많은 가능성을 실현할 수 있다.

가난은 시詩 속에서는 아름답지만, 집 안에서는 미움이다.

설교에서는 깨끗한 것으로 표현되지만, 실생활에서는 가엾을 것이다.

돈을 찬양해서도 안 되지만 멸시해서도 안 된다.

돈은 더러운 것도 아름다운 것도 아니다. 사람의 생활 도구 가운데 하나일 뿐이다. 돈은 유용한 도구이므로 되도록 많이 갖고 있으면 좋다.

그것을 어떻게 사용하느냐 하는 것은 돈을 갖고 있는 사람의 지성과 지혜에 달려있다.

신념의 인간이 되라

불행한 사람은 언제나 자기가 불행하다는 것을
자랑삼고 있는 사람이다.

• 럿셀

자기 암시의 힘을 사용해 자신의 소망인 돈이나 그 외의 어떤 것을
성취하려 할 때, 반드시 알아두어야 할 중요한 사항이 있다.

그것은 바로 신념이란 자기 암시로 잠재의식에 내재한 가르침을 통
해 만들어지는 것으로, 일종의 정신 상태라는 점이다.

좀 더 알기 쉽게 설명한다면, 당신은 어떤 목적으로 이 책을 읽고
있는가?

아마도 당신의 마음 깊은 곳에서 움직이는 '어떤 소망'을 돈이나 그
밖의 어떤 걸로 '전환하는 능력'을 갖기 위해서 이 책을 읽을 것이다.

당신은 마음속의 '자기 암시'나 '잠재의식' 등의 각 단계를 읽고 이
해하며, 그것을 시험적으로 실행해 가는 과정에서 마음속의 신념이
굳어진다는 느낌을 틀림없이 갖게 된다.

즉, 신념은 이 책에 실린 13원칙을 한 계단 한 계단 올라감으로써
자연히 양성되는 강한 정신이다.

당신의 소망을 잠재의식 속에 되풀이해 주입하는 과정에서 당신은
'신념의 인간이 된다.'라는 말은 무거운 죄를 저지른 범죄자의 심리를

분석하면 더욱 쉽게 이해할 수 있다.

어느 유명한 범죄 심리학자는 "처음으로 죄를 저질렀을 때는 누구나 자신을 증오하고 슬퍼하지만, 2~3번 죄를 거듭할수록 점점 익숙해져서 끝내는 죄의식이 없어져 버린다."라고 말한다.

이것은 '어떤 정보든 잠재의식 속에 되풀이해서 주입하면, 그 사람의 성격이 점점 변하고, 드디어 사람 자체가 완전하게 변한다.'라는 사실을 증명해 준다.

또한 인간의 사고는 신념과 이어져 그 사람 자체를 창출한다. 건전한 사고는 건전한 인간을 만들며, 나태한 사고는 무서운 범죄자를 만든다.

사고는 감정의 자극을 받아 비로소 생명(생기)을 가지고 행동을 유발한다. 특히 신념, 사랑, 성 따위의 감정이 '즉각' 사고와 연결되면, 그 에너지는 상상을 초월한다.

즉, 신념 등의 적극적 자극은 잠재의식에 작용해 그 사람을 행복으로 인도한다. 반면, 나태나 비판주의 등의 소극적인 자극도 잠재의식에 작용하는데, 이는 결과적으로 사람들에게 불행을 초래하는 원인이 된다.

하루의 고뇌는 그날 하루로 족하다.
자신의 삶을 의혹과 공포 속에서 낭비하지 말라.
현재의 의무를 잘 수행하는 것이 앞으로의 몇 시간 또는 몇 세기를 위한
최선의 준비임을 믿고 열심히 자기의 일에 종사하라.

신념이 기적을 낳는다

내일을 위한 최선의 준비는
오늘의 일을 가장 훌륭하게 하는 것이다.
· 오슬러

지금 당신 안에는 상상조차 하지 못했던 어떤 훌륭한 것을 현실화
시킬 수 있는 한 알의 씨앗이 잠자고 있다.

바이올린 명연주자가 바이올린 줄에서 명곡을 창조해 내는 것처럼,
당신도 마음속에서 잠자고 있는 훌륭한 재능을 끌어내길 바란다.

링컨은 40세가 될 때까지 하는 일마다 실패의 연속이었다. 어디를
가나 누구도 상대해 주지 않는 존재였다. 그러나 어떤 한 사건이 계기
가 되어 그의 마음속에서 잠자고 있던 천재적 재능이 눈을 떴다. 그
결과 그는 세계적인 지도자가 되었다.

슬픔과 애정이 얽혀 있던 그 '사건'은 링컨이 진심으로 사랑했던 앤
리트레치가 원인이었다. 사랑의 감정은 신념과 유사한 마음의 상태다.
사랑도 신념과 마찬가지로 인간을 변화시키는 힘을 가지고 있다.

이것은 대성공을 거둔 수많은 사람을 조사하던 과정에서 내가 발견
한 것으로, 성공을 이룬 위대한 인물들은 누구나 여성(또는 남성)의
사랑으로 굳게 지탱하고 있었다.

신념의 힘에 대해 좀 더 상세히 알기 위해 '신념에 산 사람들'을 살펴보자.

먼저 대표적인 인물은 예수 그리스도다. 누가 어떤 반론을 내놓는다 해도 그리스도의 근본은 의심할 여지 없이 '신념'이다.

그리스도의 가르침이나 위업은 '기적'이라고들 하지만, 그 기적은 신념 이외의 다른 아무것도 아니다.

즉, 기적은 신념의 힘으로 일어나는 것이다.

인도의 마하트마 간디는 어떤가. 그는 신념의 놀라운 가능성을 믿었던 인물이다. 그에게는 한 벌의 옷을 살 돈도, 군함도, 그리고 한 사람의 병사도 없었지만 '신념'이라는 위대한 재산을 가지고 있었다.

그 신념의 힘이 2억 국민의 마음을 움직이게 해, 마치 한 사람의 마음처럼 한곳에 모은 것이다. 신념 이외에 이런 아슬아슬한 곡예를 수행할 힘이 달리 무엇이 있겠는가.

주위의 모든 것과 자신의 상황에 불만을 느낄 때는, 껍데기 속으로 움츠러드는 달팽이처럼 이 세상에서의 자신의 사명에 대해 깊이 생각하면서, 자신을 이런 상태로 이끈 조건이 지나갈 때를 기다려라. 그러면 다시 자신의 인생에서 해야 할 일에 뛰어들 힘이 솟아날 것이다.

성공을 약속하는 것은 신념이다

우리의 목적이 먼 곳에 있으면 있을수록
노력의 결과를 보고 싶다는 생각이 적으면 적을수록
성공의 정도는 높고 넓어진다.
• 존. 러스킨

'패배자', 이 부정적인 문구가 홍콩 구룡의 구불구불한 길을 걷던 내 눈에 들어왔다. 나는 문신 가게의 진열장에 내 걸린 그 글자를 응시했다. 아마도 문신 문구의 표본인 것 같았다.

진열장에는 이 밖에도 깃발이나 인어(人魚) 등 흔히 볼 수 있는 무늬가 장식되어 있었다.

충격을 받은 나는 가게 안으로 들어가 주인인 듯한 중국인에게 "패배자라는 단어를 새기는 사람이 있나요?"라고 물었다.

그러자 중국인은 "네. 가끔 있어요."라고 대답한 뒤 머리를 가볍게 치면서 서툰 영어로 "하지만 대부분 몸에 그려 넣기 전에 이미 머릿속에 그려 넣은 후에 오지요."라고 덧붙였다.

사람은 누구나 '나에게는 능력이 없다. 나는 태어나면서부터 패배자였다'라고 생각하는 순간, 이미 정신적인 면에서 패배자가 되고 만다. 그러므로 '나는 태어나는 순간부터 승자였다.'라는 확신에 찬 말을 자신에게 주입하는 것이 중요하다.

승자가 되기 위해서는 먼저 신념을 가져야 한다. 승자란 예외 없이 신념을 가진 사람이기 때문이다. 반면, 패자가 신념을 가졌던 적은 단한 번도 없다.

여기에서 말하는 신념을 가진 사람이란 하느님과 인생, 미래, 자기의 남편 혹은 아내와 자식, 하는 일과 나라, 그리고 자기 자신을 믿는 사람을 의미한다.

내가 어떤 사람에게 이렇게 말하자, 그 사람이 "저는 하느님을 믿습니다. 하지만 저 자신을 믿는 자신감 넘치는 사람은 아닙니다."라고 했다. 그래서 나는 그에게 "자신을 믿을 수 없다면, 하느님을 믿고 있다고도 할 수 없습니다. 당신을 만든 분이 하느님이니까요."라고 말해 주었다.

그런 다음 뉴욕 포링의 한 약국에 있던 포스터에 관한 이야기를 해 주었다.

그 포스터에는 반듯한 자세로 서 있는 소년의 모습과 '나는 나 자신을 믿는다. 나를 만든 이는 하느님이므로 내가 쓸모없는 인간일 리 없다.'라는 말이 적혀 있었다.

미국의 유명한 학자인 윌리엄 제임스는 최고의 지식인이자 철학, 해부학, 심리학 교수이다. 그는 마음과 몸을 모두 연구한 학자라 할 만하다.

제임스는 신념에 대해 "잘 될지 어떨지 알 수 없는 사업을 시작할 때, 신념을 갖고 있으면 아무리 모험적인 사업가라도 성공할 수 있다."라고 설명했다.

성공을 약속하는 것은 지식도, 교양도, 훈련도, 경험도, 돈도 아니다. 그것은 바로 '신념'이다. 즉, 사업에 대한 신념과 자신을 믿는 마음이 성공에 꼭 필요한 조건이다.

물론 다른 조건도 매우 중요하긴 하지만, 제일 기본적인 조건은 자신이 바라는 대로의 성과를 올릴 수 있다는 적극적인 사고방식이다.

제임스는 또 "인생을 무서워해서는 안 된다. 인생은 살아갈 만한 가치가 있다고 믿어야 한다. 그렇게 믿으면, 인생은 정말로 살아갈 만한 가치가 있는 것이 된다."라고 말했다.

신념을 가진 사람들은 정말 멋지다. 그들은 무슨 일이 일어나던 기가 꺾이지 않으며, 아무것도 두려워하지 않는다. 불안이 느껴질 때도 잘 극복해 나간다.

그들은 기력으로 충만해 있고 위대하며 늠름한 사람으로, 무슨 일이든 해결하고 실행하며 목표를 달성해 결국 승리자가 된다.

그들에게 있어서 마법의 말은 '신념'이다. 즉, 그들은 어떠한 문제에 직면하게 되면 반드시 그것을 극복하거나 해결하고, 서로 잘 화합해 나간다.

때로는 매우 심각한 문제가 생길 수도 있는데, 신념을 가진 사람에게는 그런 일이 그다지 대수롭지 않다. 어떤 문제이든 반드시 해결할 수 있다는 자신감으로 대처해 나가기 때문이다.

또한 신념을 가진 사람은 자신이 너무 참혹한 처지에 빠져 있다든지, 불공평한 대우를 받는다든지 등의 푸념이나 넋두리를 늘어놓으며 엎드려 기듯이 돌아다니는 식의 시간 낭비를 절대로 하지 않는다.

그들은 어려움을 직시하면서 "나는 하느님에 의해 만들어졌으므로, 무슨 일이 일어나든 간에 패배하지 않는다."라고 말한다.

나는 우리 모두 승리자가 되도록 만들어졌다고 믿는다. 나약함을 극복하고, 큰 인물이 되고 싶다면 반드시 신념을 가져라.

모든 어려움은 다리 밑으로 흘러가는 물과 같다

생각하는 것이 인생의 소금이라면
희망과 꿈은 인생의 사랑이다.
꿈이 없다면 인생은 쓰다.
• 캐넌 리튼

물론 신념을 갖고 싶으면서도 잘 안되는 사람들이 있다.

만일 너무 오랫동안 고생하고 있거나 큰 잘못을 저지른 사람들은 어떻게 해야 할까?

이러한 의문이 생긴 날, 나는 어느 청년 변호사가 나를 찾아왔던 일을 기억해 냈다.

그 변호사는 엄청난 절망감에 빠져 완전히 희망을 잃고 있었다. 중대한 잘못을 저지른 탓에 큰 법률사무소에서 해고당한 것이다.

그는 낙담한 채 방안을 왔다 갔다 하며 "왜 그따위 어리석은 짓을 했을까. 그 일 때문에 경력에 흠이 생겼잖아. 이제 겨우 시작하는 단계인데……"라며 자책했다.

그러더니 슬픈 표정으로 의자에 쓰러지듯 털썩 주저앉았다. 완전히 의기소침한 모습이었다.

그때 내 책상 위에는 「트레드 브리에드 신문」에 실려 있는 글로브 패터슨의 글이 놓여 있었다.

나는 그 글을 청년에게 읽어주었는데, 그 글이 그에게 기적적으로 영향을 미쳤다.

이 글은 내가 수년 전 처음 읽었을 때부터 나에게 잊을 수 없는 감명을 안겨준 내용으로, 나의 자서전인 『적극적으로 살아가는 기쁨(The True Joy Positive Livine)』에서도 소개한 바 있다.

한 소년이 다리 난간에 기대어 흘러가는 강물을 내려다보고 있었다. 수면은 깨끗했지만, 그 강물은 수백 수천수만 년 전과 다름없이 계속해서 흘러가고 있었다. 때로는 물의 흐름이 빨라지거나 느려지기도 하지만, 흘러가는 것 자체는 변함이 없었다.

흘러가는 강물을 바라보던 소년은 그날 한 가지 사실을 발견했다. 그것은 손으로 만질 수 있는 물리적인 것도, 눈에 보이는 시각적인 것도 아닌 어떤 '사고방식'이었다.

인생의 모든 일은 언젠가는 저 아래 강물처럼 다리 밑으로 흘러간다는 사실을 별안간 깨달은 것이다.

소년은 그 '다리 밑으로'라는 말이 마음에 들었다.

그날 이후 그 사고방식은 소년의 인생에 큰 영향을 미쳤다. 어둡고 곤란한 문제나 괴로운 순간도 있었지만, 이 사고방식 덕분에 헤쳐 나갈 수 있었다.

돌이킬 수 없는 실패를 저지르거나 무엇을 잃어버려 되찾을 수 없을 때, 지금은 어른이 된 그때의 소년은 '다리 밑으로 흘러가는 물과 같다.'라고 말했다.

그는 실패한 것을 마음에 두고 쓸데없이 끙끙 앓거나 좌절하는 일이 절대로 없었다. 그것은 다리 밑으로 흘러가는 물과 같다고 생각했기 때문이다.

젊은 변호사는 내가 이 글을 읽는 동안 꼼짝도 하지 않았다. 그리고

잠시 뒤 자리에서 일어나 내 손을 잡으며 정감 어린 목소리로

"그 이야기의 의미를 잘 알았습니다. 이번의 경험에서 많은 것을 배우고, 다음에는 '다리 밑으로 흘러가는 물'처럼 흘러가도록 맡기겠습니다."

라고 말했다.

그는 그날 현재의 자기 자신에 대해, 그리고 장래에 대해 새로운 자신감을 가진 채 내 방을 나갔다. 그리고 실제로 그 젊은 변호사에게는 멋진 장래가 열렸다.

부의 패러독스

돈은 있는 것이 좋다.

그러나 모두가 돈을 많이 갖게 되면 돈의 가치는 떨어지고 만다.

빈부의 차가 있어야 돈의 가치가 있게 된다.

부자가 되고 싶다는 바람은 가난한 사람들의 절실한 욕망이다.

모두가 부자라면 그 의미가 없어진다.

그러므로 부자는 적고 가난한 사람들이 압도적으로 많다.

가난한 사람들이야말로 부의 원천이라는 것이다.

가난한 사람이란 문자 그대로 가난한 사람인 경우도 있고,

부자도 포함해서 고객은 모두 가난한 사람이라고 생각해도 좋다.

왜냐하면 구매하는 사람은 자신이 갖고 있지 못한 것을 원해서 사는 것이기 때문이다. 원하는 것을 갖고 있지 못하다는 것은 가난한 것이다.

이렇듯 고객이라는 점에서는 부자도 자신이 갖고 있지 못한 것을 구매하는 것이기 때문에 역시 가난한 자이다.

할 수 있다고 생각하는 사람이 승리한다

인생에 있어서 성공의 비결은
성공하지 못한 사람들만이 안다.
• 콜린즈

잠재의식은 건설적인 사고와 파괴적인 사고를 구별할 수 없으며,
열등감이나 두려움뿐 아니라 용기나 신념에도 민감하게 반응한다.

따라서 자기 암시는 그것의 사용 방법에 따라 행복과 번영을 가져
다줄 수도 있지만, 인간을 절망의 구렁텅이에 빠뜨리기도 한다.

만일 당신이 두려움이나 의심, 또는 열등감에 사로잡혀 있다면, 그
감정이 어느 사이엔가 자기 암시처럼 내재화되어 당신은 정말 있으나
마나 한 삶을 살게 될 것이다.

요트는 돛을 조종하기에 따라 동쪽으로 가기도, 또는 서쪽으로 가
기도 한다. 당신의 인생도 당신의 사고방식에 따라 행복해지기도, 또
는 파멸되기도 한다.

이번에는 자기 암시의 작용을 뛰어나게 표현한 시 한 편을 소개하
겠다.

만일 당신이 인생에서 진다고 생각한다면
당신은 질 것입니다.

만일 당신이 안 된다고 생각한다면
당신은 안 될 것입니다.
만일 당신이 이기고 싶다는 마음 한구석에
이것은 무리라는 생각을 한다면,
당신은 절대로 이기지 못할 것입니다.
만일 당신이 실패한다고 생각한다면
당신은 실패할 것입니다.
세상을 돌아보면 마지막까지 성공을 소원한 사람만이
성공하지 않았던가요.
모든 건 '사람의 마음'이 결정하느니
만일 당신이 늘 '하고 싶다' '자신감을 가지고 싶다'라고 원한다면
당신은 그대로 될 것입니다.
자, 다시 한번 출발하십시오.
강한 사람만 승리한다는 법칙은 없습니다.
재빠른 사람만 이긴다는 법칙도 없습니다.
'나는 할 수 있다.'
그렇게 생각하는 사람이 결국 승리할 것입니다.

이 시에서 제일 중요한 말은 무엇인가? 스스로 생각해 보라. 그리고
마음속에 잘 새겨두어라.

창조력 · 상상력으로 육감을 키운다

세계는 한 권의 책이며, 여행하는 사람들은
그 책의 한 페이지를 읽었을 뿐이다.
- 아우구스티누스

나는 젊은 시절부터 내가 존경하는 위대한 사람에게서 정신적 자극을 받았다.

오래전부터 나는 책을 출간하기 위해, 그리고 대중 앞에서 연설하기 위해 글을 쓰곤 했는데, 그때도 나 자신에게 큰 영향을 미친 아홉 명의 우상을 닮으려고 노력했다. 이러한 노력은 내 성격을 새로 형성하는 습관을 들이게 했다.

아홉 명의 우상은 에머슨, 페인, 에디슨, 다윈, 링컨, 버뱅크, 나폴레옹, 포드, 카네기였다.

수년 동안 나는 매일 밤 '눈에 보이지 않는 조언자'라고 불렀던 이들을 머릿속에서 만나 상담을 하곤 했다. 즉, 밤에 잠들기 전에 눈을 감으면 나와 같은 탁자에 앉아 있는 그들의 모습이 보였다.

그 상상 속에서 나는 위대한 그들과 함께 앉아 있었을 뿐 아니라 의장처럼 그들을 지배하기도 했다.

이러한 밤의 모임에는 확고한 목적이 있었다. 즉, 내 성격을 재형성하고 싶었다. 실제로 내 성격은 상상 속 조언자들의 성격으로 바뀌어

갔다.

내가 젊은 시절 그 사실을 깨달았을 때, 나는 무지와 미신의 환경 속에서 비롯된 핸디캡을 극복해야 했을 뿐 아니라, 위에 서술한 방법을 통해 혁신적으로 재탄생하기 위해 필사적으로 모험을 해야 했다.

우리는 자기 암시가 성격을 형성하는 데 중요한 요소라는 사실을 잘 알고 있다. 솔직히 자기 암시 하나만으로도 성격이 형성될 수 있다.

그런 사실을 알고 있던 나는 성격 재형성에 만반의 준비를 할 수 있었다.

나는 상상 속의 모임에서 그들에게 이렇게 말하곤 했다.

"에머슨 씨, 나는 자연에 대한 당신의 놀라운 이해로부터 당신의 인생을 배우고 싶습니다. 자연의 대원칙을 인정하고 이해할 수 있었던 잠재의식 속의 모든 당신의 능력을 나에게 불어넣어 주었으면 합니다."

"버뱅크 씨, 나는 자연의 법칙을 정확히 파악한 뒤 선인장의 가시를 없애고 식용음식으로 사용한 당신의 지식을 원합니다. 전에 한 번 자랐던 곳에 풀잎을 자라게 한 당신의 지식을 내게 주십시오."

"나폴레옹 씨, 사람들에게 영감을 불어넣는 당신의 놀라운 능력과, 당신을 패배에서 승리로 이끌고 난관을 극복하게 된 당신의 신념을 배우고 싶습니다."

"페인 씨, 나는 나의 확신을 명확하게 표현하기 위해 당신의 명백하고 용기 있는 사상의 자유를 배웠으면 합니다."

"다윈 씨, 나는 선입견이나 편견 없이 성의 기원을 연구하는 과정에서 보여준 당신의 놀라운 능력과 끈기를 얻을 수 있길 바랍니다."

"링컨 씨. 나는 당신의 날카로운 정의감과 지칠 줄 모르는 끈기, 그리고 유머 감각과 이해력, 탁월한 관용을 갖게 되길 원합니다."

"카네기 씨, 나는 당신이 기업 설계에 효과적으로 사용했던 조직화된 계획과 노력의 원칙을 배우고 싶습니다."

"포드 씨, 나는 인간의 노력을 조직하고 결합하며 간편하게 만듦으로써 가난을 극복한 당신의 자기 확신과 결단, 그리고 끈기를 배우고 싶습니다. 나도 다른 사람들을 도울 수 있길 바랍니다."

"에디슨 씨, 나는 대자연의 비밀을 놀라운 신념으로 발견했을 뿐만 아니라 실패를 성공의 어머니로 만든 당신의 끊임없는 노력 정신을 배우길 원합니다."

모르는 것을 남에게 묻는 것을 절대로 부끄러워하지 말라.
진실을 말하는 것이 아무리 괴롭더라도 언제나 진실을 말하라.
학문을 배우고도 그것을 실제로 적용하지 않는 사람은
모처럼 밭을 갈아 놓고 씨앗을 뿌리지 않는 사람과 같다.
참된 지혜는 무엇이 좋은 것이고, 무엇을 해야 하는지, 아는 것이 아니라,
무엇이 가장 좋은 것이고, 무엇이 그보다 덜 좋은 것인지,
따라서 무엇을 먼저 하고 무엇을 나중에 해야 하는지를 아는 것이다.

삶을 지배하는 힘

자신감을 가지라는 것은
인생을 적극적인 면에서 포착하라는 의미다.
· 노먼 필

  당신이 인생을 변화시킬 수 있는 놀라운 능력을 알지 못하는 것은,
마치 뒤뜰에 커다란 다이아몬드가 묻혀 있다는 사실을 알지 못하는
것과 같다.

  평범한 인생을 보내는 사람들이 대부분이고 비참한 삶을 보내는 사
람도 적지 않다.

  그것은 자신이 지닌 능력을 충분히 깨닫지 못하고 활용하지 않기
때문이다.

  당신은 자신의 인생과 더불어 투쟁하려고 하지 말라.

  당신의 삶을 다스리도록 노력하라. 우리는 이 진리를 하루라도 빨
리 깨달아야 한다.

  우리가 자신의 인생을 최대한으로 활용하려면 먼저 삶을 이해해야
한다.

  이 놀라운 힘은 누구나 다 활용할 수가 있다. 거기에는 어떤 특별한
훈련이나 교육이 필요하지 않다. 소질도 필요로 하지 않는다. 부나 명
성도 필요로 하지 않는다.

그 놀라운 힘은 신분과 지위를 막론하고 태어날 때부터 소유하고 태어난다.

당신은 이 놀라운 힘을 인정하여 받아들이고 아낌없이 활용해야 한다. 그리고 하루빨리 성공의 무대에 올라서야 한다.

오로지 침묵하고 감추어라. 너의 감정도, 꿈까지도!
네 영혼 깊이 그것을 키우고 심화하라.
밤하늘에 빛나는 별처럼 그것을 사랑하며 침묵하라!
마음을 어떻게 표현해야 할까, 누가 이해하랴 네 마음을
누가 이해하랴, 네 마음을
누가 이해하랴, 네 생명을
언어는 사상을 속이는 것을, 샘물은 흐름을 꺼리는 것을
오직 침묵하고 헤아려라.
이제는 고독을 배울지니라.
네 마음속에는 한없이 우주의 세계가 펼쳐지거늘
떠들썩함은 마음의 귀를 빼앗고,
드러난 빛은 눈을 빼앗는다.
침묵 속에 마음의 노래를 들어라.

세상은 승자만을 사랑한다

행복이란 몇 방을 자기 자신에게 뿌리지 않고서는
남에게 줄 수 없는 향수와 같은 것이다.
 • 에머슨

댄 할핀(Dan Halpin)은 대학에 다니던 시절 노트르담 축구팀의 매니저로 활동했다. 하지만 그가 대학을 졸업했을 때는 경기가 좋지 않아 취직이 어려웠다.

그는 은행부터 영화사까지 직장을 찾아다녔지만, 쉽지 않았다. 그러다 보청기 위탁판매를 시작했고, 누구도 그 일을 하지 않으려 한다는 사실을 알았다. 그만큼 성공 기회가 충분했다.

할핀은 먼저, 회사 판매 관리자의 도움을 받아 일을 해 가면서 거의 2년 동안 기회를 찾았다. 그리고 얼마 뒤 자신의 회사와 경쟁 관계에 있던 송화 확성기 회사의 사장 앤드루스가 보청기를 생산, 판매하고 있다는 사실을 알게 되었다.

앤드루스 역시 오랜 전통을 가진 회사에서 판매를 담당한 할핀에 대해 궁금해했고, 사람을 보내 할핀을 만나자고 했다. 면담이 끝났을 때 할핀은 보청기 분야의 판매 관리자가 되었다.

그 후 앤드루스는 할핀의 패기를 시험해 보기 위해 석 달 동안 자리를 비우고 플로리다로 떠났다.

할핀은 실패하지 않았다.

"이 세상은 승리자를 사랑하고, 패배자에게는 매정한 것이다."라는 말이 그에게 큰 영향을 미쳤다. 그 결과 할핀은 보통 사람들이 10년 동안 노력해야 겨우 얻을 수 있는 회사의 부사장 자리까지 오를 수 있었다.

이 사례로 내가 강조하고자 하는 바는, 자신을 통제할 수 있는 욕망에 따라 그냥 말단 자리에 남아 있거나, 아니면 높은 자리로 승진할 수 있다는 것이다.

돈과 마음에 대한 격언

- 가난은 수치가 아니지만, 그렇다고 명예로운 것도 아니다.
- 재물이 많으면 그만큼 걱정거리도 늘어난다. 그러나 재물이 전혀 없으면 걱정거리가 더 많다.
- 돈을 사랑하는 마음만으로는 부자가 될 수 없다. 돈이 당신을 사랑하지 않으면 안 된다.
- 부자가 되는 유일한 방법은 내일 할 일을 오늘 해치우고, 오늘 먹어야 할 것을 내일 먹는 일이다.
- 좋은 수입만큼 좋은 약은 없다.
- 돈은 닫힌 문을 쉽게 열 수 있는 황금열쇠이다.
- 겨울에 쓸 땔감에 필요한 돈을 여름철 한가한 때 놀면서 낭비하지 말라.
- 마음의 문은 입, 마음의 창은 귀이다.

성공은 쉽지 않다.
성공의 길은 무지개가 달리는 아스팔트가 아니다. 그 길은 희생과
역경으로 이어진 가시밭길이다.
그러나 그 보수는 크다는 것을 알기 때문에 많은 사람이 어려움을
알면서도 성공을 향해 도전장을 던지는 것이다.
인생에서 승리한 자, 성공한 자만이 아름다운 삶을 살게 된다.

성공의 주인공은 바로 나 자신이다

제3권

성공
나는 인생의 승리자

데일 카네기 씀

인생의 승리자가 되자

지금까지 당신은 이 세상을 살아오는 동안에 이것저것 많은 경험을 겪으면서 자신이 이루어야 할 목표가 쉽게 도달할 수 없다는 사실을 알게 되었을 것이다.

한편 인생이란 그 자체가 치열한 생존의 질주였다는 것도 깨달았을 터이다.

성공은 우리에게 많은 즐거움과 행복을 가져다준다. 그러나 그 성공이 그렇게 쉽게 얻을 수 있는 것이 아닌 데에 우리들의 고민이 있다. 설혹 작은 성공 한 가지를 이루었다고 하여도, 또다시 새로운 도전이 기다리고 있기 때문이다.

성취는 쉽지 않다. 성공의 길은 무지개가 달리는 아스팔트가 아니다. 그 길은 희생과 역경으로 이어진 가시밭길이다. 그 반면에 보수는 크다는 것을 알기 때문에 많은 사람이 어려움을 알면서도 성공을 향해 도전장을 던지는 것이다.

만약 당신이 이처럼 장애와 위험이 가득 찬 길에 뛰어들 수 없다면, 당신은 그저 보통 사람으로 살거나, 아니면 승리한 자들에게 짓밟히며, 그들의 그늘에서 비참한 삶을 살게 될 것이다.

인생에서 승리한 자, 성공한 자만이 자신의 자존심을 지키며 아름다운 삶을 살게 되는 것이다.

다행히 이 책이 그러한 당신의 욕구에 부응할 만한 좋은 가이드가 될 것이라고 믿는다. 이 책을 통하여 성공의 원리를 이해하고 실천, 노력하여 성공하길 바란다.

인생은 연습이 아니다. 지나간 시간을 돌이킬 수 없다. 그렇기에 우리 모두 성공해야 한다. 승리해야 한다.

승리와 성공은 당신의 일생에서 당신의 일을 통하여 획득하게 되는 생의 실적이며 보람이다.

성공은 영원히 빛나는 당신의 훈장이다.

데일 카네기 씀

성공으로 가는 길

성공을 위해서는 다음과 같은 점에 유의해야 한다.

첫째, 꿈을 가져야 한다. 꿈이 없으면 희망도 없고 성공도 없다. 따라서 꿈과 목표를 먼저 결정해야 한다.

둘째, 목표를 설정한 후엔 구체적 실천 계획을 세워야 한다.

셋째, 성공에는 반드시 장애가 따르기 마련이다. 목표에 방해가 되는 요인들을 극복할 수 있는 방법을 찾아내야 한다.

넷째, 신념과 열정을 가져야 한다.

'꿈은 반드시 이루어질 것이다.'라는 신념을 갖고 열정을 불태우며 전진해야 한다.

다섯째, 실패를 두려워해서는 안 된다.

모든 성공의 이면에는 실패와 좌절이라는 과정이 있게 마련이다. 따라서 어려운 상황에 놓이더라도 자포자기하지 말고 적극적이며 끈기 있게 밀고 나가는 용기와 지혜가 필요하다.

여섯째, 자기 최면과 잠재의식을 활용한다.

명상을 통한 자기 최면과 '나는 반드시 해내고야 말 것이다.'라는 확신을 잠재의식에 불어넣어 주어라.

일곱째, 최선의 노력을 다한다.

성공을 위해서는 최선의 노력이 필요하다. 감나무 밑에 가서 흔들어야 감이 떨어지는 법이다.

* * *

당신은 확실히 성공한다

1. 약한 사람일수록 무모한 짓을 하지 않고 기회를 참을성 있게 기다린다.

2. 성공한 사람은 기회를 잡았을 때 적극적인 힘으로 붙잡는다.

3. 계획성을 갖고 문제에 몰두하지 않으면 시간을 낭비하게 된다.

4. 건강하지 않으면 안 된다. 육체뿐만 아니라 정신적으로도 건전하지 않으면 충분한 노력이나 행동이 불가능하다.

5. 자기 자신을 확립시키고 신념과 자신을 갖는다.

6. 균형을 잃지 않는 중용의 사고를 지닌다.

7. '오늘 하루'를 힘껏 외치고 마음대로 꿋꿋하게 살아간다.

성공형 인간의 일곱 가지 조건

인간의 삶을 양지와 음지, 두 가지 측면으로 볼 수 있는데, 어떤 사람은 양지쪽을, 또 어떤 사람은 음지쪽을 보고 있어서 인생의 종착역이 크게 달라지는 경우를 본다.

성공한 인간이 보는 양지쪽 측면이란 다음과 같다.

1. 꿈, 이상, 목표

달성하려고 하는 종착역이 없으면 노력의 의미가 없고, 열의가 나지 않는다.

2. 건강

건강은 활동의 원동력이자 행동력의 원천이다. 건강관리란 그냥 장수하겠다는 막연한 차원을 넘어 활력을 얻기 위함이다.

3. 일에 대한 열의와 사랑

일에 대한 열의와 사랑이 없으면 성과가 오르지 않으며 보람을 느낄 수 없다.

4. 학구열

배워서 발전하겠다는 자세를 갖지 않으면 제자리걸음으로 끝날 가능성이 크다.

5. 인맥

많은 사람을, 그것도 이질적인 사람을 많이 만나고 경청하는 태도를 기른다.

6. 적극성

불가능을 생각지 말고, 어떻게 하면 가능하게 되는가를 찾아낸다.

7. 자립성

자기의 실력으로 도전한다. 결과가 좋지 않을 때는 자기의 노력이나 실력이 부족하다고 생각한다.

* * *

자기 자신이 바라는 인생을 산다

- 자기 자신을 가장 먼저 생각한다.
- 자신만의 장점만을 의식한다.
- 하고 싶지 않은 일은 하지 않는다.
- 싫은 소리를 하는 사람과는 상대하지 않는다.
- 자기의 일을 즐긴다.
- 성공을 이루기 위해 구체적으로 행동한다.
- 자기 자신의 가치를 믿는다.
- 스스로 생각하고 스스로 결정한다.
- 자기 자신은 반드시 행복해진다고 믿는다.

성공의 원리

　누구나 성공을 원한다. 사람들 대부분은 성공을 꿈꾸며 많은 세월을 보낸다. 어떻게 해야 성공할 수 있는가에 대한 이야기가 나오면 불원천리 달려가서 들으려고 한다. 이러한 사람 중에는 분명히 당신도 포함되어 있다.

　하지만 성공은 쉽게 얻어지는 것이 아니다. 확고한 목표를 세우고 신념을 가지고 열심히 노력한다고 하더라도 중도에 수없이 많은 난관과 장애물이 시련을 가져다준다. 그래서 성공은 '활동하고 있는 신념'이라고 표현한다.

　성공의 원리 중 하나는 사람들 대다수가 하지 않는 일을 수행하는 작업임을 잊어서는 안 된다. 그러므로 읽거나 배우거나 일하지 않는 사람은 인생의 패배자이다.

　그들은 인생 싸움터에서의 패배라기보다 태만 때문에 실패자가 되는 것이다.

　성공하기 위해 절대적으로 필요한 것은 인내와 노력이다. 다음 이야기를 참고해 보자.

월머는 여섯 살의 어린 소녀이다. 소녀는 늘 생각하고 있었다.

'이 작은 도시를 떠나서 여행하고 싶다. 그리고 넓은 세상 속에서 내 삶의 자리를 잡는 거야.'

사실, 월머는 아주 작은 어린 아기 때부터 여행 경험이 있었다. 집에서 남쪽으로 80㎞ 떨어진 곳에 내시 빌 병원이 있었는데, 월머는 치료를 받기 위하여 수년간 버스를 타고 다닌 것이다.

월머는 출생할 때 조산아로 태어났다. 더욱이 소아마비에 걸렸기 때문에 그녀의 왼쪽 다리는 구부러졌고 양말을 신으면 안쪽으로 꼬였다. 그래서 다리에 보족 장치를 하고 다녔는데, 저녁 식사 때가 되어 식탁까지 가는 경주에서는 다른 형제, 자매들과는 경쟁이 안 되었다.

월머는 병원에 갔을 때 항상 의사에게 묻곤 하였다. 어떤 때는 세 번, 네 번을 연거푸 물었다.

"언제, 이 보족 장치 없이 걸을 수 있나요?"

의사는 그때마다 월머가 실망하지 않도록 대답했다.

"좀 더 두고 보자. 곧 좋아질 거야."

집으로 돌아오는 도중에 그녀는 먼 훗날 귀여운 아이를 거느리고 있는 행복한 어머니가 되는 꿈을 꾸곤 했다. 또한 그녀는 세상 사람들에게 특별한 공헌을 하고 아름다운 세상을 경험하는 꿈을 어머니에게 이야기하기도 했다.

사랑이 넘치고 의지가 강한 그녀의 어머니는 월머의 말을 참을성 있게 들어주고, 다음과 같은 말로 어린 딸을 안심시켰다.

"애야, 인생에서 가장 중요한 것은, 네가 그것을 믿고 계속 노력하는 것이란다."

이제 11세의 소녀는 그 보족 장치를 언젠가는 필요 없게 될 것이라고 믿기 시작했다. 의사는 그다지 확신하지 않았으나 가벼운 다리 운동을 제안했다. 그러나 월머는 자기의 다리에는 운동을 많이 하는 게 더 좋으리라고 생각했다.

월머의 가족들은 독실한 기독교 신자였는데, 정직은 그녀가 항상 실행한 미덕이었다. 그러나 한 가지에서만은 '그 원칙을 약간 어겼다'라고 술회하고 있다.

의사는 가족 모두에게 월머의 다리 운동시키는 방법을 가르쳐주었다. 그러나 월머는 마사지에 대해서 의사와 다르게 생각했다. 그녀는 부모가 집을 나가고 없을 때면 형제자매 중의 한 명을 파수꾼으로 문 옆에 서 있게 하였다.

그리고 그녀는 매일 보족 장치를 풀고 고통스럽게 몇 시간 동안 집 주위를 걸었다. 만약 누가 들어오면 파수꾼은 얼른 그녀를 침대로 데리고 가서 다리 마사지를 하는 것처럼 행동했다.

이런 일을 약 1년간 계속했다. 그녀는 자신감이 생겼지만, 남을 속였다는 죄의식 때문에 고통스러웠다. 그녀는 자기가 하는 이 치료법을 어머니에게 어떻게 말해야 할지 걱정스러웠다.

내시 빌에서 정기 검진을 받을 때, 월머는 심판의 날이 왔다고 생각했다.

"선생님께 고백할 일이 있어요."

그녀는 의사에게 말했다. 이어서 그녀는 보족 장치를 떼어버리고 의사가 앉아 있는 곳까지 걸어갔다. 이 기적적인 순간을 모두가 지켜보고 있었다.

"저는… 가끔 보족 장치를 떼어버리고 집 주위를 걸어 다녔어요."

"좋아, 이 사실을 정직하게 말해 줬기 때문에 다음부터는 네가 보족 장치 없이 집 주위를 걸어 다니도록 허락하겠다."

의사는 대답했다. 결국 그녀는 보족 장치를 다리에 붙이지 않았다.

* * *

일은 성공의 첫걸음이다

오랫동안 실직으로 놀던 사람보다 직장에서 일하는 사람이 다른 직장을 구하기가 더 쉽다. 기업주는 집안에서 빈둥거리고 있는 사람보다는 현직에서 일하는 사람을 더 원하기 때문이다.

취직은 성공에 이르는 첫째 관문이다. 그러나 첫 취업은 매우 어렵다. 일단 취직이 되면, 당신은 점차 승진을 기대할 수 있다. 첫 관문을 통과하면, 그다음을 통과하기는 비교적 쉬운 법이다.

일도 마찬가지다. 처음 일을 시작하면 많은 어려움이 뒤따른다. 그러나 동료들과의 근무 시간이 즐겁다는 사실을 깨닫게 된다. 일을 시작하라. 시작이 절반이다. 당신이 해야 할 일이 보람 있는 일이라면, 즉시 시작하라.

일을 구하는 많은 젊은이는 처음부터 완벽한 직장을 원한다. 대우가 좋고 장래가 보장되는 완전한 직장에 애정을 갖고 있다. 그러나 세상에는 그렇게 입에 맞는 떡은 많지 않다. 나름대로 결점이 있게 마련이다. 따라서 처음부터 완전무결한 직장을 구하려고 한다면 무리가 따를 것이다.

일도 마찬가지다. 아무리 하찮게 보이더라도 올바른 일이라고 판단되면 시작하라. 그러면 더 좋은 일을 구할 수 있는 발판을 마련하는 계기가 된다.

성공의 기준

성공에 관한 생각은 사람에 따라 다르다. 그러나 일반적으로 사람이 세상을 살아가는 데 있어서 개개인이 갖고 있는 꿈과 바램을 이루는 일이 성공이라고 말할 수 있을 것이다.

성공에는 두 가지 기준이 있다.

첫째는 다른 사람이 당신을 성공자로 생각하느냐 하는 것이고,

둘째는 당신 자신도 그렇게 생각하고 있느냐 하는 점이다.

세상 사람들이 모두 당신을 보고 성공한 사람이라고 인정한다고 하여도 스스로가 성공했다고 생각하지 않으면, 그 성공은 아무런 가치가 없다.

노벨 문학상 수상자 윌리엄 포크너는 말했다.

"나는 방랑자로 태어나서 아무것도 갖고 있지 않았을 때가 가장 행복했다. 나는 그때 큰 주머니가 달린 방수 외투만을 입고 다녔다. 그리고 그 주머니에 한 켤레의 양말과 셰익스피어의 작품 한 권, 한 병

의 위스키가 있었다. 그래도 그때가 나는 가장 행복했다. 그 무엇도 원하지 않았고, 어떤 책임도 지지 않았기 때문이다."

* * *

삶을 지배하는 힘

당신이 인생을 변화시킬 수 있는 놀라운 능력을 알지 못하는 것은, 마치 자기 집 뒤뜰에 다이아몬드가 묻혀 있다는 사실을 알지 못하는 것과 같다.

평범한 인생을 보내는 사람들이 대부분이고 비참한 삶을 보내는 사람도 적지 않다. 그것은 자신이 지닌 능력을 깨닫지 못하고 활용하지 않기 때문이다. 당신이 자기의 능력을 깨닫지 못하고 활용하지 않기 때문이다.

당신은 자신의 인생과 더불어 투쟁하려고 하여서는 안 된다. 당신의 삶을 다스리도록 노력하라. 이 진리를 하루라도 빨리 깨달아야 인생의 길을 달려갈 수 있다.

우리가 자신의 인생을 최대한으로 활용하려면, 먼저 삶을 이해해야 한다.

이 놀라운 힘은 어떤 특별한 훈련이나 교육이 필요하지 않다. 소질도 필요로 하지 않는다. 부와 명성도 필요로 하지 않는다. 그 놀라운 힘은 신분과 지위를 막론하고 태어날 때부터 소유한다는 기적 같은 사실이다.

그러므로 당신은 이 놀라운 힘을 인정하고 받아들여 아낌없이 활용해야 한다. 그리고 하루빨리 성공의 무대에 올라서야 한다.

성공은 자존심을 갖게 한다

성공이란, 삶에서 얻는 모든 훌륭한 것을 뜻한다.

성공은 사람들로부터 칭찬을 받는 것, 사람들을 지도하는 위치에 서 있는 것, 일이나 사회생활에 있어서 사람들에게 존경의 대상이 되는 존재를 의미한다.

성공은 괴로움, 두려움, 욕구불만, 실패 등으로부터의 해방된 자유의 표상이다.

성공은 당신의 자존심을 높여주고 끊임없이 보다 많은 행복과 만족을 보상해 줄 것이다.

성공은 승리를 뜻한다.

인간은 누구나 성공하기를 바라고 있다. 이 세상이 줄 수 있는 최선의 것을 원하고 있다.

남에게 뒤떨어진 불행한 생활을 하고 싶은 사람은 아무도 없다.

그러기 때문에 모두 성공을 염원한다.

자기는 삼류에 속하는 사람이어서 어쩔 수 없이 세상을 살고 있다고 자포자기하는 나약한 생각은 누구에게나 비참하고 자존심 상하는 삶이다.

자기 인생은 자신이 책임져야 한다는 자존심을 가질 때 성공의 문을 열 수 있다.

* * *

삶의 향기를 음미하라

조그만 침대에서 긴 여름밤을 낭비하고 나서야 인생이 얼마나 귀중한가를 깨닫고, 50대 60대가 얼마나 빨리 다가오고 그 모든 걸 감사히 받아들이지 못한 것을 후회하게 된다는 사실을 젊은 시절에 깨닫게 하는 방법은 더 이상 없는 것 같다.

젊은 시절에 주어진 행복을 놓치지 않으려면, 모든 걸 이용하고, 모든 제안을 받아들이고, 무전여행도 해보고, 주말에 다른 사람의 집에서 보내기도 하고, 하룻밤쯤 멋을 내기 위해 모피코트를 빌려 입어도 보고, 파티에서 남은 과일을 싸 들고 집으로 돌아와 보기도 해야 한다.

혹 근사한 보석이라도 있다면, 상자 속에 처박아 두지 말고 마음껏 사용하는 것이 좋다.

친구도 올바르게 이용할 줄 알아야 한다. 당신의 아파트로 친구들을 불러들여 즐기는 데 사용될 수 있어야 하고, 즐거움을 얻을 수 있도록 사용하지 않은 그 모든 건 당신이 낭비해 온 것 중에서 가장 큰 낭비가 될 것이다.

당신이 바로 성공의 기회이다

기회란 무엇인가? 바로 당신이 기회이다.

즉 당신 자신이 스스로 운명을 개척하는 문을 두드려야 한다. 당신은 기회를 깨닫고 그 기회를 붙잡을 수 있는 준비를 해야 한다.

당신의 능력을 계발하고 이미지를 만들어야 한다. 그럼으로써 자존심은 더욱 높아지고 활기에 넘친 삶을 살 수 있게 된다.

기회가 주어질 수 있는 영역은 광범위하다. 흔히 재정적인 성공이나 직장에서의 성공만을 생각하고 그 기회를 한정시켜 생각하는 경향이 있는데, 기회는 어떤 조건에서도 주어질 수 있다.

또 기회는 부정적인 감정을 피해 간다. 기회는 권위 의식이나 편협된 생각, 기만된 행동에서 얻어지는 것이 아니다.

기회는 긴장이나 갈등 속에서도 혼자 힘으로 자신감을 발견하려고 애쓸 때 얻어진다. 자신감은 급변하고 복잡한 이 세상에서 당신에게 내적인 평화와 안도감을 가져다줄 것이다.

당신이 생산적인 목표에 전념할 수 있는 최상의 기회는 꼭 주어진다. 단 거기에는 조건이 있다.

그 목표를 달성하는 데 당신의 능력을 최대한 활용해야 한다는 점이다.

당신의 자존심을 높여 스스로 능력의 힘을 개발시킬 때, 당신은 행동하게 되고 적절한 시기에 기회를 붙잡게 된다.

당신은 자신의 사고 능력을 배양하고 활용할 때, 무한히 뻗어 나가는 존재가 된다.

내적인 힘이 먼저 갖추어져야 성공과 행복이라는 당신의 목표를 향해 나아갈 수 있다.

* * *

두뇌의 힘을 키운다

1. 마음은 우리가 알지 못하는 놀랄만한 능력을 갖고 있다. 성공하고 싶다면, 그 능력을 어떻게 효과적으로 사용할 수 있는지에 대해 연구해야 한다.

2. 당신이 꿈꾸는 단순한 원칙이 사고와 성취를 동등하게 만들어 줄 것이다. 특히 중요한 무형적 요소를 파악한다면 많은 사람이 얻지 못한 힘을 얻게 될 것이다.

3. 몇십억 개나 되는 당신의 두뇌 세포들이 사고력과 창의력과 의지의 패턴을 새롭게 작동시킬 것이다.

4. 많은 사람이 부를 원하지만 부를 얻을 수 있는 계획을 세우는 사람은 거의 없다.

준비된 사람만이 성공의 기회를 발견한다

성공한 사람 중에 실패를 경험하지 않은 사람은 한 사람도 없다. 최선의 노력을 하였는데도 실패하였다면 절대로 포기할 필요가 없다. 다른 계획을 세워서 다시 시작하라.

두 번의 큰 실패에도 불구하고 미국의 대통령이 된 헨리 S. 트루먼의 이야기를 소개하겠다.

그는 석유업에 종사하다가 실패하자, 자기의 전 주식을 친구에게 팔았다. 그 후 회사는 번창했다.

트루먼은 다시 피복업에 종사했으나 전번보다도 더 참담한 실패를 맛보았다. 그러나 그는 실망하지 않고 정치에 투신하여 마침내 미국의 대통령이 되었다.

그는 실패했을 때, 그것은 하나의 계획이 실패한 것이지, 자기가 실패한 것이 아니라고 생각했다.

끈기와 용기를 가진 사람은 일시적인 실패에도 불구하고 계속 발전할 수가 있다. 치열한 삶의 현장에서 계속 일하고 노력하는 사람을 막을 방법은 없다.

준비된 사람만이 성공의 기회를 발견할 수가 있다. 준비된 사람이란, 어떤 일이 있어도 끈기로 밀고 나가는 사람을 말한다.

오늘을 준비한 사람만이 내일을 기대할 수 있는 것이다.

'이 세상에 끈기보다 강한 것은 없다. 재능도 그것을 이기지 못한다. 이 세상에는 재능을 가지고도 성공치 못한 사람들이 많기 때문이다. 천재도 끈기 있는 사람을 이길 수 없다. 성공과 실패를 좌우하는 것은 끈기와 결단, 그리고 남보다 더 성공할 수 있다.'

영국이 위기에 처해 있을 때, 처칠은 끈기와 헌신, 분투, 노력하라고 국민에게 호소하여 위기를 극복하였다.

그리스의 유명한 데모스테네스는 웅변가가 되기 전에는 말주변이 없는 사람이었다. 그는 아버지로부터 많은 유산을 받았기 때문에 평생을 부자로 살 수 있었다.

그러나 그리스법에는 재산에 대한 권리를 대중 앞에서 상세히 설명할 수 있는 사람만이 자기의 재산을 소유할 수 있었다.

그는 말주변이 없어 자기 재산을 모조리 잃게 될 처지에 놓이게 되었다. 그래서 그는 유명한 웅변가가 되기로 결심한 후 열심히 연습하고 노력한 끝에 세계적인 웅변가가 된 것이다.

한 번 실패했다고 해서 실패자가 되는 것은 아니다. 그러나 실패한 상태에서 계속 머물러 있으면 실패자로 전락한다.

인생의 목표는 꼭 필요하다

목표가 없는 사람은 날개가 없는 새와 같은 존재로 지구를 떠돌아다니는 유랑민이다. 그런 사람은 절망과 실패와 좌절을 면치 못할 것이다.

한 보고서에 의하면 양로원에서 살고 있는 노인들의 사망률은 생일과 공휴일 전날에는 비교적 낮다고 한다.

노인들 대부분은 명절이나 생일을 위해서 목표를 세운다. 그날을 멋있게 보내기 위한 설계를 짠다.

그러나 기념일이 지나고 나면, 즉 목표가 달성되면 삶의 의지가 약해져 사망률이 급증한다는 것이다.

자신의 인생에 가치 있는 목표가 확실하면, 그의 삶은 어느 정도 연장될 수 있다. 그러므로 인생의 목표는 무엇보다도 중요한 삶의 터전이다.

그러나 사람들 대부분은 확실한 목표를 가지고 있지 못하다. 그래서 그들은 방랑자의 위치에서 스스로 인생을 낭비하는 것이다.

프랑스의 유명한 곤충학자 쟝 알리 파브르가 날벌레에 관해서 연구하다가 매우 귀중한 사실을 발견하기에 이르렀다.

파브르가 관찰하고 있는 이 날벌레들은 우매하게도 그들 선두 주자만 따라 떼를 지어 날고 있었다.

맨 앞에서 날고 있는 날벌레로부터 이탈하지 않으려고 나머지 벌레들이 빙빙 돌며 필사적으로 뒤를 따른다.

7일 동안이나 밤낮으로 날고 있다가, 결국 기아 상태에 이르러 최후를 맞는다는 것이다.

* * *

인생의 목표

크든 작든 간에 우리에게는 목표가 있다. 공동의 목표도 있고, 개인의 목표도 있다.

'목표란 달성하기 위하여 있는 것이다.'하고 큰소리로 장담하는 사람이 있는가 하면, 목표를 설정하지 않은 채 막연한 상태로 허송세월로 삶을 낭비하는 사람도 있다.

지금 우리가 먼저 해결해야 할 과제도 목표이고, 어떤 기간까지 성취해야 할 골^{Goal}도 목표이다.

공동의 목표이건, 개인의 목표이건, 우선 목표를 세우는 것이 인생의 출발점이다.

삶을 변화시키는 목표와 계획

목표는 당신이 성취하고자 하는 목적이다. 계획은 그 목적을 달성하기 위한 구체적인 방법이다. 목표와 계획은 모두 당신의 마음속에 들어 있는 삶의 터전이다.

주위를 한 번 살펴보아라. 그 모든 게 자연의 일부가 아니라면, 한 사람의 생각에서부터 비롯된 전부이다.

우리가 활용하고 있는 컴퓨터의 시작이 이미 18세기에 헨리밀이라는 영국인의 아이디어에서 나온 것이며, 당신이 지금 읽고 있는 책 역시 마음속에 있는 아이디어로부터 표현된 결정체이다.

당신이 입고 있는 옷, 당신의 집이나 아파트, 그리고 일상생활에 필요한 생활용품 등등, 그 모든 건 누군가의 생각에서 만들어진 산물들이다.

그리고 그 생각한 것들을 설계하고 만들며, 그 물건을 판매하는 일이 다른 이들의 목표로 정해진 산물이다.

모든 눈에 보이는 대상과 사물은 사람들의 마음속에 있는 목표와 계획, 아이디어에서 시작된 상품이다.

실제로 그 뜻을 이해하고 받아들인다면, 당신은 생각하지 못한 커다란 힘을 발휘하게 될 것이다.

우리는 생각을 실천한 성공자들이 모두 신념이 강한 사람들이라는 사실을 깨닫지 못하고 있다.

어떤 사물을 제대로 보지 못하므로 인간의 마음속에서 구체화 된 목표와 계획에도 관심을 가질 수 없다.

오늘날 우리의 교육제도는 학생들에게 목표를 세우고, 그 목표를 달성하기 위해 현실적인 계획을 세우는 일에 소홀히 하고 있다는 사실을 놓쳐서는 안 된다.

학교에서조차 그와 같이 중요한 부분을 다루지 않고 있는 현실 속에서 살고 있다. 가정에서도 마찬가지이다.

자녀 교육에 관심이 많은 부모도 자녀들에게 목표와 계획을 세우는 일에 조언을 해주고 이끌어 주는 부모마저 찾아보기 힘들다.

왜냐하면 일찍이 부모 자신들도 그런 교육을 받아본 적이 없기 때문이다.

삶의 목표를 세우고 계획을 짜는 일은 많은 사람의 마음속에서 이루어진다.

특히 인생의 모든 면에서 '어떻게 성공할 것인가'를 배우는 일보다 더 중요한 교육은 없다. 이런 생각은 하나의 생활방식이 되어야 한다.

삶을 변화시키는 목표와 계획은 인생의 전부이다.

목표가 될 수 있는 조건들

다음과 같은 조건을 갖추어야만 목표라고 할 수 있다.

첫째, 목표는 커야 한다.

당신은 목표를 크게 설정해야 한다.

목표가 커야 효과적으로 그것을 성취할 수가 있다. 목표가 크면 기대도 크고, 기대가 큰 사람은 일도 남보다 더 많이 하게 될 것이다.

예를 들어 스포츠 경기에서 강한 상대와 싸우게 되는 선수에게는 보통 때보다 더 격렬한 승부가 요구된다. 골프선수, 권투선수, 육상선수, 복싱선수 등도 마찬가지다. 그러므로 목표는 커야 한다.

당신이 작은 성공에 만족하지 않고 꾸준히 최선을 다하여 목표에 도달했다는 것을 알았을 때, 이것은 당신을 고무시키고 자극하는 삶의 원동력이 될 것이다.

당신은 인생을 보다 더 크게 볼 필요가 있고, 당신의 목표를 원대하게 가질 필요가 있다.

'작은 계획은 세우지 말라. 그것은 사람의 마음을 자극하지 못한다.'

옛날의 어느 현자가 한 말이다.

그렇다. 목표는 크게 설정해야만 한다.

당신이 학생이든, 직장에 다니는 샐러리맨이든, 세일즈맨이든 관계없이 당신은 목표를 크게 세워야 한다.

목표를 크게 가져야 자신을 발전적으로 변화시킬 수 있다.

'성공이란 목표를 향해 나갈 때 생기는 장애물을 어떻게 처리하느냐에 따라 좌우된다.'

'많이 요구하는 사람에게 많이 준다.'라는 말은 목표를 정하는데 교훈의 기준이 되기도 한다.

둘째, 목표는 장기적이어야 한다.

장기적인 목표가 없다면, 당신은 단기 목표에 압도당할 우려가 있다. 그 이유는 간단하다.

만일 당신에게 장기적인 목표가 없다면 일시적인 장애물은 짜증스럽게 느껴질 것이다. 가족 문제나 불행한 주위 환경으로 하여 실망과 괴로움을 겪을 것이다.

그러나 장기적인 목표가 세워져 있으면, 이런 일시적인 장애물이나 사소한 문제들은 얼마든지 극복할 수 있다. 역경을 극복하고 나면, 그것이 당신을 넘어지게 하는 장애물이 아니라 성공의 디딤돌이 된다는 사실을 깨닫게 될 것이기 때문이다.

장기적인 목표가 있으면, 모든 해답을 다 알고 시작하지 않아도 일하면서 해답을 얻을 수 있다.

장기 목표를 세울 때, 일하기도 전에 모든 장애물을 제거하겠다는 어리석은 생각을 해서는 안 된다. 그것은 무익한 방법이기 때문이다.

아무리 계획을 잘 세운다고 할지라도 일을 하다가 보면 예기치 않았던 차질이 생긴다. 그럴 때는 즉시, 융통성을 발휘해서 당신의 계획을 수정하면 된다.

셋째, 매일매일의 목표가 있어야 한다.

그날 하루 일에 대한 목표가 없다면, 그는 공상가라고 볼 수밖에 없다. 목표를 달성하려면 매일매일 그것을 위해 일상적인 일을 해야만 하기 때문이다.

'위대한 사람이 될 기회는 나이아가라 폭포처럼 오는 것이 아니라 한 방울씩 떨어지는 물방울처럼 온다.'

찰리 큐렌의 말이다.

꾸준히 성실하게 일하면 대성할 수 있다는 격언이다. 하루의 일에서 얻은 성취나 업적이 쌓이면, 매우 큰 성공의 토대가 된다는 사실을 우리는 잘 알고 있다.

큰 목표를 일정한 기한 내에 달성하려면 매일매일의 노력이 필요하다. 당신이 하루의 목표를 달성한다면, 곧 장기적인 목표가 하나씩 둘씩 달성된다는 사실을 알 수 있게 될 것이다.

넷째, 목표는 구체적이어야 한다.

구체적인 목표가 없는 사람은 어떤 일을 해도 성공할 수 없으며, 가치 있는 업적을 남길 수 없다. 구체적인 목표가 없는 사람은 어떤 일을 해도 제대로 해낼 수가 없다는 말이다.

구체적인 목표란 '나는 많은 돈을 벌 것이다.'라는 식의 막연한 계획이 아니라, '나는 좋은 집, 좋은 직장을 가질 것'이라는 구체적인 목표를 세운다. 따라서 목표는 항상 구체적인 현실성이 있어야 한다.

다음과 같은 요인이 목표에 포함되어서는 곤란하다.

첫째, 행운만 바라고 성취의 주인공이 당신이라는 사실을 인정하지 않는다면, 그것은 잘못 설정된 목표이다.

둘째, 실현 가능성이 없는 것이라면, 당신이 성공할 수 없음은 두말할 나위도 없다.

셋째, 목표가 당신에게 관심이 없는 내용이거나 남을 즐겁게 하기 위한 것이라면, 당신의 인생이 실패할 것은 틀림없다.

무엇보다도 너무 크거나 실현 가능성이 없는 목표를 설정해서는 안 된다. 사람들이 크고 실현성이 없는 목표를 세우는 것은 실패했을 때 변명하기 위한 한 방편이기도 하다.

이런 경우는 실패를 위한 준비에 불과하다. 그리고 누가 보아도 불가능하게 보이는 일이기 때문에 실패해도 다른 사람들이 이해해 주기를 바라는 면이 있다.

행운만 기대하고 목표를 설정하는 것도 잘못이다. 행운보다는 노력이 중요하다.

성공한 사람들의 특징은 뚜렷한 목표를 향해서 자기의 실력을 최대로 발휘한다는 점이다.

그들은 헌신과 노력의 중요성을 알았다. 당신도 성공을 원한다면 목표를 세우고, 그것을 향해서 꾸준히 나아가야 한다.

* * *

기회를 창조하는 사람이 되어라

당신 스스로가 기회이다. 따라서 당신 자신이 스스로 운명을 개척하는 문을 두드려야 한다. 즉 기회가 왔을 때, 그 기회를 붙잡을 수 있는 준비를 늘 해야 한다. 당신의 능력을 개발하고 이미지를 만들어야 한다. 그렇게 함으로써 자존감은 더욱 높아지고 삶은 보다 풍요로워진다.

목표 달성을 위한 연습

목표 달성을 위해서는 꾸준한 연습이 필요하다. 그것을 설명하기 위해서 하나의 예를 들겠다.

네스미드 소령은 주말마다 골프를 치러 다녔다. 그의 실력은 90타 정도였다. 그러나 그 후 7년 동안 그는 골프를 즐길 수 없었다.

그런데도 그가 다시 골프채를 잡았을 때는 74타를 기록하였다. 그의 신체적 조건은 7년 전보다 훨씬 못 미쳤다.

그는 높이 4.5피트, 넓이 5피트의 협소한 울 안에서 생활했어야 했다. 월남전에 참전하였다가 월맹군에게 포로가 되어 부자유한 몸으로 7년을 갇혀 있었다.

그는 포로로 구금된 기간 중 3분의 2에 해당하는 5년 동안을 비좁은 공간 안에서 홀로 지냈다.

처음에는 수용소에서 탈출할 일에만 골몰하였으나 석방될 때까지 미치지 않고 살아있으려면, 어떤 뚜렷한 적극적 태도를 보여야겠다고 깨닫게 되었다. 그래서 그는 평소 좋아하던 골프 놀이를 하기로 마음먹었다. 오직 머릿속의 상상만으로 그는 매일 18홀을 완전히 돌곤 했다. 그는 세부적인 규칙까지도 소홀히 하지 않았다.

7년 동안 하루도 빠짐없이 골프 18홀을 완전히 해냈다. 한 번도 타를 실수해 본 일이 없었으며, 컵 속에 공을 넣지 못한 적도 없었다. 그야말로 완벽하게 해냈다. 정신적인 골프 연습 과정에서 소령은 매일 4시간씩을 소비했다. 그리하여 그는 정신적으로 정상 상태를 유지할 수 있었다.

무엇보다도 상상의 골프 연습으로 많은 것을 얻을 수 있었다. 그는 마음속으로 목표 달성을 연습한 것이다.

만약, 당신이 봉급 인상을 원하거나 더 좋은 점수를 바라거나, 그밖에 다른 무엇을 원한다면, 매일 몇 분 동안이라도 목표가 달성되는 과정을 살펴보라. 그러면 실제로 그 목표가 달성되는 과정을 엿볼 수 있을 것이다.

이러한 정신적인 연습은 당신이 하는 일이 무엇이든 간에 목표를 달성하는 데 매우 중요한 효과를 나타낸다는 사실을 확인할 수 있다.

농구 선수가 연습으로 공을 던져보는 것, 젊은 의학도가 해부학 실험실에서 시체를 가지고 수련받는 것, 판매원이 훈련 과정에서 표현력을 연습하는 것 등이 목표 달성을 위한 연습이다.

어떤 분야에서든지 이러한 연습은 실제로 긴장할 때 더 좋은 결과로 이끌어간다. 또 한 가지 중요한 사실은 목표가 달성되는 것은 시간문제라고 믿는 확신이다.

당신이 어떤 분야에서, 무엇을 목표로 세웠던지, 그 목표가 곧 달성될 것이라고 믿고 시작해야 한다.

더 좋은 직장을 구할 때도, 더 많은 돈을 벌려고 할 때도 목표가 달성되는 것은 시간문제라고 믿는 마음가짐이 무엇보다도 중요하다.

목표를 세우지 못하는 이유

사람들 대부분은 목표를 가지고 있다고 보는가?

필자의 생각은 그렇지 않다는데 문제를 제기한다.

길을 가는 청년 백 명을 붙들고 "당신은 지금 실패의 길을 가고 있다고 생각하지 않소?"하고 물으면, 그들은 펄쩍 뛰면서 이렇게 대답할 것이다.

"내가 실패의 길을 가다니, 나는 지금 성공하기 위해서 열심히 일하고 있습니다."

그러나 대부분은 인생의 확고한 목표가 없다. 그래서 그들은 인생을 낭비하는 것이다. 자신의 인생을 실패로 마감하는 것은 기회를 제대로 파악하지 못하거나 능력이 부족해서가 아니다.

우리 주위에는 항상 기회가 기다리고 있는 데도 실패한 사람들은 어떠한 계획도 세우지 않는다. 목표가 없으므로 계획을 세울 수가 없는 것이다.

그렇다면 그들은 무엇 때문에 목표나 계획을 세우지 않는 것일까?

해답은 간단하다. 그들은 목표에 도달하지 못할까 두렵기 때문이다. 목표를 달성하지 못할까, 겁이 나서 설정하지 못한다.

아무런 계획을 세우지 않으면 실패도 하지 않을 것처럼 보인다. 그러나 이것은 잘못된 사고방식이다. 왜냐하면, 이 세상에서 실패 없이 성공한 사람은 하나도 없기 때문이다.

그들은 삶이란 종이 위에 자신의 목표를 작성해 보지도 않은 인생의 도피자이다.

배는 항구 안에 정박해 있을 때 훨씬 더 안전하다. 그러나 배는 항구에 머물고 있기 위해서 만들어진 것이 아니다.

당신이 이 세상에 태어난 것은 목적이 있기 때문이며, 그 이유 하나로 당신은 존재한다고 나는 확신한다. 그러므로 확고한 목표는 인생의 성공 지렛대와 같다.

* * *

우리는 성공으로 가는 여행자이다

자, 이제 우리의 길을 떠나자.

나는 당신을 밝은 인생의 여정으로 인도하는 안내자다. 모든 아름다운 여행은 가볍게 출발하는 것으로부터 시작한다. 우리의 출발도 그렇다. 우리의 행장은 가볍고 기분은 유쾌하다. 발걸음은 탄력이 넘치고 있으며 미지의 산봉우리와 계곡에 대한 기대와 예감으로 가벼운 흥분마저 느낀다. 우리의 목표는 성공이기 때문이다.

목표 없는 노력은 헛된 일이다

재미있는 이야기를 소개하고자 한다.

어느 날 농구대회가 개최되어 챔피언십을 걸고 결승전을 벌이게 되었다. 그런데 이 경기에 참여한 어느 팀의 선수들이 약물 복용을 한 것이다. 물론 흥분제였다.

약물을 복용한 선수들은 기분이 좋았다. 선수 대기실에서 코치는 선수들에게 훈시했다.

"이번이 마지막 기회이다. 이기지 못하면 다시는 기회가 없다는 것을 알아야 한다. 승패는 바로 오늘 저녁에 결정된다. 각자 최선을 다하길 바란다."

코치는 작전 계획이나 전술 지시도 하지 않고 잘하라고만 했다. 선수들의 사기는 충천 되어 있었다. 그런데 그들이 코트 안에 들어섰을 때, 약효가 떨어졌다.

그러자 그들 눈에는 골대가 제대로 보이지 않았다. 더군다나 골대가 움직이는 것처럼 보여서 득점할 수가 없었다.

그들은 골대도 없이 어떻게 골을 넣느냐고 코치에게 화를 냈다. 자기들이 던진 공이 제대로 들어갔는지, 잘못 들어갔는지 구별할 수 없었다. 시합에 이기는 작전도 모르게 되었고, 자신들의 목표가 어디에 있는지조차 분간하지 못했다.

결국 시합에서의 패배는 예견된 결과를 낳았다.

그렇다면, 지금 당신은 목표 없이 생존 경쟁에 참여하고 있지는 않은가? 만일, 그런 경우라면 자신이 성공할 수 있다고 생각하는가?

인생은 한가로운 산책이 아니라 끝없는 행진이라는 사실을 명심해야 한다. 그러므로 행진의 목표를 뚜렷하게 세워놓아야 한다.

성공하려면 아무도 가보지 않은 길을 떠나야 한다. 커다란 절망이 기다리고 있을지라도 스스로 선택한 길이기에 떠나야 한다.

안주하는 삶은 실패보다 두렵기 때문이다.

* * *

인내력을 기르는 4가지 단계

1. 명확하게 구체적인 목적의식을 가지고, 그 달성을 위해 불타는 욕망을 가질 것.
2. 목표 달성을 위해 보다 현실적인 계획을 세워 끊임없이 실천에 옮길 것.
3. 실천에 있어 소극적인 자세, 용기를 잃는 그러한 불필요한 부작용에 대해서는 굳게 마음의 문을 닫고 뒤를 돌아보지 말 것. 친척이나 친구들의 반대하는 충고도 예외는 아니다.
4. 자기의 성공 계획이나 목표를 수행하는 데 있어서 격려해 주는 사람들과 우호적인 관계를 맺는다.

마음의 문을 열어라

일의 중요성을 알기 위해서는 마음의 문을 열어야 한다. 다시 말해 고정관념을 버리라는 뜻이다.

세상의 많은 학자, 그리고 성공한 사람들이 열심히 일하라고 조언하며, 곧 일하는 사람만이 승리자가 될 수 있다고 수없이 권고한다.

그러나 많은 사람은 이러한 말을 한 귀로 듣고 흘려보낸다. 세상에서 가장 효과적이고 아름답고 실용적인 철학이라도 당신의 허락 없이는 절대 작동할 수가 없다.

세상에 아무리 지식이 풍부하다고 해도 그것을 이용하지 않으면 소용이 없는 것이다.

사람들은 대부분 직장을 얻으면, 바로 그 순간부터 일의 중요성을 잊어버린다.

어느 기업인에게 회사 종업원 중에서 몇 명이나 당신을 위해서 열심히 일하느냐고 묻자, 그는 씁쓰레한 표정을 지으면서

"전체 종업원의 절반 정도가 나를 위해 일하지요."

라고 대답했다고 한다.

종업원들의 절반이 일을 축복이 아니라 저주의 대상으로 생각하고 있었다.

돈이 있든 없든 간에 인간은 당연히 일을 하면서 살도록 창조된 존재임을 잊어서는 안 된다.

* * *

창조적인 삶의 지혜

사람은 무엇 때문에 아침이면 일어나서 먹고, 마시고, 그리고 다시금 잠드는 것일까?

어린이, 젊은이, 야만인, 동물들까지 이 무관심한 일상이나 행동의 순회에 고민하지 않는다. 사색을 모르거나 괴로워하지 않는 자는 매일 반복되는 아침을 맞아 눈을 뜨고 기상하여 음식을 즐기며, 욕심을 탐하며 거기서 만족을 느끼며 세상일에는 별로 신경 쓰지 않는다.

그러나 그것이 확실한 방법이라고 생각지 않는 사람은 하루하루를 살아가면서 날카롭게 주위를 돌아보며 참된 생활의 지혜를 구하게 된다.

이것을 창조적인 삶의 지혜라고 말할 수 있다. 왜냐하면 그와 같은 삶의 순간순간은 창조주와 합일된 감정을 맛볼 수 있는 생활의 향기이며 매사를 우연이라고 할 수 있는 것들조차 의욕적으로 받아들여지기 때문이다.

일은 성공의 첫걸음이다

오랫동안 실직으로 놀던 사람보다 직장에서 일하는 사람이 다른 직장을 구하기가 더 쉽다.

기업주는 집안에서 빈둥거리고 있는 사람보다 현직에서 일하는 사람을 더 원하기 때문이다.

취직은 성공에 이르는 첫 관문이다. 그러나 첫 취업은 매우 어렵다. 일단 취직하면 당신은 점차 승진을 기대할 수 있다.

첫 관문을 통과하면 그다음을 통과하기는 비교적 쉬운 법이다.

일도 마찬가지다.

처음 일을 시작하면 많은 어려움이 따른다. 그러나 동료들과의 근무 시간이 즐겁다는 사실을 깨닫게 된다.

일을 시작하라. 시작이 절반이다.

당신이 해야 할 일이 보람 있는 일이라면, 즉시 시작하라.

일을 구하는 젊은이들은 처음부터 완벽한 직장을 원한다.

대우가 좋고 장래가 보장되는 완전한 직장에 애정을 품고 있다.

그러나 세상에는 그렇게 입에 맞는 떡은 많지 않다. 나름의 결점이 있게 마련이다. 따라서 처음부터 완전무결한 직장을 구하려고 한다면 무리가 뒤따를 것이다.

일도 마찬가지다. 아무리 하찮게 보이더라도 올바른 일이라고 판단되면 시작하라. 그러면 더 좋은 일을 구할 수 있는 발판을 마련하는 계기가 된다.

소원 성취는 일의 부산물이다.

사람들은 생활 보장, 휴가, 보너스, 퇴직금 등이 보장된 직장을 원한다. 그러나 희망을 품은 젊은이는 그토록 완벽한 직장이 아니더라도 일단 취직부터 한다. 변화의 필요성을 알기 때문에 적응해 나가는 것이다.

일을 신성한 것으로 보는 사람은 성공할 가망이 많지만, 완전무결한 직장을 기다리는 사람은 실패할 가능성이 높다.

일은 일단 시작해야 끝낼 수 있다.

첫째 관문을 통과해야, 둘째 관문과 셋째 관문도 통과할 수 있는 것이다.

천 리 길도 한 걸음부터 시작된다. 일단 시작하라. 시작하면 전진은 어렵지 않다.

만일 어떤 일이 어렵거나 힘들 때라도 그것을 즉시 처리해야 한다. 그렇지 않고 기다리거나 주저한다면 일은 더 어렵게 보이게 될 것이고, 결국 당신은 겁이 많은 소극적인 사람이 된다. 어렵고 이 든 일일수록 즉시 시작하라.

일의 보답이 곧 성공이다

일의 대가는 곧 성공이며, 일의 부산물이 돈이며, 명예이다. 따라서 당신은 남보다 열심히 일하면 더 큰 성공을 기대할 수 있다.

분명히 장애물이 있을 것이다. 그러나 그것은 문제가 안 된다.

꾸준히 일하는 사람에게는 장애물 따위는 결코 성공의 걸림돌이 될 수 없다.

'성공하려면, 당신이 무슨 일을 하는지 알아야 하며, 하는 일을 사랑해야 하며, 하는 일을 믿어야 한다.'

월 로저스의 말이다.

그는 미국 굴지의 고무 제품 생산회사 회장이다.

H.M 그린버그가 미국의 18만 명 노동자를 상대로 조사해 본 결과 그들의 80%가 일에 취미를 붙이지 못했다는 결과를 발표했다.

참으로 비극적인 일이다.

이런 이유로 하여 저조한 생산 실적과 엉터리 상품이 범람하는 원인이 되는 것이다.

나는 종종 많은 사람이 소극적인 자세로 일하는 모습을 보아왔다. 그들은 퇴근 시간만을 기다리며 일한다. 시간 가는 줄 모르고 열심히 일하는 것이 아니다. 참으로 무엇을 위해서 삶을 사는지 궁금할 따름이다.

* * *

일의 대가가 곧 성공이다
일의 대가가 곧 성공이다.
일로 하여 사람은 발전하고 부자가 된다.
일은 돈을 저축할 수 있게 하며 행운의 텃밭이다.
일은 인생을 즐겁고 행복하게 만들어 주는 요소이므로
우리는 일을 사랑해야 한다.
일의 축복과 결과를 기대하는가?
그렇다면 더욱 일하기를 즐겨라.
일을 사랑하면 인생이 즐겁고 가치 있게
그리고 풍요롭게 될 것이다.

성공의 기회는 다른 사람의 것이 아니다

많은 사람이 성공의 기회에 대해서 고민한다.

"다른 친구는 기회를 잡았는데, 나에게는 그런 기회가 없다."

"나에게 이런 약점이 있어 일을 시작하기도 전에 실패할 것 같다."

이런 말들은 바로 패배자의 변명이다. 무엇보다도 먼저 이런 부정적인 사고를 극복해야 한다. 그렇지 않으면 기회의 문을 스스로 닫게 된다.

기회는 다른 사람을 위해서 있는 것이 아니다.

바로 당신을 위해서 있는 것이다. 당신이 그 기회를 받아들여 환영할 때, 당신의 곁에 머물게 된다.

어떤 식물도 물을 주지 않거나 충분한 햇빛을 받지 못하면 시들어 죽어버린다.

기회도 마찬가지이다. 기회가 당신 곁을 떠나지 않도록 하라. 주어진 기회를 부정적인 사고방식으로 쫓지 않도록 하라.

많은 사람이 모여 앉아 불만 불평을 하거나 누군가를 시기한다. 만일 그들이 헬렌 켈러의 이야기를 듣는다면 예외라고 말할 것이다.

헬렌 켈러는 기회를 붙잡기 위해 이루 말할 수 없는 불운들을 극복했다. 사실 그녀의 불행은 특별한 경우라는 생각을 하지 않을 수 없다.

이것은 어느 조사 결과에 나타난 것인데 성공자들의 4분의 3이 바로 그런 어려움을 극복했던 사람들이나, 젊은 시절 비극과 좌절에 빠진 일이 있었지만, 그 어려움을 극복하고 이겨낸 사람들이다.

많은 인물 중에 불리한 조건을 극복하고 성공한 사람의 대표적인 예로 토머스 에디슨과 엘리노어 루스벨트를 들 수 있다.

기회는 다른 사람을 위해서 있는 것이 아님을 기억하라. 기회는 바로 당신 것이다.

* * *

인생이란 고통의 대가를 지불하는 공연장이다

인생이란 대가이다. 당신은 인생으로부터 원하는 거의 모든 걸 노력으로 얻을 수 있다. 만약 당신 자신에게 주어지는 몫을 모두 다 차지하지 못한다면 무능하다는 말을 듣게 될 것이다.

아직 성공하지 못한 사람에게는 늘 역경이 닥치게 마련이다. 당신은 그 역경을 디딤돌로 삼아 성공을 쟁취해야 한다. 그러므로 당신 역시 대가를 치를 마음가짐을 갖지 않으면 안 된다.

기회의 문은 닫혀 있지 않다

당신은 자주 기회의 문을 닫아버린다. 참으로 불행한 일이다. 이러한 일이 없도록 대비하기 위해 한 예를 소개하겠다.

어떤 젊은 의사가 전업하기 위해서 성형외과의 유명한 박사를 찾아갔다.

"제가 박사님 수술하는 것을 보아도 괜찮을까요?"

그가 박사에게 물었다.

"좋지요. 내일 아침 8시에 수술이 시작됩니다."

그는 오전 8시에 오겠다고 약속했다.

다음날 그는 약속대로 8시에 왔다. 수술을 지켜본 그는 매력 있는 일이라고 말했다. 그래서 박사는 그를 지도해 주기로 했다.

그는 성형외과 의사의 일에 대해 보람과 긍지를 느끼면서 돌아왔다. 그런데 다음 날 아침, 그는 가지 않았다. 그다음도 또 그다음 날도……

며칠이 지난 후, 그 젊은 의사는 박사의 진찰실을 두드렸다.

"자네는 그동안 어디 있었는가?"

박사가 그에게 물었다.

"그만 늦잠을 잤습니다."

그는 졸린 목소리로 말을 이었다.

"깨어나서 시계를 보니 너무 늦은 것 같아서 오지 못했습니다."

"그런 자세로는 배울 수 없네."

박사는 단호하게 말했다.

그 젊은 의사는 성형외과 일에 대해 매력은 느꼈지만, 필요한 일을 하지 않았다.

당신도 그런 기회를 소홀히 해 성공할 기회를 잃지는 않았는가?

* * *

성공에 대한 훈계

1. 새는 말이 아니다. 한 번 날아가면 잡을 수 없다.
2. 이빨 빠진 다람쥐에게 도토리를 주어도 소용이 없다.
3. 바보스러운 질문에는 대답하지 않아도 좋지만, 예의를 잃지 않아야 한다.
4. 두 마리의 말을 타게 되면 진흙 속으로 떨어지게 된다.
5. 멋쟁이가 되려고 초조하게 굴지 말고 좋은 인상을 주도록 힘쓰라. 삶을 서두르는 사람은 요절한다.
6. 친한 벗과 동행하면, 지루한 여행길도 반으로 줄어든다.
7. 백 사람의 친구도 많은 것은 아니지만, 한 사람의 적은 너무 많다.
8. 남의 차를 타면, 그 사람을 위한 노래를 준비해라.

기회를 찾는 방법

'완전'이란 있을 수 없다. 당신은 완전한 것을 추구해서는 안 된다. 이 세상에서는 무언가 이룩할 기회들이 무수히 많다.

당신은 기회로 가득 찬 세상에 살고 있다. 새로운 기회가 눈앞에 있으며, 지금도 앞을 바라보고 나아갈 수 있다.

새로운 기회가 당신을 기다린다. 그 기회를 향해 나아가라.

적색 신호에 유의한다

여기에서 말하는 적신호란 정신적 신호이다.

이 신호를 보았을 때, 당신은 무조건 기다려야 한다.

그리고 다음과 같이 자문해 보라.

'나는 위험한 곳으로 가고 있지는 않은가?'

'나에 대한 평가는 좋은가?'

'내가 나 자신을 무가치한 존재로 생각하기 때문에 적신호에 걸린

것이 아닌가?'

지난 일에 당신의 에너지를 소비해서는 안 된다. 감정을 잘 간직하여 목적하는 곳으로 조종해 나가야 한다.

당신의 마음속에 '적신호'가 잠시 정지하기를 요구한다면 멈추어라. 그러나 부정적인 감정으로 인해 기회를 향해 전진하지 못하고 있다면 적신호를 청신호로 바꾸어야 한다.

적신호 때는 잠시 멈추어 섰다가 다시 나아가라. 이것이 목표를 향한 중요한 방법이기도 하다.

목표를 향해 출발하는 지금 과거에 성공했던 일을 기억하라. 그리고 그 목표가 달성되고 있는 모습을 마음속에 그려보는 것이다.

그러면 성공이 머릿속에서 선명하게 나타나 현실화할 것이다.

그때 멈추었다가 다시 전진하라.

현재를 보라

이미 과거는 지나갔고 미래는 불확실하다. 그러나 현재는 당신 것이다. 당신의 기회는 바로 현재에 있다.

이 기회를 놓쳐서는 안 된다. 지금 기회가 다가온다.

당신이 과거에 사로잡혀 실수나 비극에서 벗어나지 못하면, 지금의 기회는 영원히 당신 것이 될 수 없다.

과거의 불행을 잊고 현재 주어진 기회를 다시 보라.

기회란 현재의 애매모호한 순간, 즉 다음 주나 다음 달이 아니라, 바로 오늘, 이 순간을 의미한다.

과거가 장애물은 아니다. 장애물은 내일로 미루는 사고방식이다. 무엇이든지 내일로 미루려고 할 때 장애가 된다.

내일에 대한 동경은 비현실적이고 부정적인 것으로 작용한다. 내일 누군가 당신을 도울 것이라는 환상을 갖거나 기적이 일어나리라는 막연한 기대를 하게 될 때 내일은 걸림돌이 된다.

성공할 수 있다는 자신감과 막연한 기적을 기다리는 마음과는 전혀 다른 것이다.

자신을 과소평가하지 않는다

사람들은 자신을 지나치게 과소평가한다.

현재 당신은 백만장자도 아니고, 저명인사도 아니며, 우주비행사도 아닐 것이다. 그러나 당신은 그보다 더 위대한 인물이 될 수 있다.

현재 당신이 하는 일이 무엇이든지 간에 상관없다.

용기와 자신감을 가져라. 당신은 위대한 존재가 될 수 있다.

자신을 절대로 과소평가해서는 성공할 수 없다. 자신을 현재 있는 그대로 받아들여야 한다. 그래야만 기회를 맞이할 수 있다. 기회를 향해 적극적으로 활용하지도 못하며, 붙잡을 가치가 없다고 자학하지 말라. 당신에게 기회는 반드시 찾아온다.

건설적인 목표를 세워라

오늘날에는 많은 부정과 폭력과 냉소주의가 범람하고 있다. 아무리 세상이 그럴지라도 건설적인 목표를 세워야 한다.

부모 없는 아이를 남모르게 키우는 양부모, 조용히 연구실에서 첨단과학을 연구하는 연구원들, 도서관에서 이른 새벽부터 밤늦도록 공부하는 학생들, 내일을 위해 묵묵히 자기 일에 몰두하는 직장인들, 이들이 사회의 희망이다. 그들은 모두 건설적인 목표를 가지고 현실에서 열심히 일하고 있다.

우리는 모두 기회를 향해 전진해야 한다.

위기에 굴복하지 말라

위기가 닥쳐와도 굴복하지 말라. 침착하게 대처하라.

위기는 오히려 창조적인 기회로 전환될 수 있다.

당신이 지금까지 세운 이미지를 포기하지 말라.

어떤 경우에도 자신을 높여라.

과거에 이룩한 성취를 마음속에 기억하고, 어떤 실패가 닥치더라도 자신에 대한 신뢰를 버리지 말아야 한다. 참담한 실패가 운명을 좌우할지라도 침착하고 용기 있게 다시 일어나야 한다.

포기하지 말라. 넘어지지 말라.

그러면 성공의 그날이 오기까지 자신을 지켜나갈 수 있다.

거울 속의 당신을 보라. 그리고 자신을 긍정적으로 인정하라.

거울 속의 친구는 바로 당신이다.

특히 위기에 직면할 때, 당신을 지켜주는 것은 바로 자신임을 잊어서는 안 된다.

그러나 자기도취나 자만하지 말라.

조용히 자신을 생각해 보라. 과거에 극복한 여러 가지 위기를 생각해 보라. 성공적으로 슬기롭게 넘긴 위기의 기억을 상기해 보라. 당신 자신을 무시하지 말라.

자신에게 전념하는 용기

어떤 일에 몰두하면 생각 이상의 성취감을 얻는다.

예컨대, 예술 분야에 종사하는 사람들이나 종교적 분야의 사람들이 그렇다.

우리도 그런 성취감을 맛볼 수 있다. 그 성취감은 당신이 좋아하는 사람이나, 당신이 증오하는 사람도 함께 느낄 수 있는 감정이다.

한편 성취감은 음식을 만드는 데서, 혹은 나무를 베는 일이나 산책 중에 느낄 수 있다.

그것은 걱정이나 자의식을 잊고 그 무엇인가에 빠지는 것과 같은 체험인데, 다른 명칭으로도 불린다.

그러나 흔히 사랑에 대한 성취감은 자신이 직접 체험하지 않으면 좀처럼 느끼기 어려운 감정이다.

식료품을 하나하나 점검하는 일이나 기계를 다루는 일은 성취감을 줄 수도 있지만, 반면 반복적인 일은 지루함에서 벗어나기 어렵다. 이 것은 생각에 따라 즐거운 일, 혹은 그 반대의 자리에 설 수 있다.

간혹 어떤 이들은 막연하게 성취감을 기다린다. 그리고 "보세요, 나도 성취감을 얻었습니다."라고 말하기 위해 어느 조직의 일원이 되었음을 광고한다. 그러나 다른 사람을 위해서 하는 일이라면 그 성과가 떨어지고 만다.

당신은 어떤 생활을 원하는가? 당신에게는 어떤 용기가 있는가? 선택은 당신에게 있다.

창의력은 매력 있는 정신적 요소이다. 오랜 역사를 통해 볼 때 그 창의성의 비결을 찾기 위해 많은 사람이 연구해 왔다. 그들은 때때로 자신의 체험에 근거하여 어떤 공식을 찾고자 했다. 그러나 찾을 수가 없었다. 창의성은 점진적인 과정이 아니기 때문이다.

오늘날 많은 운동선수가 그 창의성을 계발하는 방법을 배우고, 또 생각하고 있다. 이때 흔히 쓰이는 말은 집중력이다. 집중력은 최대의 성과를 가져오는 필수적인 정신적 요소이다.

흔히 훌륭한 게임과 형편없는 게임과의 차이는 집중력에 의해 좌우된다. 이러한 집중력을 갖기 위해서는 불안감이나 자의식을 버리고 마음속의 무익한 것들을 버려야 한다.

동양의 철학은 '마음의 상태'에 목표를 두었다. '무념, 무상한 자세로 행동한다'라고 하는 이 개념은 중세 일본의 사무라이 무사들에게서 찾아볼 수 있는데, 그들은 적을 쓰러뜨리는 가장 좋은 방법을 '지체하지 않고 싸우는 것'이라고 믿었다.

세련된 무술의 숙달도 필요하다.

그러나 실제적인 행동은 집중력보다는 느낌에 좌우된다.

훈련을 거듭함으로써 그들은 '상대가 왼쪽에서 공격해 올까? 오른쪽일까?'라는 식의 혼란을 넘어서는 직관력을 개발한다.

즉 무사이지만 마음의 평정과 균형을 잃지 않고 자신이 마치 적이라도 되는 것처럼, 다음에 일어날 일을 미리 예견하고 행동한다.

'정신으로부터 육체는 배운다.'

우리가 어떤 것을 배우고자 할 때, 마음의 문을 활짝 열고 그 방향으로 주의를 기울여야 한다. 열린 마음은 당신을 깨우쳐 준다. 그때 당신은 그것이 무엇을 뜻하고 있는가를 생각해 본다.

사무라이처럼 동양의 궁수들도 그 느낌을 추구하는 일종의 명상을 통한 수련법을 중요시한다.

만약 당신이 새로운 무엇을 배우고자 한다면 느낌을 얻는 데 집중해야 한다. 복잡한 의식의 세계에서 벗어나 온전한 명상을 통해서 당신이 바라는 일에 깊이 빠져들어야 한다.

* * *

성공한 사람은 시간을 경영한다

영국의 사상가 아널드 베넷은 아침 시간 경영을 가능하게 하려면, 모든 걸 하루아침에 이루려고 하지 말라는 충고를 한다.

아침을 경영하는 방법에 특별한 것은 없다. 건강한 육체와 정신을 만드는 토대를 아침에 다지는 것, 단 몇 분만이라도 자신만의 시간을 만들어 경영에 필요한 지식 소양과 전문성을 키우면서 사생활의 절도와 건강을 살려 나가는 것이다.

이러한 자세가 하루를 경영하는 데 큰 자신감이 되고, 이런 아침이 모이면 달라진 자기의 인생을 발견할 수 있다는 것이다.

욕망이 커야 성공한다

당신의 욕망을 재산이나 성공으로 전환하는 과정에 있어서 '끈기'는 절대 불가결한 요인이다.

그리고 끈기의 기초가 되는 것은 의지이다.

당신의 의지력과 욕망이 훌륭하게 결합하였을 때, 무슨 일에나 굽히지 않는 강력한 힘이 생긴다.

큰 재산을 모았거나 성공한 사람은 대개가 냉혈동물이라는 평판을 듣게 되며, 때로는 가혹하다는 비난을 받는다. 이것은 오해이다.

그들이 가진 것은 끈기가 밑받침된 의지력과 목적을 달성하기까지 단념하지 않는 욕망이다.

사람들 대다수는 그가 마음속에 품고 있는 목표나 목적을 간단하게 내동댕이치며 사소한 장애나 불행에도 불구하고 끝까지 목적 완수를 위해 노력하는 사람은 극소수에 지나지 않는다.

끈기라는 말에 영웅적인 의미가 없을지 모른다.

하지만 이런 끈기는 인간의 성격 안에서 철강의 탄소와도 같은 역할을 하는 힘이다.

당신이 '인생은 연습이 아니다'라는 말에 공감한다면, 이 책에서 제시한 원리들을 적용해 보라.

당신은 이미 확고한 목적을 가졌으며, 또 그 목적을 달성하기 위한 뚜렷한 계획을 세웠다면, 더욱 그렇다.

만일 그렇지 않으면 이 책을 읽고 그것을 습관으로써 몸에 익히도록 한다.

끈기가 없다는 점이 실패의 주요한 원인이 된다는 것은 두말할 필요가 없다. 끈기가 없다는 것이 사람들 대다수의 공통적인 결점이다.

이 약점을 극복하는 최고의 방법은 당신의 욕망을 적극 강화하는 일이다.

모든 목표의 관철을 위한 출발점은 욕망이다.

당신은 이 점을 항상 기억해야 한다.

당신이 조그마한 불을 지피고만 있으면, 극히 적은 열밖에 얻을 수 없는 것과 같이 욕망이 적으면, 당신이 얻는 결과도 작다는 사실이다. 당신이 끈기가 없는 걸 깨달았다면, 욕망이라는 불길로 크게 타오르게 함으로써 그 약점을 고칠 수 있을 것이다.

만일 당신에게 끈기가 없다는 사실이 판명되면 욕망과 힘을 기르는 데, 모든 정신력을 집중시켜야 한다.

또 끈기를 기르자면, '자기 암시'와 '잠재의식'이 도움이 된다.

'나는 반드시 성공할 것이다'라는 자기 암시가 욕망을 불러일으켜 끈기를 갖게 한다.

끈기가 있어야 성공한다

당신의 욕망을 돈이나 성공으로 전환하는 방법이 우연히 적중했다고 해서, 놀랄 일은 아니다. 당신이 목표를 달성하기 위해서는 지금까지 말한 규칙들을 적극적으로 활용하도록 해야 한다.

가난은 마음이 빈곤에 젖어 있을 때 찾아오는 법이다. 돈을 벌려고 철저히 준비를 갖추고 있는 사람에게 돈은 틀림없이 따라온다. 그와 같은 법칙이 가난에도 들어맞는 것이다.

끈기가 없다면, 이미 일을 시작하기 전부터 성공자가 될 수 없다는 것은 자명한 일이다. 끈기가 있어야 성공한다.

당신은 악몽으로 가위에 눌린 경험이 있을 것이다. 잠자리에 누워서 잠을 자는 도중에 이상한 꿈을 꾸어 질식할 것 같은 고통에서 벗어나려고 돌아누우려고 해도 몸이 말을 듣지 않는다. 그때 어떻게 해서든지 몸을 움직이려고 의식했을 것이다.

그렇게 끈기 있는 의지력을 활동시켜 간신히 손가락을 움직일 수 있게 되고, 좀 더 의지력을 활동시켜 가노라면 다른 손까지 움직이게 되어 마침내 두 발이 움직인다.

이렇듯 악몽에서 빠져나오기 위해서 당신은 한 걸음씩 순서를 밟아야 한다.

당신이 정신적 무기력에 사로잡혀 있을 때, 무슨 일이 있어도 거기에서 벗어나야 한다는 것을 깨달았을 때, 취할 방법은 한 걸음 한 걸음 순서를 밟아나가다 보면 악몽에서 벗어날 때처럼 의지를 지배할 수 있게 된다.

처음의 움직임이 느리더라도 끈기 있는 의지력을 가지고 시작하지 않으면 안 된다. 당신에게 끈기만 있다면 성공은 기다렸다는 듯이 찾아온다.

성공한 사람은 누구를 막론하고 끈기라는 힘을 가지고 있다. 그들이 끈기를 기르게 된 이유는 항상 절박한 환경에 견딜 수 없었기에 마침내 끈기의 소유자가 된 것이다.

끈기를 굴복시키는 다른 힘은 없다. 성공을 거두는 소질 중에서 가장 큰 영향력을 발휘하는 것은 끈기이다.

이 점을 잊지 말고 일이 잘 되어가지 않거나 속도가 늦어졌을 때 상기하기 바란다.

* * *

매일, 오늘이 당신의 마지막 날이라고 생각하라.
매일, 오늘이 당신이 태어난 날이라고 생각하라.
인간이 백 년을 산다고 해도 단번에 백 년을 살 수가 없다.
인간은 누구나 하루하루를 살아가는 것이다. 한 시간 한 시간,
일 분 또 일 분을 사는 것이다. 한순간 한순간을 사는 것이다.

콩 심은 데 콩 난다

신념은 당신 인생의 모든 걸 조절하는 자동 온도 조절기와 같은 것이다. 훌륭한 일을 하지 못하는 평범한 사람들을 관찰해 보라.

그러한 사람들은 자기 자신이 별로 가치가 없는 존재라고 믿고 있는 까닭에 인생으로부터 하찮은 것밖에 받아들이지 못하고 있다.

그는 자신이 큰일을 할 수 없다고 스스로 포기하기 때문에 열등감에서 벗어날 수 없다.

또 한편, 그는 중요한 존재라는 믿음이 결핍되어 주위 사람들로부터, 그가 하는 일은 모두 신통치 않다는 낙인이 찍히고 만다.

세월이 흐름에 따라 자신에 대한 신념의 결여는 말씨, 걸음걸이, 행위에까지 나타난다.

자기의 자동 온도 조절 장치를 상향 조절하지 않는 한 점점 더 위축되어, 마침내는 자기 자신을 과소평가하게 된다. 이것은 무서운 자기비하 현상이다.

당신이 끝없이 전진하기 위해서는 자신이 가치 있는 존재라는 확신을 하고 있어야 한다.

많은 정보를 얻음으로써 큰일을 할 수 있다는 점진적인 자세를 갖출 때 당신의 계획을 이룩할 수 있다.

당신은 성공할 수 있다는 신념을 가지고 정직하고 성실하게 정상을 향해 공격을 개시할 때, 비로소 정상이 보인다.

* * *

인생에서 늦었다는 말은 없다

레이클록(54세에 햄버거 왕국을 이룩한 사람)은 수많은 아메리칸드림의 성공담 중에서 그만큼 특이한 존재는 더 이상 없을 것이다.

미국의 많은 책에서 그의 성공 비결을 다루고 있다.

클록의 성공법칙은

1. 늦는다는 말은 필요 없다.

2. 정상에 오를 기회는 가지각색임을 알아야 한다.

레이가 시카고에서 맥도널드 점포를 인수하여 시작한 것이, 그의 나이 54세 때의 일이다.

레이는 자기의 인생, 진정한 레이 자신의 인생을 새롭게 시작하여 세계 최고의 햄버거 왕국을 이룩하였다.

내 인생에 기적을 일으키자

사람들이 자신의 숨겨진 잠재 능력을 깨닫지 못하고 활용하려 하지 않는다면, 그 인생은 패배자라는 각인을 짊어지고 살아야 한다.

인생에서 가장 소중한 것은 이 잠재된 능력을 끌어내기 위해 얼마나 잠재의식을 다듬고 자각하고 활용하는가에 있다.

그것이 바로 인생의 목적이다.

"당신이 절망과 낙담, 그리고 우울증이라는 늪에 빠진 근본적인 원인은 당신의 생각과 감정, 즉 당신의 마음가짐에 있으며, 조건이나 환경은 참고 사항에 지나지 않는다."

이같이 모든 문제의 근본적 원인이 자기 내부에 있다는 것을 인정하지 않는 한, 인간은 자신이 만든 움막에서 영원히 나올 수 없으며 영광으로 빛나는 미래를 만날 수 없다.

영광된 미래에 도달하려면, '지금' '여기' '나'라는 세 가지의 핵심어를 가지고 모든 걸 믿고 생각해야 한다. 그래서 그것을 깨닫고 실천했을 때, 비로소 결실 있는 내일을 손에 넣을 수 있다.

적극적 사고의 비결

1. 당신은 '불가능하다'라는 생각에 절대로 긍정하지 말라.

2. 어려운 문제가 포함된 어떤 유익한 생각에 직면했을 때, 낙심하지 말고 끝까지 그 문제 해결을 위해 노력하라.

3. 당신에게 주어진 어떠한 가능성이라도 부인하지 말라. 왜냐하면 당신은 이미 실패한 경험이 있고, 지금은 열쇠만을 찾지 못했기 때문에 가능한 것이다.

4. 당신은 주어진 일이나 문제에 대해 지금까지 어떤 사람도 성공하지 못했다고 해서, 당신도 마찬가지라는 생각을 갖지 말라. 남과 비교하여 창조적인 생각을 억압하는 것은 금물이다.

5. 당신 스스로 불완전하다고 해서, 어떠한 기회나 장래의 설계를 포기하지 말라.

6. 당신이 밧줄의 끝에 이르렀다고 해서 절대 중단하거나 포기하지 말라. 한 가지 목표가 달성되면, 더 높은 새로운 목표를 설정하고 계속해서 전진하라.

7. 성공하기 위해서는 실패를 두려워해서는 안 된다. 성공한 사람은 실패를 교훈으로 삼지만, 실패한 사람은 그것을 공포로 생각한다.

이렇듯 어느 한쪽이 결핍되면, 다른 한쪽까지도 구제하기 힘든 상태가 되어버린다.

그러므로 당신이 결단력 있게 모든 일을 추진하기 위해서는 먼저 건강한 육체를 가지도록 노력해야 할 것이다.

* * *

고통 속에서 삶을 재창조한다
우리가 사소한 일로 번민할 때
대수롭지도 않은 일을 가지고 쓸데없이 화를 낼 때
다른 사람보다 나아지려고 안간힘을 쓸 때
자기보다 못한 사람을 도와주지 않을 때
돈을 제대로 쓸 줄도 모르면서 재물을 탐내어 서로 싸울 때
권력 사용 방법도 모르면서 맹목적으로 욕심을 부릴 때
수단만을 일삼고 목적을 이루지 못하면서
밤낮으로 동분서주할 때
그들은 이러한 삶의 비애에 더 큰 고통을 받는다.
시간은 부족하고 하나도 성취되는 것이 없는 인간의 삶
공연히 허망한 노력만 하고, 타인의 성공 기회마저 해치고,
쓸데없이 싸움만 일삼는다면
이는 심신과 정신을 낭비할 뿐이다.
이같이 인생의 곳곳에 좌절만이 있을 따름이다.

강한 정신력

올바른 결단력은 누구나 바란다고 해서 금방 얻어지는 것이 아니다. 하루하루의 준비된 마음가짐에 의해서 조금씩 변해 가는 과정에서 형성된다.

그렇기에 육체적 건강도 중요하다. 체력이 약하면 정신력까지 약해져 결단할 용기를 갖지 못하지만, 건강하면 힘이 생기고 아울러 정신까지 강해져서 주저 없이 결단을 내릴 수 있다.

'철의 장군'이라 불리는 웰링턴 장군도, 철의 의지를 가진 남자의 표본인 나폴레옹도 병이나 피로를 모르는 건강한 육체를 가지고 있었다. 이 두 사람이 연약한 육체의 소유자였다면 전쟁에서 살아 돌아올 수 없었을 것이다.

당신도 한두 번쯤은 경험했으리라. 건강 상태에 따라서 어려운 일이나 곤란한 일에 대처할 능력이 생긴다는 사실 말이다.

컨디션이 좋고 활력이 넘칠 때는 좀 어려운 일이라도 의욕적으로 해결할 수 있는데 기분이 좋지 않거나 컨디션이 나쁠 때는 의욕이 없어져 조그마한 어려움도 큰 장애물과 같이 생각된다.

당신이 결단력을 지니려면 건강하고 튼튼한 육체를 길러야 한다. 세상에는 성공하자마자 쓰러져 자취를 감추어 버리는 사람이 수없이 많다. 그런 사람은 두뇌나 마음을 단련시키는 일에는 힘을 쏟았지만, 육체를 단련시키는 훈련에는 전혀 관심을 두지 않았기 때문이다.

* * *

인간은 누구나 다 우주의 중심이다

인간은 누구나 다 우주의 중심이다. 그러므로 우주는 인간의 둘레를 제멋대로 빙빙 돌고 있는 것처럼 보인다. 또한 하루하루가 세계의 종점이며 정점이다.

그 배후에는 몇천 년에 걸친 민족의 흥망성쇠가 있었고, 그 이면에는 허무가 있을 뿐이다.

하지만 이 순간 현재라는 정점에서 세계의 모든 기구가 협동하여 봉사하고 있는 것처럼 보인다. 소박하고 정의로운 인간은 자기가 중심이라는 사명감에 인류의 흐름 속에 모습을 드러내지만, 때로는 자기만이 홀로 인간의 강가에 서 있다는 고독감에 빠지게 될 때는 타인으로부터의 충고를 거부한다.

한편 인간은 각성을 통해 현실에 직면하고 있음을 절실히 느끼고, 상처받기 쉬운 정신을 적의 있는 가증한 세계라고 잘못 판단한다.

그리고 각성 상태가 엄습했다고 생각되는 사람들, 문제를 제기하는 사람, 천재, 예언자, 이러한 무분별한 사람들에게서 본능적인 노여움으로부터 몸을 돌리게 된다.

자신감을 갖게 해주는 다섯 가지 공식

당신은 다음에 제시한 문장을 계속 암기하라.

첫째, 나는 인생의 최대 목표를 달성할 능력을 갖고 있다. 그러므로 나는 인내하며 끈기 있게 목표가 달성될 때까지 피나는 노력을 해야 한다.

나는 약속한다. 절대로 중도에서 포기하지 않고 목표를 관철할 것을 맹세한다.

둘째, 나는 나의 마음을 지배하고 있는 생각이 실제로 움직여 행동할 것을 믿고 있다. 그러므로 나는 매일 1분씩 정신을 통일하여 내 자신이 바라고 있는 인간상을 생각하겠다. 그렇게 하여 뚜렷한 영상을 마음속에 새겨둔다.

셋째, 나는 자기 암시의 원리를 통하여 내가 마음속으로 그리고 있는 목표를 실행에 옮기면, 어떻게 달성되는가를 알 수 있을 것이다. 그래서 나는 10분간씩 자신감을 얻기 위해 집중적으로 시도해 본다.

넷째, 나는 내 인생의 주요 목표를 문장으로 명확히 쓰기 시작했다.

그 목표를 달성시키는 데 필요로 하는 자신감을 몸에 익숙하게 될 때까지 결코 중도에 체념하지 않겠다고 다짐한다.

다섯째, 진리와 정의에 의한 것이 아니면, 어떤 부나 지위도 오래가지 못한다는 사실을 알고 있다. 그러므로 큰 목표 달성에 도움이 되지 않는 작은 이익이나 부당한 이익에 욕심을 내지 않겠다.

나는 내가 걸어가는 바른길과 남을 협력케 할 만한 강력한 방법을 몸에 지니고 싶다. 나는 타인에게 봉사하고 그것이 나에게 유용하길 바란다.

나는 증오·선망·질투·이기심 등을 배척한다. 그것은 타인을 함정에 몰아넣고, 내가 성공한다고 해도 오래가지 못하기 때문이다. 나는 남을 믿고 나 자신을 믿는 까닭에 남도 나를 믿어 줄 것이라고 확신한다.

이러한 신조를 마음으로 맹세하고 하루 한 번은 소리 높여 외어보고, 그것을 행동으로 실천해 나간다면 자신감 있는 인간이 되고 성공하는 인간이 되리라 확신한다.

이 공식은 지금까지 어떤 사람도 발견하지 못한 삶의 법칙이다. 이 법칙을 무엇이라 부르던 그것은 나와 상관없다.

중요한 것은 이 법칙은 패배를 멀리하고 가난을 물리치며 빈곤을 퇴치하는 진리를 내포하고 있다는 점이다. 그러나 그것이 나쁜 방향으로 사용된다면, 도리어 역효과가 나타날 것이 확실하다.

당신은 자기 암시를 부정적인 것에 사용해서는 안 된다. 그 이유는 모든 사고의 충동은 당신의 육체적 자산으로 되어 나타나기 때문이다.

어떤 상황에서도 중단하지 말라

완전히 희망이 좌절된 것처럼 보이는 상황에서도 희망을 버리지 않는다면 수없이 많은 문제를 해결할 수 있을 것이다. 그중에 한 가지 예를 들어 필자의 경험을 설명하겠다.

나는 미시간주 호란드에서 강연을 마치고 그다음 날 밤엔 애리조나 피닉스에서 강연하기로 예정되어 있었다. 평소의 교통 사정이라면 틀림없이 그곳에 도착할 수 있는 거리였다.

이튿날 아침 첫 비행기로 그랜드 라피디스를 출발하여 시카고에 도착, 거기서 피닉스로 가는 비행기를 바꾸어 타면 시간상 충분한 여유가 있었다.

그러나 이튿날 아침 호란드의 날씨는 호텔 창문에서 바로 앞에 있는 자동차가 보이지 않을 만큼 짙은 안개로 뒤덮여 있었다. 나는 공항에 전화를 걸었다. 안개 때문에 폐쇄되어 한 대의 비행기도 뜨지 못한다는 대답이었다.

다시 나는 디트로이트에 전화를 걸었다. 그곳도 안개로 비행기 이

착륙이 불가능했으며, 시카고 오레아 공항도 이 정도면 오늘 아침의 운항은 힘들 것이라고 했다.

다급한 나는 또다시 미네아폴리스에 전화를 걸었다. 이미 그곳도 안개로 폐쇄되어 있었다.

결국 나는 안개에 갇히고 말았다. 수백 킬로미터나 떨어진 피닉스에서 오늘 밤에 연설하기로 되어 있었는데 말이다.

나는 할 수 없이 느긋하게 앉아서 생각하는 시간을 가졌다. 지속의 원리를 실천한 것이다. 피닉스의 사람들은 8개월이나 나를 기다리고 있었다. 전화로 오늘 가지 못한다는 말을 도저히 할 수 없었다.

그래서 나는 최후로 적극적인 마음의 소리에 귀를 기울여 다시 시도하기로 하였다. 자동차를 빌려 시카고로 향하였다. 그곳에 도착하면 안개가 걷힐 것으로 기대했다.

시카고까지는 320킬로였다. 50킬로 정도 갔을 때 자동차의 상태가 좋지 못해 암담했다. 그러나 나는 주저하지 않았다. 서비스 센터로 차를 몰았다. 거기서 유능한 수리공을 만나 자동차를 고쳤다.

나는 그곳에서 다시 시카고 공항으로 전화를 걸었다. 다행히 오후 4시에 한 편만 운행한다는 연락을 받았다. 그 비행기를 타면 어떻게든 피닉스로 가서 강연할 수 있을 것 같았다.

차를 몰아 공항으로 달려갔다. 가는 도중에 조금 전에 고친 부분에 이상이 있었으나 가까스로 공항에 도착하였다.

공항 대합실은 사람들로 붐비고 있었다. 어떻게 할지 몰라 당황하고 있는데, 나를 알아본 공항 직원이 나타났다. 나는 그에게 사정을 이야기하자, 그가 이렇게 말했다.

"저희 비행기는 모두 결항입니다만, 다른 회사의 비행기가 한 편 있습니다. 그것을 타시면 강연 시간에 당도할 수 있습니다. 단념하지 마십시오."

30분이 지나서 그 직원이 다시 나타났다.

"비행기는 떠납니다만 빈자리가 없습니다. 하지만 출입문 쪽으로 가 봅시다. 혹시 해약된 좌석이 있을지도 모르니까요."

비행기가 이륙하기 직전 그는 다시 다가와서 좌석표 하나를 나의 손에 쥐어주면서 인사를 하고 헤어졌다. 나는 덕분에 피닉스 강연이 시작하기 45분 전에 도착할 수 있었다.

모든 일이 잘되지 않을 때일수록 적극적인 마음으로 끈기 있게 기다려야 한다. 끝까지 참고 견디면서 모든 방법을 시도하면 목적은 달성될 수 있다.

이제 틀렸다고 생각하면, 당신의 정신 상태는 더욱더 어려운 문제를 불러일으켜서 패배로 몰아간다. 따라서 어떤 어려운 상황에 부딪히더라도 구실을 만들지 않고 계속 전진해 나간다면 상황은 급변할 것이다.

* * *

변화하는 사회에서 적응력을 키워라

환경의 변화에 따라 자신을 변화시켜 나가는 사람은 성공할 수 있다. 따라서 먼저 주변 사람들이나 주변에서 일어나는 사건들과 자신의 관계를 이해할 필요가 있다. 즉, 변하는 환경에 적응할 수 있느냐 없느냐가 승자와 패자를 가르는 지름길이다.

신념의 뛰어난 힘

여기 놀라운 신념의 이 잘 표현된 이야기가 있다.

화제의 주인공은 19세의 수병(해군)이다. 그는 항공모함에 타고 있다가 구명보트나 구명조끼 하나 없이 거센 파도에 휩쓸려 바다 한복판으로 내던져졌다.

그때가 새벽 4시였는데, 장소는 아프리카 대륙에서 멀리 떨어져 있는 해상이었다. 그가 휩쓸려 바다 한복판에 떨어지는 순간, 그는 이제 죽었다고 생각했다.

그러나 젊은 수병은 절망적인 상황에서도 용기와 살 수 있다는 신념을 잃지 않고 입고 있던 군복 하의를 벗어 그 끝을 묶고서 바람을 불어넣어 임시변통의 구명대를 만들었다.

그는 점호 시간이 되면 자신이 없어진 것을 알고 수색대가 그를 찾아오리라고 생각했다. 한편 그가 타고 있던 항공모함은 정규 항로에서 벗어나서 멀리 떨어진 곳을 항해하고 있었다.

수병은 두려움을 누르고, '나는 분명히 살아서 돌아간다'라고 수없이 마음속으로 부르짖으며 절망하는 자신을 달랬다.

그러나 날이 밝고, 아침이 되고, 그리고 한나절이 지나도 비행기는 그림자도 보이지 않았다. 그의 마음은 점차 절망감으로 침통해지기 시작했다.

'하느님, 어떻게 해서든지 살려주십시오.'

그는 신념을 잃지 않고 계속 기도했다.

그날 오후 늦게 수평선 너머로 해가 떨어지고 그가 파도에 밀려 바닷가에 떨어진 지 11시간이 지나서야 항공모함에서는 대원이 없어진 사실을 알았으나 그가 구출된 배는 항공모함이 아니라, 그때 그곳을 지나가던 화물선에 의해서 발견되었다.

선원들은 대양 한복판에 사람이 물에 뜬 것을 보고 놀랐다. 그러나 더욱더 놀란 것은 망망대해에서 구명 기구 하나 없이, 그것도 19세의 소년 수병이 12시간 동안이나 바다에 표류하면서 살아있다는 기적과 같은 사실이었다. 그가 생사를 초월한 악조건 속에서도 살아남은 것은 삶에 대한 투철한 신념이 있었기 때문이다.

사람의 마음은 끝이 없다. 상상의 날개를 펴 날아가는 곳에는 한계가 없다. 인간의 신념 역시 강하고 크다.

당신이 인생에서 무엇을 이루려고 한다면 '하면 된다'라는 확신과 '된다고 믿으면 그대로 된다'라는 것을 깨닫고 굳은 신념으로 목표를 향해 나아가야 한다.

만약 당신의 신념이 강하다면, 당신이 원하는 것을 실은 배가 언젠가는 눈앞에 나타나게 될 것이다.

세계적으로 훌륭한 업적을 남긴 사람들은 신념이 강한 사람들이었다. 그들은 자기 자신을 믿었고, 자기 안에 있는 힘을 믿었으며, 자기의 능력을 믿었다.

당신의 인생이 역전의 대 드라마를 계획하고 있다면, 더욱더 신념이 강해야 한다.

당신의 사상은 적극적이며, 기대에 차 있고, 진실한 것이 아니면 안 된다. 그렇지 않으면 당신의 신념이 내부에 잠재해 있는 창조력에 불을 붙이지 못한다.

위급한 상황에 있을지라도 당신에게 확고한 신념만 있다면, 당신이 믿고 있는 신이 당신의 부르짖음에 응답해 위급한 상황에서 벗어날 수 있도록 해줄 것이다.

신념과 자신감을 가져라. 그것이 역전의 인생 드라마를 이루는 비결이다.

* * *

큰 욕망이 큰 성공을 가져온다

목표에 대한 관찰을 위한 출발의 발판은 욕망이다.

이 점을 언제나 마음속에 간직해 두고 성공의 불을 지펴야 한다. 작은 불을 지피고 있으면 극히 소량의 열밖에 얻을 수 없는 것과 같이 욕망이 작으면 얻어지는 결과도 작을 수밖에 없다. 자신이 끈기가 없다는 사실을 깨달았다면, 그 약점을 욕망이라는 불로 일으켜 크게 타 오르게 함으로써 바로잡을 수 있다.

신념은 계발할 수 있다

신념은 마음을 조련하는 연금술사이다. 신념이 사고력과 결합했을 때 가물가물하던 정신이 일깨워지고 새로운 정신적 가치가 형성되면서 무한한 지성이 생겨난다.

신념과 사랑과 섹스의 충동은 모든 적극적인 감정 중에서도 가장 강력하다. 이 세 가지가 혼연일체가 되면 곧 잠재의식을 일깨울 만한 확고한 생각이 일어나고, 그로 말미암아 정신적 가치와 무한히 교감할 때 새로운 형태를 만들게 된다.

그러면 자기 암시의 법칙이 인간의 욕망을 육체적, 또는 물질적 금전적 가치로 전환하는 데 있어 대단히 중요하다는 사실을 알기 쉽게 설명할 필요가 있을 것 같다.

즉 신념이란 자기 암시로 잠재의식 속에서 거듭 일깨워지고 가르침을 받아 일어나는 정신 상태를 말한다.

다시 말하면, 당신의 잠재의식에 '이렇게 해야 한다'라고 거듭 명령하고 확인해 가는 과정이 신념을 자발적으로 발전시키는 유일한 방법이다. 인간이 무분별하게 범하는 범죄의 방법을 설명한다면, 더욱 뚜렷해질 것이다.

어떤 유명한 범죄학자는 '최초로 죄를 저질렀을 때는 매우 불안하게 생각하고 거기서 벗어나려고 애쓰지만, 다시 범죄를 저지르는 데 익숙해지면, 그다지 고통스럽지 않게 되고, 점차 그 기간이 길어지면 완전히 범죄에 젖어 죄의식조차 상실된다.'라고 말하였다.

이것은 인간의 사고 충동이 쉴 새 없이 잠재의식에 작용하면 새로운 형태로 나타나 고정관념으로 정착해 버린다는 것이다.

앞서 말한 범죄학자는 '사람의 생각은 신념과 결합하며, 그것은 곧 그 사람 자체가 가진 장단점이 되는 것이다.'라고 지적하고 있다.

신념과 사랑과 성에 대한 충동의 감정이 인간의 생각과 융합되면, 그것은 상상을 초월한 삶의 원동력이 된다.

* * *

불평의 모래를 아낌없이 버리자

당신의 어려운 사정을 솔직하게 글로 써 보라. 일 년 동안 계속 써서 모아 보면 틀림없이 거대한 리스트가 될 것이다.

이를 모두 고통의 문제라고 쓰인 쓰레기통에 던져 버린 다음에 괴로움의 알맹이를 진솔하게 관찰해 보라. 그러면 어떤 중대한 사실을 발견하게 될 것이다.

일이 제대로 풀리지 않을 경우 토로하는 불평의 씨앗이 그곳에서 화합의 싹을 틔울 때, 당신을 가치 있는 인간으로 가꾸어 준다. 인격의 그릇이 크면 클수록 많은 어려운 문제를 처리하여 담을 수가 있는 것이다.

신념이 있으면 불행도 극복한다

인간은 태어날 때부터 가난하다든지 실패자가 되도록 운명지어졌으며, 이미 어찌할 수 없는 숙명적인 사실이라고 얼마나 많은 사람이 체념하고 있는가?

이러한 사람들은 부정적이고 소극적인 신념으로 끊임없이 잠재의식을 자극하여 자기 자신을 불행으로 몰아넣는 결과를 스스로 초래하고 있다.

나는 자기 암시로 잠재의식을 좋은 방향으로 전환하는 일에 방해되는 어떠한 것도 없다는 사실을 말하고 싶다.

당신이 부정적으로 '나는 이미 틀렸다. 비운의 별자리를 타고 태어났다'라고 하는 따위의 잠재의식을 갖고 있을 때, 그것을 기만하는 방법도 필요하다.

기만이라는 말에 당신이 오해하지 않기를 바란다. '나는 이미 틀렸다. 실패자의 운명으로 태어났다'라고 하는 부정적인 생각을 품고 있는 경우, 당신은 우선 자신이 요구하고 있는 것을 이미 획득하였다는 기분으로 스스로 일깨울 필요가 있다. 그러한 생각을 품게 되면, 당신의 잠재의식도 바뀔 것이다.

당신의 잠재의식이 변하면 실제로 유용한 방법도 나타날 것이고, 당신의 행동을 명령할 신념, 또 당신의 욕망을 실행으로 옮길 자신감이 몸에 배게 된다.

당신에게 가장 중대한 일은 적극적인 감정을 불러일으켜서 '해 봐도 소용없다'라는 따위의 허약하고 부정적인 감정을 깨끗이 없애버려야 한다는 점이다.

적극적인 마음은 신념이 자리 잡기에 가장 좋은 장소이다. 당신의 마음속에 신념이 있으면 행동할 수 있는 잠재의식도 풍부해질 것이다.

* * *

인간이란 어떤 존재인가

도대체 인간이란 어떤 존재인가? 그들은 생각하는 동물이다. 그러므로 다른 모든 존재에게 부여된 여러 가지 한계를 자유롭게 넘을 수 있다. 사고적인 동물이냐, 또는 현명하면서 어리석은 인간이냐? 사실은 그 모두를 동시에 지니고 있다.

그러므로 인간은 위험한 화학 물질로 이상적인 세계를 건설하기 위한 사도로 부릴 수 있고 새로운 창조의 도구로 삼을 수 있는 동물이다. 또한 우주를 횡단하는 다리를 놓을 수 있고, 과거를 현재에 연결하고, 현재를 미래에 연결할 줄 아는 고등동물이다.

이렇듯 인간은 비상한 천재적 재능을 가진 동물인 동시에 한없이 어둡고 어리석은 동물이기도 하다.

시간을 관리하는 기술을 터득하라

당신이 성공적인 삶을 누리고자 한다면, 시간을 관리하는 기술을 터득해야 한다.

많은 사람이 삶의 목표를 달성하지 못하는 것은 시간을 효율적이고 능률적으로 관리하지 못했기 때문이다.

이와 반대로 삶의 목표를 달성하여 성공적인 삶을 사는 사람들은 시간 관리의 요령을 터득했기 때문이다.

'그 사람들은 어떻게 그런 일을 하지?'

'그 사람에게는 어떻게 그런 시간이 있지?'

성공한 사람들의 높은 실적을 보고 놀라서 하는 말이다. 이제 당신에게 기술적으로 시간을 관리하는 간단한 방법을 몇 가지 제시하겠다.

시간을 금이나 생명처럼 귀중하게 여겨라

이 시간 관리 비결을 실천하느냐 못하느냐에 따라 당신의 인생이 성공인가 실패인가 판가름 난다.

당신은 가치가 낮다고 생각하여 시간을 낭비해 버리는 경향이 있지만, 성공한 모든 사람은 시간이 돈이라는 진리를 알고 있다.

시간이란 유용하게 투자될 수 있으며, 어리석게 낭비될 수도 있는 삶의 흐름이다. 적절하게 투자한 시간은 더 높은 업적을 이루는 아이디어를 창조해 내며, 계획안을 짜고, 문제를 연구하고, 지식과 정보와 경험을 습득하게 해준다.

만일 당신이 낭비한 시간에 세금을 내야 한다면 귀중하게 여겼을 것이다. 만일 당신이 삶을 돈 주고 사야 한다면, 우리들은 시간을 좀 더 나은 방법으로 사용하였을지도 모른다. 그러나 시간은 아무런 요구도 없이 우리에게 대가 없이 주어진 것 같다.

지나치게 많은 것처럼 보일 때, 우리들은 그 물건을 낮게 평가하여 낭비하는 경향이 있다. 많은 사람이 자신은 영원히 살 것처럼 생각하고 있으므로 이 세상을 떠나기 전에 무언가 보람 있는 일을 이룰 만한 '충분한 시간'이 얼마든지 있으리라고 생각하고 있다.

그렇지만 세월은 흘러가 버리고 좋은 기회들도 다 지나가 버리고 마는 것이 인생살이다.

매일 그날이 마지막인 것처럼 일하라. 그렇게 되면 당신이 목표로 하는 사업의 달성 기간이 빠르게 좁혀 들어갈 수 있다. 또한 그렇게 함으로써 당신의 에너지 공급도 놀라울 정도로 향상될 것이다. 강력한 절박감이 가장 큰 정력의 활력소라는 사실을 알았을 것이다.

당신은 자신의 삶을 위해 바쁘게 움직이는 사람들은 육체적 힘이 넘쳐흐르는 것처럼 보인다. 반면, 시간을 낭비하며 할 일 없이 지내는 사람은 항상 정력 부족으로 보이는 것을 주의해 본 적이 있는가?

빠르게 일을 진척시키고 사업을 추진해 나가고 있는 긍정적 사고를 하는 사람들은 고성능의 능력으로 인간의 뇌 속에 있는 정력의 샘을 자극하고 있다. 잘못 관리되고 있는 것이야말로 피로와 권태를 가져오게 되는데, 이것은 정신에, 다음에는 육체로 옮아간다. 그러므로 당신은 생명 자체를 소중히 여기듯이 시간을 귀중하게 여겨라.

시간을 계산하는 습관을 갖도록 하라

사업체들은 자금을 소중히 여기고 있으며, 그 돈을 어떻게 쓰였는가를 잘 기록해 둔다. 그렇지만 당신에게 있어서 시간보다 더 중요한 것은 없다. 그런데 당신은 지금까지 시간을 어떻게 소모하고 있는지 자세히 계산해 본 적이 있는가?

사람들이 '나에게는 시간이 없다'라고 하는 말의 참뜻은 '나는 시간이 있다'라고 하는 말로 생각되지 않는가?

당신의 시간 지출을 분석해 보라. 노트에다 한 달 동안의 기록을 정확하게 표시해 보라. 면밀하게 따져 보라. 당신은 엄청난 사실을 발견하고 놀라게 될 것이다. 그런 다음에야 당신은 현재 생활의 시간 문제를 이해하기 시작할 것이다.

시간 문제란 한 세기 전보다 지금이 더 큰 문제로 대두하고 있다는 점을 관찰하면 알 수 있다.

이상하다고 생각되지 않는가?

오늘날은 빠른 통신 수단과 시간 절약 최첨단 기구들이 발명되어 있는데도 말이다. 그렇지만 당신이 소비하고 있는 시간을 모두 계산해 본다면, 왜 이 같은 기이한 현상이 빚어지고 있는가를 깨닫게 될 것이다.

시간의 예산을 짜라

당신은 자신이 어떻게 시간을 보내고 있는가를 알았을 것이다. 또 하루는 정확하게 몇 시간으로 한정되어 있다는 것도 깨달았을 것이다.

시간 예산안을 편성해 보도록 하라. 그렇게 하려면 우선으로 계획부터 짜야 할 것이다.

당신의 하루를 계획한 후에 그것을 실천하도록 하라. 우리가 매일매일 계획을 세우고, 그것을 실천하며 살아가려고 많이 노력하지만, 예기치 못했던 장애물에 의해 좌절의 구렁텅이에 빠져 고통의 나날을 보내야 할 경우도 있다.

그 결과 우리들은 모든 걸 포기하고 아무런 계획 없이 하루하루의 난폭한 삶에 뛰어들고 싶은 충동을 느끼게 된다.

시간 예산안에 편성된 일 가운데 이보다 더 위험한 삶의 방법은 없을 것이다. 충동적인 삶은 계산할 수 없을 만큼의 엄청난 시간을 손실한다. 그저 전화로 비현실적인 이야기나 비생산적인 일에 시간을 허비하는 삶으로 끝날지도 모른다.

그러나 당신이 오늘 꼭 하고자 하는 일, 할 수 있는 일, 해야만 하는 일들을 목록으로 만들어 메모지에 적어 보라. 그러면 엄청난 시간을 벌 수 있다.

제일 중요한 일은 첫 순서에 기록하라. 두 번 다시 올 수 없는 기회에 하루의 첫 시간을 배정해 놓아라. 당신이 지금 꼭 '해야만 한다'라고 생각되는 일보다도 다른 일에 우선권이 주어질 때도 종종 있을 것이다. 당신은 지금 꼭 해야만 한다고 생각했던 일들이 사실은 좀 더 기다릴 수 있는 일이란 것을 발견했을 때 놀랄 것이다.

오늘의 계획을 꾸준히 밀고 나갈 수 있도록 노력하라. 당신이 개인적으로 하고 싶어하는 일이 우선으로 해야 할 일보다 먼저 하고자 하는 유혹에 넘어가지 않게 훈련을 쌓아라. 당신이 하루를 계획하는 데는 강한 자제력이 필요하다.

다른 사람들이 당신의 시간을 헛되이 보내게 하려고 할 때는 '안 된다'라는 말을 준비하고 있어야 한다. 어쩌면 전화 수화기를 뽑아 놓는다거나 초인종 소리를 무시해야만 할 때도 있을 것이다. 친절하고, 솔직하고, 단호하게, '아니요'라고 말할 수 있는 기술을 터득하라.

방해에 대해서 미리 예비하라

피치 못할 연기와 방해를 예상하고 시간표를 짜라고 말하고 싶다. 매달 수입이 오백 달러인 사람이 예기치 못한 지출에 대한 예산안을 세워놓지 않는다면 경제적인 난관에 봉착하게 될 것은 당연한 사실이다. 시간 관리도 이와 같다.

많은 사람이 시간 관리를 제대로 못 하는 이유는 그들이 회피할 수 없는 긴급 상황에 대비할 만한 시간적 여유를 미리 마련해 두지 않았기 때문이다.

시간적 여유는 고속도로에서 당신의 생명을, 학기말 시험에서 더 나은 성적을, 당신과 만나기로 약속한 중요 사업가들로부터 좋은 평판을 얻고 있다고 하더라도, 당신이 시간적 여유를 고려하지 않는다면 감정을 파괴하는 당황, 초조, 분노와 직면하게 된다.

많은 긍정적 사고를 하는 사람들은 그들이 예상하던 지연마저도 고맙게 생각하고 유효 적절하게 사용하고 있으므로 보통 사람들로서는 거의 불가능한 것처럼 보이는 것들까지 간단하게 해치운다.

그들은 오히려 지연될 시간을 위해 계획을 세우는 사람들이며 시간을 매우 유용하게 쓰는 사람들이다.

지연이란 시간의 흐름은 사람들에게 좋은 인상을 남기게 하는 희귀한 기회일 수도 있다. 지연은 사람들에게 참을성 있고 이해심이 많은 사람이라는 명성을 얻어낼 수 있는 여건을 만들어 준다.

당신의 시간을 조심스럽게 점검해 보라

모든 시간이 다 똑같이 중요할 수는 없다. 하지만 이른 아침의 한 시간은 늦은 오후의 한 시간보다 더 중요하다.

봄철의 한 시간은 무더운 여름철 한 시간보다 훨씬 더 귀중하다. 월요일의 한 시간은 대개 일의 능률이 오르지 않는 데 반해, 수요일의 한 시간은 최고도로 활력과 정력이 흘러넘치는 시간일 것이다.

당신의 능률이 최고로 오를 수 있는 날, 요일, 시간을 찾아내서 가능한 한 그때 가장 중요한 사업을 하도록 하라.

당신의 시간 비중을 점검한 다음, 그에 따라 제일 좋은 시간에 가장 중요한 일을 할 수 있도록 시간표를 재조정해 놓으면, 지금보다도 훨씬 많은 일을 초과 달성할 수 있을 것이다.

자신의 자극을 위한 시간적 압박감을 조절하라

일을 연기시키거나 지연시키는 유혹으로부터 보호받기 위해 자신만의 압박조직체를 만들어 보도록 하라. 당신은 계획한 일을 다른 사람들에게 알림으로써 위에서 말한 사실을 이행할 수 있을 것이다.

본인만의 목표 달성 시간표를 작성하고, 그에 따라 행동하라.

그것이 당신이 목표한 사업을 이룰 수 있도록 압박감을 조성해 줄 것이다.

별로 큰일을 이루지 못하고 있는 사람들은 스케줄에 따른 압박감으로부터 자신을 보호하기 위해 시간표 작성하는 일을 회피하는 습관을 지니고 있다.

그러나 진리란, 당신이 구체적인 계획을 통해 자신을 압박함으로써 모든 게 행동으로 옮겨질 수 있다는 사실을 명심해야 한다.

시간이 없다는 핑계에 도전하라

당신이 바쁘다는 이유로 초대나 만남을 거절하기 전에 그 이유를 깊이 분석해 보도록 하라.

당신은 실제로 바쁜 것이 아니라 단순하게 바쁜 것처럼 느낄 뿐인 경우도 있을 것이다.

사실 우리들은 정말 하고 싶은 일을 위해서 시간을 만들고 있다.

아주 중요한 일이 당신에게 부딪치게 되면 계획 대부분을 변경시키고, 스케줄을 바꾸고, 지금까지 중요하다고 생각했던 활동을 중지하고 새로운 일을 맞아들인다.

그런데도 당신은 시간이 없다고 단언할 수 있겠는가?

어쩌면 당신은 근본적으로 실패하는 것을 두려워한다거나, 아니면 지쳐 있는 상태일 것이다. 그러므로 당신의 부정적 감정의 표현인 의기소침함이 당신도 모르는 사이에 '나는 할 수 없다, 너무 바쁘다.'라고 말하게 하는 것이다.

당신이 '예' 대답하고 노력해 보지 않는 한 계속 피곤하다고 느낄 것이며, 아무것에도 흥미를 느끼지 못한다면, 항상 지쳐 있을 것이라는 점을 명심해 두길 바란다.

당신이 어느 일에 흥미를 느낀다는 사실은 이미 그것에 개입되어 있다는 이야기와 같다. 그러므로 당신은 너무 바쁜가, 아니면 지쳐 있는 것인가를 파악해 볼 필요가 있다.

시간 절약 기구들을 조심하라

시간을 절약할 수 있는 온갖 제조 상품이 마련되어 있는 현세대가 오히려, 과거 어느 때보다도 더 많은 문제점이 대두되고 있다는 사실을 의아하게 생각해 본 적은 없는가?

이러한 기구들이 발전해 있다고 해서 반드시 시간이 절약되는 것만은 아니라는 사실에 주의해 보라.

'잠깐'이라는 말을 조심하라.

전화 통화 내용을 예로 들어 생각해 보자.

그저 충동에 이끌린 전화가 5분 내지 10분으로까지 길어지게 되는 경우가 허다하다. 당신이 꼭 걸어야 할 이유가 없었다면 그 시간을 벌 수 있었을 텐데 충동적인 기분으로 인해 판도라의 상자를 연 것처럼 한꺼번에 쏟아져 나오는 이야기를 하게 되고 시간을 낭비하는 결과를 가져온다.

기기를 이용한 시간 절약을 과대평가하지 말라.

그것들은 시간을 절약해 준다기보다는 노동력을 해소해 주는 정도에 그칠 뿐이다.

생각을 크게 가짐으로써 시간도 확대된다

시간 문제는 단순히 위축된 사고력의 결과로 빚어지는 경우가 있다. 우리는 모든 일을 다 자기의 손으로 해야 한다고 생각하기 때문에 남에게 맡겨지는 것을 싫어한다.

한편 자기의 일을 분담해서 처리해 줄 사람을 찾기란 쉬운 일이 아니다.

그 결과 우리들은 문제를 지혜롭게 해결하고 기회를 결단성 있게 붙잡고 인생을 성공적으로 살아가기 위해 사색해야 할 시간이 부족할 정도로 바쁜 현대인들의 일상이다.

행운은 뒤처져서는 잡을 수 없으므로 시간이 없다고 좋은 기회를 놓쳐서는 안 된다.

* * *

자기 암시의 법칙

·만일 당신이 파멸한다고 생각하면 당신은 파멸한다.
·당신이 어쩔 수 없다고 포기하면 아무것도 성취하지 못한다.
·당신이 이길 수 없다고 생각하면 승리의 여신은 당신에게 미소 짓지 않는다.
·성공은 당신의 의지에서 비롯되며 정신 상태에 의해서 결정되는 것이다.
·당신의 생각이 성공을 원한다면, 당신은 성공한다. 높은 지위에 오르고 싶으면 반드시 이루어진다는 신념을 가지면 된다. 인생은 언제나 강하고 약삭빠른 사람 편에 서 있는 것이 아니다.
모든 성공한 사람들은 '나는 성공할 수 있다. 나는 해낼 수 있다.'라고 생각한 사람들이다.

공포의 그림자를 추방한다

당신의 의식 속에 들어온 강렬한 공포의 감정은 씨앗과 같아서 싹이 트면 깊은 뿌리를 내린다.

나쁜 감정의 반응에 공포감이 확산하는 것을 막기 위해서는 제어하는 능력을 지니지 않으면 안 된다.

다음에 열거한 말을 자주 입 밖에 낸다면 마음속에 두려움이나 공포의 어두운 그림을 품고 있다는 증거이다.

"언제나 두려운 생각에 빠져 있어 솔직하게 나의 의견을 말할 수 없다."

"나는 무엇을 해본다는 것에 두려움을 느낀다."

"내가 하려는 것은 무엇이든지 잘되지 않을 것이라는 암울한 기분이 든다."

"나는 매사에 자신감이 없다."

"나에게 일어난 일을 극복할 수가 없다."

"나는 증오심이나 공포심이 생겨날 때면, 내 스스로 억제할 힘을 발휘하지 못한다."

"이제 나는 사는 것에 흥미를 잃었다. 두렵지만 않다면 죽고 싶다."

이런 말들이 당신 입에서 자신도 모르게 자주 튀어나오지 않는가? 만약 그렇다면, 지금이야말로 그런 패배적인 태도를 버려야 한다.

언제나 공포는 나쁜 상태만을 끌어당기지만, 용기는 그런 상태를 추방하는 힘이 있다.

당신이 두려움의 그림자를 지우기 위해서는 제일 먼저 그런 문제와 대결하는 것이 최선이다.

한 번에 한 가지 문제씩만 대결하도록 하라. 두려움의 실체가 무엇인가를 파악하라. 자세히 관찰하면, 당신이 부질없이 두려워했다는 것을 알 수 있다. 두려움이 당신의 마음을 지배하고 있을 때는, 그런 감정이 올바른 것처럼 느꼈을 것이다.

그러나 지난날 가장 두려웠던 때를 회상해 보면, 그 당시 그토록 두려웠던 감정이 한낱 부질없는 생각이었음을 느끼게 될 것이다. 만약 두려움이나 공포의 감정을 갖지 않았더라면, 어떻게 대처했을 것이라는 생각도 떠오를 것이다.

그리고 나서 올바르게 대처했을 때, 당신이 해야 할 말이나 행동을 기억하고 두려움을 극복하는 자기의 모습을 그려보면 새로운 용기가 솟아오를 것이다.

두려움이 느껴질 때는 마음의 그림자를 지워버리고 자신에게 의식적으로 명령을 내려본다. 두려움 따위는 관심도 두지 않는다는 명령을 내린다.

그다음에는 조금도 두려움 없이 그 상황에 대처하고 있는 그림을 마음속에 생생하게 떠올림으로써 공포의 어둠을 즉시 지워버린다.

비행기 조종사들은 이런 법칙을 응용하고 있다.

그들은 비행기가 추락한다든가, 사고가 나는 상상을 떠올리면 실제로 그와 같은 비참한 결과가 일어난다는 것을 알고 비행 연습 도중에 작은 불상사라도 발생하면, 곧 다른 비행기로 바꾸어 타고 향로를 계속하면서 사고 당시의 일을 잊는다.

* * *

결점도 장점으로 바꿀 수 있다

스스로 결점이 많다고 생각하고 있는 사람은 사회생활이나 대인관계에서 위축되기 쉽다. 결점이 있다면 고치는 것이 좋지만, 그것이 선천적이거나 유전적이라서 뜻대로 바꿀 수 없다면 어떻게 할 것인가?

이를테면 남과 어울리지 못하고 외톨박이로 지내는 사람이라면 성격상 한쪽으로 기운 데가 있다. 이는 성격상의 결함으로 볼 수 있다.

그러한 결점이 있다고 해서 사회적으로 출세 불가능하다고 단정할 수는 없다. 이름난 학자나 예술가 중에는 그러한 성격을 가진 사람이 적지 않다.

그들이 나중에 학문이나 예술 부문에서 남이 못한 큰일을 이루어 낸 것은, 그 결함이 외부 조건과 조화를 얻었기 때문이다. 자신이 갖고 있는 결점을 새로운 정세에 적응시키고 조화시킨 것이다.

그러므로 어떠한 결점이 있느냐가 문제가 아니라, 그, 결점을 어떻게 이용하느냐가 중요하다. 결점을 잘 이용함으로써 도리어 성공의 발판을 만들 수 있다.

두 종류의 사람

세상은 두 종류의 사람으로 나뉘어져 있다. '결단코 해내겠다'라고 하는 신념의 사람과, '어떻게 했으면 좋을지 모르겠다'라고 하는 불확실한 사람이다. 많은 이들이 후자에 속한다.

'나는 어떻게 하면 좋을까?' 하고 당신은 자신을 향해 수없이 말하지 않았는가?

인간의 삶은 어떠한 원인에서보다 결단에 따라서 파멸에 이르는 쪽이 많다.

당신의 마음속에는 무엇인가를 창조하는 힘이 있다. 그 힘은 당신의 결단으로 자력을 부여하지 않는 한 실력을 발휘할 수 없다.

당신은 이 사물을 끌어당기는 힘을 원하는 방향으로 향하게 할 필요가 있다. 왜냐하면 원하는 것을 손에 넣는 데 필요한 힘을 발휘할 수 있기 때문이다.

당신이 정신적 감정적으로 조화를 이루지 못하고 있을 때는 혼란을 느낀 나머지 자석처럼 원하는 것을 끌어당기는 힘이 파괴되기까지 한다. 정신과 육체의 불안정한 상태에서는 그 어느 것도 끌어당길 힘이 없다.

수많은 사람이 입으로 토해 내는 한탄의 말은 '나는 결정할 수가 없다'라는 나약함이다. 이는 인간의 마음에서 일어나는 가장 슬픈 마지막 외침으로, 희망과 자신감을 떠나보내는 우울한 종소리와 같은 것이다.

당신이 마음을 결정하지 못하는 한, 어떠한 도움도 받지 못할 것이며, 자신을 갖고 어떤 방향으로 움직여 간다는 것조차도 불가능한 일이다.

당신은 현재 있는 곳에 그대로 머물러 있고 싶은가? 만약, 그렇다면 결심 따위는 할 필요가 없다. 생각을 바꾸지 않는 한 현재의 위치와 삶의 모습이 어떠하든지 정체된 채로 그대로 머물러 있을 것이다.

아니면 더 낮고 비천한 곳으로 침몰해 갈지도 모른다. 전진하지 않으면 그것은 후퇴이며 발전하지 않으면 곧 퇴보이기 때문이다.

당신의 사고력이나 생각 역시 경험을 쌓아감에 따라 새롭게 탄생한다. 만약 그렇게 하지 않을 때 낡고 고루한 생각이 당신의 마음을 점령하여 둔화시키고 머리를 녹슬게 하며 발전을 가로막는다.

당신이 이제까지 해 온 것과 같은 식으로 결단을 내릴 수 없다면, 당신의 낡은 생각과 욕망의 다툼으로 하여 '마음의 소리'가 생존의 진흙탕 속에서 빠져나와야 한다고 명령해도 전달되지 않는다.

당신의 마음가짐이 위에서 설명한 것과 유사한 상태라면, 결단을 내리고 빠져나오는 길밖에 없다.

그다음에는 자신에게 수정된 방향을 제시하고 흐트러진 힘을 모아서 새로운 마음으로 거듭나야 할 것이다.

잘못된 방향으로 가는 사람들

당신의 삶에는 많은 기회가 주어져 있다. 그런데 어째서 원하는 곳으로 가지 못하고 있는 것일까? 아마도 어떤 방해물이나 장애가 있기 때문일 것이다.

사람들은 두 갈래 길 중에서 한 길을 선택한다. 자신들이 원하는 길을 선택하느냐, 아니면 다른 사람들이 권하는 것을 선택하느냐 중에 한 길이다.

이것은 매우 중요한 삶의 문제이다. 많은 사람은 자신의 개인적인 욕구에 눈이 어두워서 다른 사람들의 문제에는 관심을 두지 않는다. 그리하여 고용주는 사원들이 더욱더 열심히 일해 주기를 바란다. 그러나 사원들이 무엇을 바라고 있는지는 잘 알지 못한다.

세일즈맨은 상품을 팔려고 하는 욕구만 있을 뿐 고객들이 정말 원하는 것이 무엇인지를 거의 물어보지 않는다. 그 이유는 고객이 '그 제품이 적합하지 않다'라고 말할까, 걱정되기 때문이다.

교사는 우둔하고 답답한 아이가 더 활발해지기를 바라면서도 그 아이가 마음속으로 원하는 바람을 알려고 하지 않는다.

이외에도 사람들은 타인에 의해서 자신이 원하는 것을 바랄 뿐이다. 그리고 그것이 충족되지 못하면 좌절에 빠진다. 한편으로 사람들은 당신이 원하지 않는 일조차도 강요하고 있다. 그것은 자신들이 바라는 것만을 얻으려는 목적 때문이다.

사람들은 기대했던 사람으로부터 기대한 것을 얻지 못하면 모든 게 어둡게 보인다고 말한다.

부모들은 자녀들에 대한 기대가 어긋날 때 꾸짖으며 심하면 때리기까지 한다.

사장은 기대했던 만큼 사원들이 일해 주기를 원하고 기대에 어긋나면 불평한다.

세일즈맨은 생각했던 고객이 반응이 없을 때 절망적인 상태에서 계속 매달린다.

교사들은 학생들의 공부에 대한 의욕을 높이고자 훈계하고 때로는 창피도 준다. 그러나 희망이 없음을 알게 된다.

그러므로 이혼, 가정 파탄, 잦은 직장 이동, 고독감 등은 다른 사람과 원만한 관계를 유지하려는 노력에 대한 큰 장애 요소들이다.

사람들이 무엇을 원하는가를 찾아라. 그리고 그들이 원하는 것을 얻도록 도와주어라. 그러면 당신이 원하는 것을 얻을 수 있을 것이다.

패배란 말은 입에 담지도 말라

어떻게 하면 중단하지 않고 끝까지 밀고 나갈 수 있을까?

첫째, 패배란 말을 입에 담지 말아야 한다. 패배란 말을 쓰면 자기 자신이 그것을 받아들이는 결과를 초래하기 때문이다.

사업가로 성공한 사람을 예로 들어 설명하겠다. 그는 사업이 곤경에 빠져 매우 어려울 때, 자신이 패배자의 길을 걷고 있음을 알아차렸다. 그것은 패배 자체와 결부되는 패자의 삶이었다.

그래서 그는 희망, 신념, 승리와 같은 좋은 말만 하기로 했다. 그때부터 모든 일에 자신감이 생겼으며 사업도 조금씩 변화되기 시작했다.

휠리스 시몬케는 한 논문에서 부정적인 말을 하는 것이 얼마나 위험한가를 논했다. 그녀는 '아니오'라는 말은 문을 닫는다는 뜻을 나타내는 말이라고까지 하였다.

그러나 '아니오(No)'를 거꾸로 보면, 새로운 희망이 움튼다는 어원이다. 그것은 전진을 뜻하는 온(on)이 된다. 따라서 당신의 문제가 해결될 때까지 전진을 끈질기게 추진하라는 낱말이다.

당신이 목표를 향해 나아갈 때 부정적인 말을 절대로 사용해서는 안 된다. 실제로 어려운 일이 닥치면 누구나 부정적인 말을 하기 쉽다.

인생의 참다운 목적에 도달할 수 있느냐 없느냐 하는 것은 어려움에 봉착했을 때, 당신이 어떻게 결정하느냐에 달려있다.

* * *

스스로 창조하는 가치

당신은 자신의 인생을 위해서 열심히 일해야 한다. 보람 있는 삶이 되기 위해서는 반드시 일해야 한다. 일하지 않는 사람은 아무런 업적을 남길 수 없다.

회사에 다니는 사람들에게 공통적이면서 가장 중요한 꿈은 직장에 대한 보장이다. 안전한 보장을 원하고 있다. 일과 안전 문제는 밀접한 관계가 있다. 그러나 여기서 알아야 할 것은 안전 보장도 남이 주는 것이 아니라 자신이 만들어 낸 가장 확실한 결과임을 잊어서는 안 된다.

국가에서 허락해 주는 보장과 개인이 자력으로 이룬 안전한 보장과는 엄청난 차이가 있다. 당신이 일하면서 추구하는 것과 다른 사람이 당신의 안전을 보장하는 것과는 다르다는 사실을 명심해야 한다.

진정한 보장은 일하는 사람만이 가질 수 있는 일이다. 그것은 남이 주는 것이 아니라 스스로 창조하는 결과물이다. 따라서 꾸준히 일하는 사람만이 안전한 보장을 받을 수 있다.

실패의 원인

실패의 원인은 광범위하고 복잡하며, 여러 곳에서 나타난다.

개인의 삶에 따라서 달라지며 성공과 실패라는 두 낱말에 따라서 좌우되기도 한다.

그리고 심리적인 상태에 의해서도 명암이 엇갈린다. 그러나 실패의 가능성은 공통적이고 분명한 형태를 띠고 있다.

실패의 원인은 대략 10가지로 분류될 수 있다. 그 10가지는 가장 기본적인 것이며, 당신이 스스로 찾아내어 정복해야 한다.

또 그중에 몇 가지는 절대로 소홀히 해서는 안 된다.

당신이 실패의 원인을 알고 정복할 때 대부분의 장애물은 제거된다. 누구도 당신을 위해 장애물을 제거해 주지 않는다. 당신이 스스로 그 길을 닦아야 한다.

혹은 누군가가 도움을 준다고 하더라도 직접적인 일은 혼자서 해결해야 한다.

책임을 다른 사람에게 돌린다

첫 번째 장애물은 책임을 다른 사람에게 돌린다는 것이다.

우리는 때때로 성공이나 실패를 행운과 불행의 탓으로 돌린다. 그리고 운이란 신이 인간의 일에 개입하는 행위라고 생각한다. 그래서 그들은 그 내면적인 것을 거의 보지 못하고 단순히 '그것에 대한 책임'만 따진다. 그러나 성숙한 사람들은 '나에게 그런 행동을 하도록 한 것은 무엇인가'하고 생각한다.

사람들 대부분은 '그것은 내 잘못이다'라고 솔직히 인정하기를 꺼린다. 그래서 실패와 과실에 대해 어린아이들의 방법을 택한다. 어린 동생이 형에게 책임을 돌리는 것은 인간의 본능이다. 동생은 늘 '형이 나에게 이렇게 했어.'하고 변명한다.

다른 사람 탓으로 돌리는 행위는 이미 우리 인생이 반은 실패했으며, 남은 절반도 실패로 향하고 있음을 증명하는 반응이다.

사람들은 실패를 있는 그대로 인정하지 않으려고 하는 속성을 가지고 있다. 그러므로 실패를 극복할 수 없다. 다만 가공의 인물을 내세워 그에게 탓을 돌리고 그와의 싸움에 많은 시간을 낭비한다. 그러므로 어떤 승리도 쟁취하지 못한다.

당신이 진정 싸워야 할 상대는 자신과의 싸움이다. 언제까지 나 당신이 외적인 것에 힘을 쓰고 있다면, 결코 자신의 인생에서 승리할 수 없다.

자기비판에 빠져 있다

두 번째 장애물은 자기 비난이다.

'왜 나는 이렇게 바보인가? 나는 얼마나 잘 속는가? 왜 나는 항상

착각하며 사는가? 나는 바보 천치다!'

실제로 당신은 바보도 아니며, 자신이 잘 속는다고 믿지 않는다. 그러면서도 자기 비난에 빠지는 것은 실패를 위장하려는 가장 손쉬운 방법이기 때문이다. 그러나 그 결과는 자기의 문제를 더 심각하게 만들 뿐이다.

당신은 실패 뒤에 숨어 있는 핵심과 싸우려 하지 않으며, 문제를 해결하려고도 하지 않는다. 오히려 자신을 비난하고 자학한다. 그래서 실패는 되풀이된다.

이것이 당신의 인생에서 가장 치명적인 약점이며 위험스러운 자학이다. 자기 비난은 열등감과 불안감을 더욱 확대한다. 그것은 잡초처럼 무성하게 자라서 당신 마음에 잘 가꾸어진 삶의 정원마저 망쳐버린다.

당신은 자기 비난으로부터 시작하여 부정과 경멸에 이르며 마침내 파멸에까지 도달한다.

자기 비난은 발전을 저해한다. 발전의 문을 닫게 되면 당신의 인격은 퇴보하고 만다. 또한 우울한 사람이 되어 작은 일에도 번민에 빠진다. 강한 빛에 의해 더 시력이 나빠지는 것처럼 자기 비난은 의지를 마비시키고 의욕을 약화한다.

목표가 없다

세 번째 장애물은 목표가 없다는 것이다.

그래서 윌리암 메닝거 박사는 다음과 같이 말했다.

"만일 누군가, 어느 곳에 가고자 한다면, 무엇보다도 목적지가 어디인지를 알아야 한다. 그리고 그곳을 향해 곧장 간다면 일이 더 순조로울 것이다."

어떤 목표를 세우고 실행에 옮기자면 다음 길을 예비해야 한다. 당신은 자신이 원하고 바라는 것을 알고 있기에 열심히 그 길을 향해 갈 수 있다.

인생의 목표가 향락인 사람도 있다. 그들은 즐기는 것 이외에는 아무것도 생각하지 않는다. 때로는 다른 사람은 물론 자기 자신까지도 희생시킨다. 삶을 의미 없이 사는 사람들이다.

그들은 천부적인 재능을 무의미한 쾌락에 낭비한다. 자신의 에너지를 무분별하게 써버린다. 그들이 어쩌다 목표를 정할 때도 한꺼번에 많은 계획을 세워서 감당하지 못한다. 그리고 손에 잡히는 것은 무엇이든지 그 가치를 과장한다. 이처럼 그들의 마음속에는 아무 의미 없는 것들로 가득 차게 되고, 나중엔 삶의 목표마저 방치한다.

그리하여 결국에는 모든 걸 상실하여 삶에 대한 의욕도 본능까지 위축된다. 마침내 그 어떤 기회가 주어졌을 때, 그들은 준비가 되어 있지 않다. 그래서 모든 게 무의미한 것으로 끝난다.

잘못된 목표를 선택한다

네 번째 장애물은 잘못된 목표의 선택이다.

중국의 우화 하나를 소개한다. 항상 황금에 집착해 있는 한 사람이 어느 날 보석상에 들어가 금화가 가득히 들어 있는 주머니를 훔쳐 도망쳤다. 그러나 얼마 못 가서 경찰에 체포되었다. 경찰관이 심문하면서 물었다.

"당신은 왜 밝은 대낮에 금주머니를 훔쳤소?"

"제 눈에는 금밖에 보이는 것이 없어서…"

목표를 잘못 선택하여 그것에만 집착할 때 위에서 말한 우화의 주인공과 같은 실패를 범하게 된다.

성공한 사람이 성취감의 기쁨보다는 허탈감에 빠져 버리는 경우가 바로 여기에 있다. 그들은 자신이 세운 목표를 달성했으나 잘못 선택한 길을 가고 있었다. 그래서 그 목표 달성이 오히려, 그들의 마음을 황폐하게 만들고 만 것이다.

여러 해 동안 피땀 흘려 노력한 끝에 얻은 성공, 그러나 행복할 수 없다. 오히려 허무감과 서글픔만이 가슴 속에 차 있을 뿐이다. 그래서 전문 분야를 바꾸는 예도 있다.

책임 있는 사람은 쉽게 남의 말에 좌우되지 않는다. 그는 스스로 인생의 행로를 발견하며, 때로는 그 행복이 어떤 것인지를 알게 된다. 그러나 조급하게 변혁을 시도하지 않는다.

확실한 선택을 위해서는 많은 생각과 자기 자신에게 정직할 필요가 있다.

쉬운 길을 택한다

다섯 번째 장애물은 '쉬운 길'을 택한다.

많은 사람이 성공에 이르는 가장 쉽고 빠른 방법을 선택한다. 그러고는 그 성공이 환상적이었음을 발견하게 된다.

근면은 반드시 당신에게 즐거움을 주는 것은 아니다. 그러나 근면 없이 성공과 행복의 길에 이르지 못한다.

최소한의 '편한 길'은 만족한 성공을 가져다주지 못한다. 앞에서 이야기한 부적합한 목표의 선택도 지나치게 지름길을 추구하려는 의도에서 나온 것이다. 편한 지름길은 정직한 법칙을 거부한다.

임기응변적인 거래 방식이나 강인한 추진력도 성공을 위해서는 필요한 요소이다. 그러나 그러한 방식은 일을 단축할지 모르나 행복과는 먼 성공이 될 수도 있다.

먼 길을 택한다

여섯 번째 장애물은 먼 길을 택한다.

'가장 먼 길이 집으로 가는 가장 빠른 길이다'라는 속담이 있다. 이 속담이 맞는 일도 있지만, 인생에서의 정답은 아니다.

언젠가 아인슈타인은 '상대성이론'을 설명해 달라는 요청을 받고 이렇게 말했다.

"어떤 젊은이가 사랑하는 연인과 함께 있을 때, 그 한 시간은 1분처럼 느껴진다. 그러나 같은 젊은이가 1분 동안 뜨거운 난로 위에 앉아 있다면, 그 1분은 한 시간처럼 느껴질 것이다. 우리는 상대성이 아닌 현실만을 말하는 경향이 있다."

50대 후반이나 60대 초반 사람들의 장례식에서 얘기를 들어보면 처음 직업을 가졌을 때, 모든 즐거움을 유보하고 오로지 돈을 버는 데 전념했다. 성공을 거두고 이제 남은 인생을 즐기려는 순간 세상을 떠났다는 것이다.

먼 길이 집으로 가는 가장 짧은 길은 아니다. 오래 기다리거나 먼 여행을 하다 보면 목표를 이룰 수 없다.

작은 일에 소홀히 한다

일곱째 장애물은 작은 일을 너무 소홀히 하는 경향이 있다.

작은 일을 소홀히 해서는 안 된다는 점을 잘 나타낸 이야기를 하나 소개하겠다.

맥킨리 대통령은 똑같이 유능한 관리 중에서 한 사람을 택하여 외교관 업무를 맡겨야 했다. 두 사람 다 오랜 친구로 누구를 선택할지 고민하게 되었다.

그때 그는 옛날 일을 한 가지 회상했다.

폭풍이 몰아치는 저녁이었다. 맥킨리는 친구와 함께 전철을 타고 구석 자리에 앉았다. 그때 나이가 지긋한 아주머니가 무엇이 가득히 들어있는 바구니를 머리에 이고 전철 안으로 들어왔다. 그녀에게 누구도 자리를 양보해 주려 하지 않았다.

맥킨리의 두 친구 중에 함께 탄 한 명이 부인 가까이 앉아 있었는데, 그는 신문을 읽는 척하며 외면했다. 맥킨리는 그 부인에게 다가가서 자리를 양보했다. 그런데 그때까지도 그 친구는 무관심한 표정을 짓고 있었다.

맥킨리는 그 일을 회상하고 그 친구에게 외교관의 자리를 주지 않았다. 그 친구는 그때의 일로 자신이 외교관의 자리에 앉지 못한 사실을 알지 못했을 것이다.

이같이 작은 일의 중요성을 말해 주는 이야기는 수없이 많다.

훌륭한 경영자는 결코 작은 일을 소홀히 하지 않는다. 그 작은 일을 잘못 다루게 되면 큰 문제가 되리라는 것을 알고 있기 때문이다.

성경에는 작은 일을 잘 처리한 종의 이야기가 나온다. 주인은 그 종이 작은 일에 책임을 다하였음을 알고 '착하고 충성된 종아, 네가 작은 일에 충성하였으니, 내가 많은 것을 네게 맡기리라'라고 말했다.

너무 빨리 단념한다

여덟째 장애물은 너무 빨리 단념하는 일이다.

최근에 필자가 어느 잡지에서 '성공의 조약돌'이라는 기사를 읽은 일이 있다. 그 기사 내용을 여기에 소개하고자 한다.

라파엘 솔라노는 메마른 강바닥에 털썩 주저앉아서 친구에게 푸념을 늘어놓았다.

"더 이상 계속하여도 소용이 없을 것 같아. 이 조약돌은 구십구만 구천구백구십구 번째의 돌이야. 하나만 더 집으면 백만 개가 될 거야. 그런데도 다이아몬드를 찾지 못했으니……."

그 세 사람은 베네수엘라에서 물줄기를 따라 장소를 옮겨가면서 다이아몬드를 찾는 데 여러 달을 보낸 것이다.

그들은 쉬지 않고 일했다.

이제 그들 모두는 지쳐 있었다.

그래서 솔라노가 단념하겠다고 말한 것이다.

"아니야, 다시 찾아보는 거야!"

친구가 말하자, 솔라노는 허리를 굽혀 조약돌을 하나 집어 들었다.

"이게 마지막이야."

그런데 그 조약돌은 무거웠다.

그래서 이상하게 생각한 그가 조약돌을 내려다보는 순간, 그만 깜짝 놀랐다.

그는 기쁨과 놀라움에 소리쳤다.

"야! 다이아몬드다!"

뉴욕의 한 보석상이 그 다이아몬드를 2백만 달러에 구매했다.

그것은 지금까지 지구상에서 발견된 가장 크고 순수한 다이아몬드였다.

그 축복은 솔라노가 백만 번째 조약돌을 포기하지 않은 결과였다. 그는 계획했던 목표를 거듭되는 실패에도 불구하고 끝까지 해냈다.

성공과 실패의 차이는 빨리 단념하는 데에 있다는 것을 명심해야 한다. 앞서고 있는데도 단념한다는 것은 어리석은 일이다.

그러나 지금 뒤쳐져 있다고 해서 단념한다는 것은 더 어리석은 일이다.

성공은 운에 좌우되지 않으며, 오직 실패를 정복하는데 운이 있다. 어려울 때 하던 일을 단념한다는 것 자체가 실패이다.

과거의 기억에 사로잡혀 있다

아홉 번째의 장애물은 과거에 대한 짐이다.

당신이 과거의 기억에서 완전히 해방된다는 것은 불가능한 일이다. 오히려 그 기억을 받아들여야 용기와 확신을 가질 수 있다. 그와 반대로 패배의 울타리 안에 묶여 있다면 즐거운 과거일지라도 당신의 삶은 속박당한다.

훌륭한 가문의 후손으로 선조의 이름이나 업적을 자랑하지만 앞으로 나아가지 못하는 사람이 있는가 하면, 단 한 번의 성공에 만족하고 더 이상 발전을 못 하는 사람도 있다.

그러나 당신에게는 삶의 용기를 꺾는 기억들이 더 많을 것이다. 고통과 상실, 그리고 실패에 대한 기억들은 삶의 의욕을 꺾어버린다.

내일을 위한 문제가 새로운 고통을 가져다줄 수도 있다. 그러나 어제의 문제는 끝냈다. 물론 어제의 문제가 계속 고통을 주기도 하지만, 불안감은 주지 않는다.

그러므로 과거를 생각한다는 것은 현재의 고통을 잊게 하는 안전한 방법일지 모른다.

'앞을 향해 나가는 한, 나는 어디론가 갈 것이다.'

위대한 탐험가 데이비드 리빙스턴의 말이다. 그렇다. 당신은 앞을 향해 걸어가야 한다.

인생은 성장의 과정이다. 성장하기를 주저하고 새로운 것에 두려움을 느낀다면, 그것은 곧 인생을 포기하는 것과 같다.

성공에 대한 착각에 빠져 있다.

열 번째 장애물은 성공에 대한 착각이다.

성공은 변덕의 여신이다. 당신은 변덕의 여신을 잘 안다고 말하지만, 그 여신은 당신이 아는 것보다 더 현명하다.

많은 사람이 성취감에 속고 있다. 그 성취감은 성공의 그림자를 지니고 있어서, 그것이 곧 성공인 것처럼 착각하게 만들기 때문이다.

당신은 그 환상에서 벗어나야 한다. 자신이 이루어 놓은 것만을 인정해야 한다. 당신은 가면을 쓰고 자신에 대한 과장된 이야기를 그대로 받아들이면 안 된다.

그러면 당신은 칭찬을 성공으로 착각하게 된다. 성공이 영원히 당신 것인 양 환상에 사로잡힌다. 그래서 더 큰 성취감은 불필요하다고 생각한다. 그것은 참된 성공에 대한 권리를 포기하는 거와 같다.

그런 성공이 영원한 것으로 보일 때처럼 위험한 예는 없다. 동시에 자만과 자신을 갖게 된다. 그래서 새로운 문제가 발생하면 더 당황하게 된다.

'이미 성공했는데, 왜 이렇게 큰 문제가 생기는가?'라고 자신에게 반문하게 된다.

성공은 변덕스러운 것이다. 계속 노력해야 한다.

성공은 어떤 경우든 영원한 것이 될 수 없다. 어떤 승리도 더 높은 목적을 위한 수단으로 이용되지 않는다면, 그 가치는 상실된다.

승리는 일시적이다. 그리고 본질적으로 무용한 기쁨이다. 당신은 성공 그 자체를 인생의 목적으로 삼아서는 안 된다. 그러면 그 성공의 환상이 주는 고통에서 벗어날 수 없다.

* * *

성공을 위한 디딤돌

1. 주위를 살펴보라. 쓸데없는 두려움이란 당신의 앞길을 가로막고 있지는 않은가? 두려움이란 단지 마음의 상태일 뿐이다.
2. 두려움을 없앨 수 있는 습관들을 익히는 것이 중요하다.
3. 두려움은 흔할 뿐 아니라, 어떤 것은 정당하기까지 하다. 그러나 당신이 우유부단함과 의심에서 벗어나지 않는 한 두려움은 뿌리박은 채 자랄 것이다.
4. 돈을 생각하고 큰 부자가 되는 데 변명만큼 장애가 되는 것도 없다.

펌프의 교훈

나는 강연할 때마다 물 펌프에 관한 이야기를 즐겨 말한다.

내가 이 이야기를 특별히 주장하는 것은 자유의 본질을 잘 표현해 주는 내용이며, 인생의 교훈을 비유한 이야기이기 때문이다.

이제 그 펌프 이야기를 독자에게 들려주겠다.

10여 년 전에 나와 절친한 두 친구는 차를 타고 남 앨라배마의 산중턱을 올라가고 있었다.

때는 무더운 8월이었다. 그들은 몹시 목이 말랐다.

그래서 그들은 폐허가 된 농가 근처에 차를 세웠다. 급히 뛰어내려 우물이 있는 곳으로 달려가 펌프질했다. 아무리 펌프질해도 물이 나오지 않았다.

그러자 옆에 있는 친구에게 세숫대야를 가지고 부근의 냇가에서 물을 떠 오라고 하였다.

그 친구가 의아한 얼굴로 바라보자, 펌프 손잡이를 잡고 있던 친구가 "펌프에 마중물을 부어야 물이 나온다."라고 말했다.

인생도 마찬가지이다.

다른 사람으로부터 무엇을 얻으려고 하면, 당신이 먼저 무엇을 그에게 주어야 한다.

일을 해야 돈을 받을 수 있다. 당신이 대가를 주어야만 대성할 수 있다.

그러나 많은 사람은 그런 노력과 대가를 주지 않으려고 한다. 어떻게 손쉽게 얻을 방법이 없을까를 궁리할 뿐이다.

그리고 다른 사람이 먼저 자기 자신을 승진시켜 주거나 대우를 해 주어야만, 그만한 노력을 하겠다고 생각한다.

농부는 이른 봄에 밭이나 논에 씨를 뿌려야 가을에 추수할 수 있다. 무엇보다도 추수하기 전에 많이 노력해야 결과를 기대할 수 있다.

학생도 예외는 아니다. 지식과 졸업장을 얻기 전에 열심히 공부해야 하는 책임과 의무가 있다.

사무관리나 책임자가 되려는 사원은 잡다한 많은 일을 처리해야 한다. 앞으로 사장이 되려는 중견간부는 남보다 배로 일해야 할 것이다.

보상의 법칙에 따라 당신의 인생 속에 대가를 집어넣어야 그 속에서 무엇을 캐낼 수 있다는 사실을 명심해야 한다.

다시 펌프 이야기로 돌아가자, 얼마 동안 펌프질을 계속 해도 물이 나오지 않았다.

그러자 물을 길어 온 친구는 더 이상 이 펌프에서는 물이 나오지 않는다고 판단하고 중단할 것을 요구했다.

그때 펌프질을 하던 친구가 이렇게 말했다.

"지금 중단해서는 안 된다. 만일 펌프질을 중단한다면 올라오던 물이 다시 우물 속으로 내려간다. 그러면 우리는 처음부터 다시 시작해야 해."

그렇다. 인생 역시 중단하면 실패한다. 중단하는 자는 승리자가 될 수 없다.

사람은 누구나 중도에 포기하고 싶을 때가 있다.

왜냐하면 우물에 물이 없는 것처럼 보이기 때문이다.

이런 때일수록 당신은 더 분투, 노력해야 한다.

* * *

성공한 사람은 창조의 중심이다

기업가는 고독한 위치에 있는 사람이다. 그 자리는 냉엄하고 쓰라린 고통이 따르는 직책을 소유한 사람이다. 24시간, 그가 겪어야 하는 스트레스와 긴장은 크게 수지 맞는 업무라고 할 수 없다. 그러나 달리 생각해 보면 그 이상 보람 있고 즐거운 직무가 어디에 또 있겠는가?

한 번 더 시도하라

옆에서 보아서는 펌프질을 얼마나 더해야 물이 나올 수 있는지 판단할 수 없다.

인생이라는 게임에서도 지금 하는 이 일이 실패로 끝날지 1주일 후에, 어떤 새로운 변화가 일어날지 알 수 없기 때문이다.

그러나 당신이 무엇을 하든지 간에 열심히 끈기 있게 노력한다면, 조만간 노력의 대가가 찾아올 것이다.

한 번 물이 나오기 시작하면 계속 펌프질만 하면 충분히 쓸 만큼의 물이 나온다는 이 펌프 이야기가 시사하는 메시지를 이해할 수 있을 것이다.

무엇을 하든, 무슨 일을 하든 지구력과 끈기를 가지고 꾸준히 노력하면 성공의 문이 열린다는 뜻이다.

당신이 학생이든, 회사원이든, 아니면 세일즈맨이든 한 번 물줄기를 얻으면, 그때부터 적은 노력으로도 그것을 유지할 수가 있다.

나는 펌프 이야기가 인생을 비유하는 교훈이라고 생각한다. 이 이야기가 주는 믿음은 연령과 종교, 인종에 관계 없이 모든 인류에게 해당한다고 믿고 있다.

당신이 정상을 향해서 달려갈 때, 이 펌프의 이야기가 예시하고 있는 메시지를 기억하기를 바란다. 아무리 힘이 들더라도 물이 나올 때까지 계속하여야 한다.

그러면 결과는 기대한 것 이상으로 나타날 것이다.

* * *

성공이 당신의 존재를 완전무결하게 만들지 못한다

크게 성공을 거둔 여성도 철저하게 공격을 받는 경우가 있다. 성공한 남자도 예외는 아니다.

연예계 슈퍼스타들도 평론가들로부터 심술궂을 정도로 공격을 받으며, 그 비난은 스타에게 상처를 준다. 권력자인 대통령도 신문 여론으로부터 공격을 받으면 움츠린다.

당신은 어떤 행위(아이들, 가족, 연인, 직업)에 대해서도 열정을 느낄 수 있으며, 이것들에 의해 상처를 받을 수가 있다.

상처받을 것을 두려워하지 말라. 상처를 뛰어넘어서 그 상처가 당신의 다음 계획에서 더 큰 성공을 거두는 데 힘이 될 수 있도록 이용하라.

결단하지 못함으로써 파멸에 이른 인생

결단을 내리지 못함으로써 결국 파멸을 맞은 사람이 수없이 많지만, 그런 사람으로 목사 한 분을 소개하겠다.

그는 목사였지만 성서를 읽으면 읽을수록 의문이 생기는 것은 어쩔 수가 없었다. 그는 마음속으로는 성서를 의심하는 것이 죄인 줄 알면서도, 점차 성서의 어느 부분을 부정하기에 이르게 되었다.

'나는 이 상태로 설교를 계속할 것인가, 아니면 목사직을 그만두어야 할 것인가?'

그의 마음은 결단을 내리지 못한 채 혼란스러웠고, 마침내 건강에까지 영향을 주어 몸이 약해지기 시작했다.

이제는 강단에 서서 설교하는 것조차 두려움을 느끼기 시작했다. 그리하여 설교하지 않아도 될 만한 적당한 구실이 일어나기를 은근히 기대하는 처지였다.

마침내 마음속으로 기대하던 일이 일어났다. 신념의 마술이 부정적인 방향으로 작용한 것이다. 그가 설교하려고 강단에 올라선 순간 갑

자기 심한 기침이 나서 숨쉬기가 곤란할 정도였다.

그의 건강이 그로부터 더욱 악화하여 목사직을 사퇴하지 않으면 안 되었다.

누구나 그를 동정했지만, 그는 자기 자신을 비난했다. 그로부터 얼마 후에 건강은 회복되었지만, 어떠한 일에도 결단을 내리지 못하는 우유부단한 인간이 된 것이다.

그리하여 목사의 직분으로 신도들에게 새로운 신앙의 방향도 제시하지 못하였으며, 자기가 의심하고 있는 문제점을 누구에게 말하는 것조차 두려워하여 고뇌하고 번민하기까지 하였다.

그때부터 그는 자신의 문제를 결정하려고 하면 기침부터 나오기 시작하여, 무엇하나 결단 못 하는 불쌍한 노인으로 전락하고 말았다.

그는 임종 직전에 필자에게 이런 말을 했다.

"나는 다시 한번 인생을 산다면, 신념을 숨기지 않고 정직하게 말하겠다. 그리고 두려움 때문에 결단을 내리지 못하여 항상 자책과 우유부단으로 자학하는 인생이 되지는 않겠다."

당신은 이러한 병적일 만큼의 우유부단으로 괴로움을 당하고 있지는 않는가?

결단은 용기로부터 생긴다. 그리고 용기는 자신의 힘을 믿는 자신감에서 솟아오른다.

현재 당신을 에워싸고 있는 문제나 상황이 언제까지나 그대로 계속되리라고 생각해서는 안 된다. 상황은 항상 변한다. 그러기에 당신에게 결단을 요구하는 것이다.

중대한 결심은 작은 것부터 시작된다

사람들은 한 번 예스라고 하면 계속 '예스'라고 한다. 이는 큰 결단보다 작은 결단을 할 때 훨씬 쉽다.

또한 사람들은 자기의 행동을 바꿀 때, 별안간 극적인 변화를 주기보다는 사소한 작은 변화가 몇 가지 겹치는 쪽을 더 잘 받아들인다.

예를 들어 당신은 집을 바꾸길 원하는데, 아내가 그렇지 않을 때 이런 방법을 쓰면 된다.

이사에 성공하기 위해 첫 단계로 다음 일요일에는 집 고칠 데가 없는지 살펴보자고 제안한다. 그리고 느닷없이 "차라리 새집으로 바꾸어 버릴까?" 등으로 비약하지 말고, 조금씩 생각을 진행하여 동의를 구하면 된다.

또 다른 예도 있다.

직장에서 아침에 출근하자 동료 직원이 당신에게 커피를 권했을 때, 당신이 거절했다고 하자. 이윽고 점심시간이 되어 모두 함께 점심식사에 초대받았다. 이에 당신은 또 거절했다. 선약이 있었기 때문이다. 오후에 당신은 두 가지 권유를 받는다.

교회의 파티에 참석해 달라는 것과 토요일 저녁에는 자기 집으로 오라는 친구의 부탁을 받은 것인데, 당신은 또 거절했다. 그래서 당신은 주위 사람들과의 사이에 어색한 분위기를 만들고 말았다.

그런데 그날 집으로 돌아가자, 아내가 청했다.

"여보, 오늘은 외식하죠?"

그러나 당신은 '노'였다. 오늘 하루 유사한 상황에서 거절만 해왔기에 자연히 '노'하고 대답하게 된다. 거절의 개념이 이미 형성되었기 때문이다.

'1인치는 쉽고 1야드는 어렵다.'

작은 것에 긍정적으로 대답을 얻게 되면, 큰 것에도 '예스'를 받기 쉬운 것이다.

* * *

성공이란 꿈을 피우는 인간의 꽃이다

리더십은 상황에 따라 매우 다양하게 정의되고 있다. 그러나 그 내용을 종합해 보면 '리더십이란 일정한 상황에서 공동의 목표를 달성하기 위하여 개인이나 집단 행위에 영향력을 행사하는 과정'으로 요약할 수 있다.

즉 리더십의 요체는 영향력 행사의 과정이며, 그 궁극적 목적은 기업의 목표다. 따라서 훌륭한 기업인은 구성원들에게 영향력을 행사하여 기업의 공동 목표를 달성하도록 직원들의 마음에 꿈을 담아주는 사람이라 할 수 있다.

당신은 어디에선가 출발했다

윌머가 열두 살 되었을 때, 또래의 소녀들이 남자아이들처럼 달리며 뛰어노는 것을 보았다.

그녀는 집에만 묶여 있었기 때문에 다른 사람들이 찾아와야 했다.

윌머는 좀 더 성숙하여 세상을 탐색하기 시작하면서부터 여자들이 하는 모든 운동을 정복해야겠다고 결심했다.

그때 그녀보다 두 살 더 먹은 언니 이본느가 여자 농구팀에 들어가려고 애쓰고 있었다.

그녀도 언니와 함께 같은 팀에서 뛸 수 있다면 얼마나 좋을까 하고 생각하면서 입단 결심을 하기에 이르렀다.

그러나 그녀는 30명의 소녀 신청자 중 12명은 최종 합격자 명단에 낄 수 없다는 사실을 알고 기가 꺾였다.

그러나 그녀는 모두에게 자기가 아주 유능하다는 모습을 보여주고 싶었다.

집으로 가는 도중 길에서 그녀는 농구 코치의 차를 보았다.

그녀는 생각에 빠졌다.

"내가 팀에 들어가지 못했다는 걸 부모님께 알리려고 왔을 거야!"

그녀는 뒷문으로 달려가서 집안으로 조용히 들어섰다. 그들의 대화를 엿들으려고 부엌문에 바짝 기대섰다.

농구 코치는 언니가 몇 시에 연습을 마치고 집으로 돌아올 것인지, 누가 샤프롱이 될 것인지, 그리고 딸이 팀에 소속되었을 때 부모로서 알아야 할 모든 세세한 사항들을 바쁘게 설명하고 있었다.

그녀의 아버지는 말이 많지 않은 사람이었다.

그러나 그가 말하면, 그것은 곧 법이었다.

"이본느가 팀에 가입하는 것에 대해서만, 내가 서명하게 되어 있군요."

농구 코치가 분명히 말했다.

"내 딸들은 항상 둘이 같이 다닙니다."

아버지는 천천히 말했다.

"그러므로 이본느를 원한다면, 그 애의 샤프롱으로 윌머를 택해 주십시오."

정확히 말하면, 그것은 그녀가 마음으로 원했던 것은 아니었다. 그러나 그것이 시작이었다.

윌머는 아버지가 팀에 끼워 주는 것과 코치가 뽑아준 것과는 전적으로 다르다는 사실을 알게 되었다. 그녀는 다른 열두 명의 소녀가 분개하고 있다는 것을 느꼈다.

그러나 유니폼을 보자, 다시 명랑해졌다. 검은색과 황금색으로 된 새 비단옷을 입은 그들은 아름다웠다.

처음 입는 유니폼은 무언가 색다른 느낌이 있었다. 그것은 특별한 연대감을 창출해 주었다.

그 유니폼을 입을 때, 그들은 거기에 속하게 된다.

월머가 똑같은 새 유니폼을 받자, 다른 소녀들은 같은 유니폼을 벗어버리는 것으로 항의했다.

그래서 그녀에겐 예전 유니폼인 초록색과 황금색으로 된 유니폼이 주어졌다.

'신경 쓰지 말자.'

그녀는 쉬는 동안 줄곧 벤치에 앉아서 생각했다.

'기회를 잡아야지.'

드디어 그녀는 굉장한 생각을 가지고 코치와 맞부딪치기로 했다.

180센티 키에 40킬로그램의 몸무게를 가진 월머는 코치의 사무실로 들어갔다.

언제나 그렇듯이 코치는 약간 퉁명스럽고 직선적으로 보였다.

"그래, 무슨 일인가?"

그가 물었다.

그녀는 미리 준비해 두었던 말을 모두 잊어버리고 단지 몸의 중심을 한쪽 발에서 다른 발로 옮기면서 그냥 서 있기만 했다.

"말해 봐."

그는 다시 말했다.

"중요한 말이 있으면 해라! 네가 말하지 않는다면, 나는 네 문제가 무엇인지 결코 알지 못할 것이다."

마침내 그녀는 불쑥 말을 꺼냈다.

"선생님께서 저에게 매일 10분씩만 시간을 내어 주신다면, 단지 10분입니다. 저는 그 보답으로 세계적인 운동선수가 되겠습니다."

코치는 크게 웃었다. 아직 그처럼 대담한 말을 들어본 적이 없었다. 그녀가 나가려고 몸을 돌리자, 코치는 월머를 불렀다.

"잠깐 기다려."

그는 말을 이었다.

"네가 원한다면 매일 10분간씩 너에게 시간을 내주겠다. 그러나 나는 장학금을 받아 대학에 진학할 진짜 세계적인 운동선수가 될 학생들 때문에 바빠질 테니, 그리 알아라."

그녀는 기뻐하면서 매일 외출복 속에 체육복을 입고 학교에 갔다. 종이 치면 그녀는 10분 동안의 소중한 개인 지도를 받기 위하여 맨 먼저 체육관으로 달려갔다. 코치의 지도는 말로만 행해졌고 실기에는 활용하지 못했다.

그녀가 속상한 나머지 앉아서 울고 있자, 오랫동안 알고 지냈던 두 소년이 다가와서 위로했다.

"우리들이 이 10분 수업에 함께 있어 줄게. 그래서 코치가 너에게 가르쳐 주려고 하는 것을 연습할 수 있도록 도와줄게."

다음날부터 그들은 함께 연습하기 시작했다. 윌머의 가장 친한 여자 친구도 참가했기 때문에 그들은 반코트 농구 경기를 할 수 있었다. 날마다 그들의 연습이 계속되었다.

다음 해 윌머와 친구가 팀에 뽑혔을 때, 그들은 자신들의 연습 경기장과 비교하여 진짜 경기장에서도 실력을 발휘할 수 있을지 걱정했다.

두 소녀는 그들이 할 수 있는 유일한 것은 '최선을 다하는 것'이라고 결론지었다. 그리고 최선을 다했는데도 성과를 올리지 못한다면, 남은 생애를 위하여 의미 있는 무엇인가를 얻었다고만 생각하고 그 경험을 감사하게 받아들여 농구를 중단할 것에 동의했다.

매일 아침 그녀들은 그들이 올린 전적에 대해서 어떻게 보도되었는지 신문을 보았는데, 뉴스는 윌머의 친구가 1인자, 그녀는 2인자라고 논평하고 있었다.

세상은 당신을 기다린다

남의 도움을 받는 일의 결론에 해당하는 원리를 말하겠다.

'당신이 다른 사람이 원하는 것을 주는 만큼, 다른 사람도 당신이 원하는 것을 줄 것이다.'

위스콘신 대학 부설 경영연구소의 빌 스틸웰이 한 말이다. 남에게 어떤 도움을 얻으려면 그에게 그만한 투자를 해야 한다는 말이다. 믿을 수 없을 만큼 간단한 말이다.

당신은 이 말을 실천하기에 앞서 먼저 그 깊은 의미를 알아야 한다. 그렇지 않으면 이 말은 정반대의 결과를 나타내게 될 것이다. 사람들은 당신을 거부하며, 당신과는 반대로 행동하고, 당신은 그들이 하기를 원치 않는 일을 하게 되는 것이다.

당신은 먼저 다른 사람이 원하는 것을 그들에게 주어야 한다. 그때 그들은 당신이 원하는 것을 줄 것이다.

사람들 대부분은 이 말을 왜곡해서 사용하고 있다. 그래서 어떤 고용주는 종업원이 회사를 위해서 더 많이 노력한 뒤에 칭찬하거나 보상해야 한다고 생각한다.

당신은 먼저 다른 사람이 원하는 것을 그들에게 주어라. 그러면 당신이 원하는 것을 그들이 줄 것이다. 반드시 그렇게 할 것이다. 물론 거기에는 인내가 필요하다. 그리고 또 다른 것도 필요하다.

다른 사람들이 진심으로 원하는 것이 무엇이며, 어떻게 그것을 그들에게 줄 것인가를 알아야 한다. 진정 사람들이 원하는 것이 무엇인가를 알라.

세상은 당신을 필요로 한다.

세상은 당신에게 많은 보상과 대가를 주고, 다른 사람들은 당신이 원하는 것을 줄 것이다.

* * *

삶에 대한 기쁨과 감사의 마음을 갖는다

성공하고 승리한 때에 기뻐하는 것은 누구나 할 수 있다. 그러나 진정한 성공자는 실패조차도 자기 것이라 여기고 기뻐하며 감사하게 즐길 수 있는 사람이다.

성공한 사람은 모두를 기쁨으로 받아들이고, 실패한 사람은 모두를 슬픔으로 받아들인다.